랑

량

김문주 장편소설

산지니

작가의 말

준정과 남모.

두 이름은 처음부터 나에게 결기를 품은 화살이 되어 날아왔다. 가슴에 깊이 꽂히는 그 이름 앞에서 나는 설레고 두려웠다. 결코 잊어서는 안 될 사람을 저버리고 있은 듯, 다급해진 마음으로 사료를 찾아보았다.

> **아름다운 두 여자를 뽑아 원화로 삼았다. 준정이 남모를 시기하여 술에 취하게 하여 강물에 던져 죽였다.**

삼국사기에서는 이렇게 짤막하게 전할 뿐이었다.

낭도들을 이끈 원화라면 그 재주의 출중함과 인물의 됨됨이가 예사롭지 않았을 것이다. 기록은 지나치게 간략했고, 원화가 오직 질투 때문에 상대를 죽였다는 내용에 의구심이 들었다. 여성 중심의 원화에서 남성 중심의 화랑제도로 바뀐 후, 전쟁에서 공을 세운 화랑의 위상을 강조하려다 보니 원화를 흥미로운 이야깃거리로만 치부한 것이 분명하다는 생각이 들었다.

수많은 낭도를 이끌며 위상을 떨쳤을 원화. 나는 두 여인의 삶을 오늘의 가치에 맞추어 제대로 살려내고 싶었다. 가능한 당대의 시대적 상황에 맞춰 가장 사실적인 원화와 서라벌을 그리려고 했다.

원화의 시작이 법흥왕 시절이었다는 기록도 있고 진흥왕 시절이라는 사료도 있다. 하지만 진흥왕 시절에는 이미 화랑제도가 안정된 체계를 갖춘 것으로 보아 원화의 시작을 법흥왕 때로 보는 관점이 더 설득력 있었다.

글이 막힐 때면 경주를 찾았다. 금오산에 올라 낭도들의 수련을 떠올리고 돌에 부처를 새긴 신라인들의 짐작했다. 옛 성터를 찾아 월궁의 형세를 짐작하며 원화와 화랑의 기원을 만들었다. 신라 진흥왕 시절부터는 기록이 많지만 법흥왕 때까지는 사료가 거의 없었다. 기록에 남아 있지 않은 역사의 빈틈을 메우기 위해, 나는 신라인이 되었다가 백제인이 되고, 멸망하는 금관가야인이 되었다가 왜인이 되기도 했다. 그 모든 순간이 꿈꾸는 듯 황홀한 고통의 연속이었다.

법흥왕의 묘는 한적한 교외에 고아한 소나무들의 호위를 받으며 단아하게 앉아 있었다. 햇볕이 능 위로 쏟아지면 왕의 능에 뿌리를 내린 양지꽃들이 노랗게 빛났다. 나는 팔을 벌려 능의 품에 안기며 천오백 년 전에 잠든 왕의 넋에 말을 건넸다.

꼬박 일 년을 나는 오직 이 글에 모든 기운을 바쳤다. 잃어버린 역사의 시간과 공간을 재생해서 이야기를 만드는 작가의 행위가 얼마나 의미 있는 것인지 가늠하기는 어렵다. 다만 독자들에게도 남모와 준정, 두 원화의 기개가 살아났으면 좋겠다. 지소, 법흥왕, 이차돈, 백아, 요...... 그들은 실제 인물이 되어 내 속에 살고 있다.

이제 그들을 영원한 안식의 세계로 돌려보낸다. 천오백 년 전 그들의 기개와 기품만 남아 독자들의 가슴을 설레게 해주었으면 하는 바람을 감히 품어본다.

2018년 가을

김문주

등장인물

준정

삼산공의 딸로 어릴 때부터 활을 잘 쏘아 신궁 소리를 듣는다. 이차돈을 통해 불교를 받아들이고 그를 사모하게 된다. 이차돈이 죽은 후 불교를 공인한 법흥왕의 뜻을 받들어 랑이 된다.

남모

법흥왕과 백제공주였던 보과 부인 사이에서 태어난 딸로 검술 솜씨가 뛰어나다. 준정과 함께 랑이 되고 원화가 되나, 백제에서 온 사신 백아를 흠모하게 되면서 신분과 사랑 사이에 갈등을 겪는다.

법흥왕

신라의 23대 왕. 이차돈의 순교 후 불교를 공인하여 신라 불교의 기틀을 다진다. 신라의 낭도교육의 체계를 잡아 준정을 원화로 삼는다. 딸인 지소와 태자 책봉 문제로 갈등을 겪는다.

지소

법흥왕의 딸로, 태자로 태어나지 못한 한을 품고 산다. 결국 법흥왕의 아들인 비대공을 몰아내고 자신의 아들인 삼맥종을 왕의 자리에 앉혀 태후가 되어 섭정한다.

이차돈

불교가 금지된 신라에 불법을 전파하기 위해 자신을 목숨을 바친다. 준정의 연인이지만 불교를 위해 사심을 버린다.

백아(사아)

백제의 왕자로, 신분을 속이고 금관가야의 왜관에서 백제의 영향력을 키운다. 사신으로 간 신라에서 만난 남모를 사모하여, 요가 남모를 죽이려 하자 그녀를 구하려 애쓴다.

요 스님

준정의 스승이자, 준정을 낳고 죽은 준정 어머니의 오래된 벗이다. 평등한 이상세계를 꿈꾸며 그 실현을 위해 법흥왕과 원화를 해칠 계획을 세운다.

유수

남모의 호위무사로 남모를 연모하며 언제나 그 곁을 지킨다. 남모를 노리는 무리의 화살을 대신 맞고 운명한다.

김무력

금관가야의 셋째 왕자. 법흥왕이 금관가야를 합병한 뒤 신라에 와 각간이 되고, 낭도들과 함께 전투에 참여한다.

미진부

아시공와 삼엽 공주 사이에서 난 아들로 외모가 출중하고 실력이 뛰어나다. 준정을 연모하지만 왕가의 명으로 남모과 혼인한다.

김휘

금관가야의 왕족. 가야가 신라에 합병된 후, 신라에 저항하여 낭도들을 위협하는 음모를 꾸미다가 발각되어 자결한다.

천관

서민 출신의 낭도. 실력이 뛰어나 낭도에 들어 낭두가 되지만, 신분 차이에서 오는 차별을 참지 못해 난을 일으킨다.

위화랑

법흥왕과 친분이 두텁고 인물이 수려하여 많은 여인의 흠모를 받았다. 여러 랑들을 이끌며 낭도들의 교육을 맡고, 신라 화랑의 초대 풍월주가 된다.

이사부

지증왕 때 우산국을 정벌하고 동해의 왕으로 불리다가, 법흥왕 시절에 월궁에 들어와 낭도들을 이끌고 지소의 남편이 된다.

옥진

오도 부인과 위화랑 사이에서 난 딸. 왕의 여인이 되기 위해 노력하여 결국 법흥왕의 후비가 되어 아들 비대공을 낳는다.

료헤이

백아와 함께 금관가야의 왜관에 있던 인물. 백아를 각별히 따랐으나, 낭도들과의 전투 중 유수의 칼에 죽는다.

삼산공

준정의 아버지. 준정이 활을 쏘는 것을 반대했지만, 신궁이었던 어머니를 닮은 것이 운명이라며 준정이 낭도에 들 것을 허락한다.

비대공

옥진과 법흥왕 사이에서 난 아들. 왕의 사랑을 받는 아들이었으나 지소와의 권력다툼에서 밀려나 궁을 나온 후 스님이 된다.

잠개

혼인을 약속한 여인이 순장을 당한 후 준정의 집에 와 있게 된 노비. 석벽에 관세음보살상을 새기며 준정의 마지막을 지킨다.

보도 왕후

법흥왕의 정실 부인으로 지소의 어머니. 허리에 칼을 차고 다니는 강직한 성품의 왕후이나 법흥왕의 사랑을 받진 못한다.

오도 부인

왕의 여자를 키우는 대원신통의 여인. 위화랑과의 사이에서 옥진을 낳은 후 신당으로 쫓겨나 지낸다.

차례

작가의 말 5
등장인물 8

1 랑이 되다

시위를 당기다 17
순장 28
이차돈, 준정을 내려놓다 39
봄밤 50
남모 59
월성에 눈꽃 지다 68
다시 활을 잡다 81
랑이 되다 93

2 원화

가배 107
백제의 사신 118
스님 요 133
금관가야에 온 사내 141
원화를 뽑다 158
동해왕 이사부 175
국경의 하룻밤 185
실전 194
천관의 난 211

3 월궁

여인도 왕이 되어야 합니다 227
운명의 갈림길 236
폐하를 지켜라 248
유수의 죽음 261
왕이 바뀌다 268
재회 281
남모가 지다 291
인연과 업보 299

4 화랑

시샘은 칼이 되어 307
하늘의 별이 되는 꽃들 316
랑의 기원 325
화랑 334

1

랑이 되다

시위를 당기다

"분명 이 수풀 아래 있었는데."

"안 보여요. 진작 누가 가져가 삶아 먹었음……."

"쉿! 저기."

잔솔 아래 움푹한 구덩이에서 전에 봐두었던 꿩의 둥지를 찾았다. 그런데 여덟 개나 되던 알이 하나도 보이지 않았다. 부서진 알껍데기들이 참혹한 일을 당한 듯 흩어져 있었다.

"아기씨, 저기 보세요."

달래가 가리키는 곳을 본 준정은 손으로 입을 가린 채 활짝 웃었다. 까투리가 앞장서고 새끼들이 무리지어 뒤뚱거리며 따라갔다. 알에서 깨어난 꺼병이들이었다. 준정은 새끼들의 수를 세어보았다. 일곱 마리였다. 한 마리가 부족했다.

소리 나지 않게 조심하며 주변을 살펴보았다. 둥지에서 멀지 않은 잔솔 아래 새끼 한 놈이 머리를 처박고 바동거리고 있었다. 어미를 따라가다가 사람이 나타나는 바람에 놀라 넘어지기라도 한 모양이었다. 준정은 천천히 손을 가져갔다.

"아, 보드랍고 따뜻해."

어린 생명이 준정의 손바닥 안에서 꼬물거리는 느낌이 신기했다.

"자, 엄마 따라가야지."

두 손으로 감싸서 형제들의 대열에 조심스럽게 내려놓았다. 새끼는 화들짝 놀라 작은 날개를 떨더니, 연약한 다리를 바삐 움직여 어미의 뒤를 따랐다.

멀어지는 꺼병이들을 바라보다 언덕을 내려올 때였다.

"야! 꿩이다!"

아이들의 목소리였다. 활을 든 아이들 몇 명이 나무 사이로 우루루 지나갔다. 새끼들을 거느린 까투리가 퍼뜩 떠올랐다. 준정은 아이들 뒤를 따라 달렸다.

"저기 꿩이다. 맞힐 수 있겠어?"

"형님밖에 못 맞힐걸?"

준정과 비슷한 또래로 보이는 사내아이들이 술렁이고 있었다. 푸른 수풀 사이로 갈색 까투리가 보였다.

"안 돼."

준정이 두 팔을 벌려 막아섰다. 옷을 입은 모양이 모두 귀족집안의 소년들이었다.

"저 까투리는 새끼들을 돌봐야 한단 말야."

"비켜! 꿩을 잡을 수 있는 기회야!"

그들 중 키가 큰 소년이 활을 겨누었다. 놀란 까투리가 펄쩍 날아올랐다. 순간 바람소리를 일으키며 화살이 날아갔다. 화살이 꿩의 몸통을 꿰뚫었다. 꿩은 수풀 속에 떨어졌다.

"쏘지 말랬잖아."

준정이 달려갔다. 준정보다 두어 살 많아 보이는 소년이었다. 작은 아이들의 활은 대나무 활이었으나, 소년의 활은 각궁이었다.

"계집아이가 남의 사냥에 웬 참견이야?"

다른 아이들 앞에서 활을 쏜 소년이 으쓱댔다.

"새끼를 거느린 어미 꿩을 죽이는 게 자랑인가요? 갓 태어난 새끼들은 어떡하냐고요?"

"활은 사냥을 하려고 쏘는 거야. 비켜."

하인으로 보이는 덩치 큰 아이가 화살에 맞은 까투리를 들고 왔다. 준정은 주먹을 꽉 쥐고 나무 사이로 사라지는 소년들을 노려봤다. 까투리의 새끼들은 어디로 달아났는지 보이지 않았다.

준정은 집에 가자마자 달래 아범을 재촉했다.

"나 활 만들어줘요. 저번에 만들어준다고 했잖아요."

얼굴에 주름이 많아 할아버지 같은 달래 아범은, 슬며시 웃으며 대나무 활과 화살을 내놓았다.

"히야!"

준정은 뒤뜰에 가서 화살에 활을 걸어 당겨보았다. 생각보다 활시위가 잘 당겨지지 않았다. 활과 화살은 박자가 어긋나듯 따로 놀고, 시위에 걸린 화살은 맥없이 떨어졌다. 여러 번 헛손질을 한 끝에 드디어 화살이 제대로 날아갔다. 준정은 땅에 꽂힌 화살을 뽑아 화살 끝을 자세히 살펴보았다.

"처음인데도 잘 쏘시네요, 아기씨. 위험하니까 꼭 제가 보는 데서만 쏘셔야 합니다."

"화살 끝을 뭉툭하게 만들어줘요. 그래야 누가 맞아도 안 다치잖아요."

달래 아범은 고개를 갸웃하다가, 유모에게 삼베와 실을 갖다 달라고 했다. 대나무 화살 끝을 문질러 뭉툭하게 만든 다음, 삼베를 몇 겹으로 덮고 실을 친친 감았다.

"에이, 끝이 뾰족하지도 않고 동그란 게 그 화살로는 아무것도 못 잡겠어요."

달래가 옆에서 입을 뾰족 내밀었다. 준정은 웃으며 말했다.

"나중에 내가 활을 잘 쏘면 진짜 화살을 만들어주세요."

"실력이 좋아지시면 서라벌에서 좋은 활을 사다 드립죠."

준정은 활을 쏘는 것이 재미있었다. 화살이 날아가며 허공을 가르는 명쾌한 소리가 듣기 좋았다. 정신을 집중하면 욕심이 사라져 과녁을 잘 맞힐 수 있다는 것도 깨달았다. 재빨리 주변을 한눈에 파악하고, 표적과의 거리도 정확하게 가늠할 수 있었다. 활의 시위를 당기는 순간 마음이 편안해졌다.

여리던 잎이 푸르게 짙어지고 냇물이 바위를 타고 흐르는 소리가 우렁차게 들렸다. 준정은 활을 들고 언덕에 올랐다. 사내아이들이 자주 활을 들고 노는 곳이었다.

"새다!"

외침과 함께 화살이 날아왔다. 나뭇가지에 앉아서 쉬고 있던 까치가 화살을 맞고 떨어졌다.

새가 떨어진 쪽에 소년들이 모여들었다. 준정이 그들에게 다가섰다.

"왜 굳이 새를 죽이는 거야? 다른 과녁을 맞히며 수련을 해도 될 텐데."

두어 명은 전에도 본 적 있는 귀족 자제들이었다.

“푸하하! 뭐야? 아무리 계집아이라도 그렇지, 화살촉도 없는 멍텅구리 화살을 가지고 있어.”

삼베를 감아 뭉툭한 준정의 화살을 보고 비웃었다.

“그 화살로 뭘 맞힐 수 있겠어? 화살이 제대로 날아가기나 하니?”

“좋아, 한번 겨뤄보자. 대신 내가 이기면 오늘부터 새에게 활을 겨누지 마.”

그들 중 막내로 보이는 소년이 저만치 서 있는 뽕나무 곁으로 다가갔다.

“이 뽕나무 몸통을 과녁으로 해요. 형님들 잘 쏘세요.”

준정보다 두어 살 많아 보이는 소년 둘이 먼저 활을 쏘았다. 두 개의 화살이 동시에 뽕나무에 꽂혔다.

“나는 오른쪽으로 길게 뻗은 맨 아래 나뭇가지, 마지막 잎을 맞힐 거야.”

준정이 활을 들었다. 소년들의 화살이 꽂힌 바로 아래, 오른쪽으로 뻗은 짙푸른 잎사귀 하나. 숨을 고르고 화살을 쏘았다. 잎이 떨어졌다. 뽕나무에서 몇 발자국 떨어져 있던 소년이 놀라 준정의 화살을 주워 달려와 준정이 맞힌 이파리를 내밀었다. 소년들의 얼굴에서 웃음이 걷혔다.

이번에는 더 멀리 있는 소나무를 과녁으로 삼았다. 두 명의 소년 중 한 명의 화살만이 소나무에 꽂혔다. 소나무 가지 사이로 옻나무 잎이 바람에 흔들렸다. 붉은 잎이 보였다가 사라지기를 반복했다.

"난 저 붉은 잎을 맞힐 거야."

준정은 정신을 집중했다. 푸른 나무들 속에서 붉은 잎이 선명하게 다가와 멈추는 순간 활을 쏘았다. 붉은 잎이 떨어졌다. 소년들의 입에서 짧은 탄성이 터져 나왔다.

"살아 움직이는 표적은 더 맞히기 어려워. 그래서 새를 쏘아 맞히는 거지."

가장 실력이 좋은 소년이 도전적인 눈으로 준정을 보았다. 그때 소나무 옆에서 뭔가 움직이는 소리가 났다.

"저 나무에 새가 앉았어요."

과녁이 된 소나무 옆에 서 있던 소년이 손가락으로 가리켰다. 소년이 활을 들어 새를 향해 다가갔다. 준정도 활을 겨누었다. 몇 걸음 다가가던 준정이 갑자기 몸을 틀어 소나무 옆에 있는 소년을 겨냥했다.

"무슨 짓이야?"

준정이 활을 쏘았다. 소년이 비명을 질렀다. 놀란 소년들이 달려가다가 멈칫했다. 준정의 화살에 맞은 뱀이 널브러져 있었다.

"이랑! 괜찮아?"

"하마터면 뱀한테 물릴 뻔했어. 뱀이 아직 살아 있는 것 같아."

떨고 있는 소년을 데리고 모두들 뱀에게서 멀리 떨어졌다. 새를 쏜 키가 큰 소년이 말했다.

"실력이 제법이구나. 오늘은 이랑이 놀란 것 같으니 그만하고, 움직이는 것을 과녁 삼아 다음에 다시 겨뤄보자."

"생명을 죽이는 건 싫어요."

소년의 활은 유일하게 각궁이었으며, 화살 끝엔 날카로운 화살촉이 꽂혀 있었다. 소년이 피식 웃으며 자신의 화살에서 화살촉을 빼냈다.

"그러든지."

소년들은 준정을 돌아보며 언덕을 내려갔다. 숨을 죽이고 지켜만 보던 달래가 달려와 호들갑을 떨었다.

"아기씨, 정말 잘하셨어요. 흥! 그 귀족 자제들, 코가 납작해졌던걸요."

집으로 돌아오니 집 앞에 마차 한 대가 서 있었다.

"아기씨, 왜 이제 오세요. 대아찬 댁에서 손님이 오셨는데, 어쨌든 빨리 들어가 보세요."

유모는 흥분한 기색이 역력했다. 대아찬이라면 아버지 삼산공의 먼 친척이었다. 사랑채로 들자, 검은 수염을 멋있게 기른 손님이 준정을 보고 호탕하게 웃었다.

"네가 준정이냐? 네가 오늘 뱀에 물릴 뻔한 우리 이랑을 구했다고! 네가 아니었으면 큰일 날 뻔하였구나. 고맙다."

손님은 대아찬 댁 자제로 준정도 간혹 뵌 적이 있었다.

"삼산공의 무남독녀가 당차고 재주 있어, 아들이 부럽지 않겠소이다. 우리 큰 녀석은 선도에 들어 수련을 받는 중이라 실력이 제법인데, 그 녀석 말이, 준정이 신궁이 될 소질이 있다 하더이다."

"신궁이라니, 천만의 말씀이오. 나는 저 아이가 활을 잡았는지도 몰랐구먼."

겸손하게 말하는 아버지의 표정이 복잡했다. 신궁이라는 말에 놀라는 아버지의 눈빛에 걱정스러운 기색이 가득했다. 어린 이랑과 새를 잡은 키 큰 소년이 대아찬 댁의 손자들이었다. 준정은 거듭된 칭찬에 가슴이 벅차올랐지만 고개를 숙이고 얼굴을 붉힐 뿐이었다.

손님이 돌아간 뒤, 준정은 달래 아범과 함께 사랑채에 다시 불려갔다. 아버지의 얼굴에 깊은 분노가 드리워져 있었다.

"활을 쏘다니, 네 나이 이제 열두 살인데, 활을 쏘다니!"

활과 화살을 가만히 살피는 아버지의 눈썹이 꿈틀거렸다. 아버지는 두 손으로 화살을 불끈 쥐고 부러뜨려버렸다.

"활은 안 된다. 여식이 활을 쏘아 무엇 한단 말이냐? 활은 위험한 무기이다. 이 시간 이후로 활은 금한다, 알겠느냐?"

준정은 부러진 활을 보고 가슴이 먹먹해지며 눈물이 솟았다.

"왜 안 되나요? 여자도 활을 쏠 수 있어요. 아버님, 저는 활을 잘 쏘아요. 활 쏘는 게 좋아요."

"누구 허락을 받고 활 쏘는 연습을 했느냐?"

아버지는 손바닥으로 책상을 쳤다.

"너는 사내아이처럼 활을 가지고 놀아서는 안 된다. 활은 위험하다. 또한, 달래 아범 듣게!"

화를 낼 줄 모르던 아버지의 심한 꾸중에 준정은 입술을 깨물었다. 달래 아범은 두 손을 모으고 머리를 조아렸다.

"철없는 아이에게 또다시 활을 만들어주었다간 우리 집에서 쫓겨날 줄 알게."

"아버지, 너무하세요."

달래 아범을 쫓아낼 거란 말에 준정은 울음을 터뜨렸다. 아버지는 문을 왈칵 열고 사랑채를 나가버렸다. 유모가 달려와 준정을 껴안았다.

"아버님께서 아기씨가 걱정이 되어 그러시는 거예요. 어머님께서……."

준정은 눈물을 닦고 유모를 보았다.

"어머니?"

"아니, 아니에요."

유모는 다시 준정을 꼭 껴안았다. 준정이 계속 울자 달래도 곁에 와서 같이 훌쩍거렸다.

준정은 계속 풀이 죽어 있었다. 그 모습을 보다 못한 달래 아범은 시장에서 활을 하나 사서 몰래 준정에게 주었다. 달래 아범이 화살촉에 삼을 감아 뭉툭하게 만들어주었다.

준정은 아버지 몰래 언덕에 올라 소년들과 활을 쏘았다. 소년들도 준정과 함께 활을 쏠 때 살아 있는 생명을 표적으로 삼지는 않았다. 언젠가부터 준정은 소년들 사이에서 가장 활을 잘 쏘는 아이로 통했다.

어느 날 아버지가 밖에서 무슨 소리를 들었는지, 준정에게 아버지 몰래 활을 가지고 놀았는지 다그쳤다.

"아니요, 활을 쏘지 않았습니다. 활도 없는걸요."

"내가 별당을 한번 봐야겠구나."

준정은 급한 마음에 활과 화살을 숨기기 위해 안채로 가, 아버지의 침상 밑에 깊숙이 밀어 넣었다.

아버지가 별당을 뒤지고 간 뒤, 준정은 다시 안채로 가 침상 밑에 손을 넣어 활을 꺼냈다. 안쪽으로 굴러가 버린 화살통을 잡으려 손을 침상 깊숙이 넣었다. 화살통을 찾는 손에 무언가 다른 물건이 잡혔다.

꺼내 보니 비단으로 겉을 두른 상자였다. 상자를 바라보는 준정의 눈길에 호기심이 일렁거렸다. 먼지가 쌓인 비단 상자는 오래되어 보였다. 열어보아선 안 될 물건 같아 가슴이 두근거렸다. 떨리는 손길로 상자를 연 순간, "아!"하고 준정은 짧은 숨을 내쉬었다. 그것은 한 번도 본 적이 없는 예사롭지 않은 활이었다. 활은 준정을 기다렸다는 듯이 준정의 눈 속으로 다가들었다.

날렵한 학의 목을 닮은 활이었다. 오래되어 색이 바랜 듯 보였으나, 누군가 시위를 당기면 금방이라도 화살을 날릴 것 같았다. 유물이 되었지만 아름답고도 날렵한 각궁이었다. 화살은 가늘고 짧았으며 촉은 날카로운 뾰족함을 잃지 않았고, 어떤 표적이든 꿰뚫어버릴 의지를 선명하게 품고 있었다.

갑자기 방 안에 빛이 쏟아져 들어왔다. 활은 스스로 먼지를 털어버리듯 하얗게 빛났다.

"뭐하는 것이냐?"

아버지가 빛을 가로질러 나타났다. 준정은 두 손으로 활을 들어 아버지께 보였다.

"아버지, 이 활은……."

아버지의 표정은 굳어 있었고 눈빛은 당황스러워 보였다. 준정에게서 활을 받아 내려다보는 아버지의 눈빛이 애틋해졌다. 준정이 조심스럽게 물었다.

"누구의…… 활인가요?"

어머니가 신궁이었다는 말을 유모에게서 들은 적이 있었다. 준정을 낳고 얼마 후 돌아가셨다는 어머니. 아버지는 활을 조심스럽게 쓰다듬더니 비단 상자 안에 다시 넣었다.

"네 어미는 활 때문에 죽었느니라. 그래서 너는 절대 활을 잡아서는 안 된다."

아버지의 목소리가 꽉 잠겨 있었다. 깊은 시름에 잠겨 아버지는 몸을 일으킬 수 없는 것 같았다. 어머니가 활 때문에 죽은 이유를 물어보고 싶었지만 묻지 못했다.

해가 바뀔 때마다 달래 아범은 좋은 활을 사다 주었다. 준정은 집에서는 활을 쏘지 않았다. 가끔 아버지 몰래 어머니가 쓰던 활을 꺼내 보았다. 어머니의 활을 가만히 안으면, 활은 날개를 펼친 학이 되어 준정의 가슴을 도닥여주었다.

순장

기와담장 너머로 간간이 곡소리가 들려왔다. 슬픔을 품지 않은 공허한 울음소리였다.

화로의 기운과 음식 냄새를 비집고 집 안에는 오히려 생의 열기가 차올랐다. 안채와 사랑채에 손님이 끊임없이 드나들고, 집 앞에는 마차들이 쉴 새 없이 오고 갔다. 내물 마립간의 자손이자 파진찬을 지낸 진골 귀족의 상이었다.

밤이 되어서야 안채에서 슬픔을 품은 흐느낌이 새어 나왔다. 낮 동안 허공을 떠돌던 죽음의 기운이 마당에 내려앉았다. 이미 죽은 자에 대한 서러움은 한 줌의 바람에 지나지 않았다. 집 안을 가득 메운 슬픔은 곧 죽을 생사람의 목숨 때문이었다.

"네 부모와 동생들은 집을 마련하여 풍족하게 살게 해줄 테니 걱정 말거라."

하얀 비단 옷을 입고 앉아 냉정하게 말하는 부인 앞에 갓 이팔을 넘긴 처녀가 엎드려 울고 있었다.

"어허! 부정 타겠다. 그만 울어라. 너는 죽어서는 귀한 신분으로 환생하는 게다. 옛날에는 귀한 분이 돌아가시면 수십 명씩 함께 묻었지만 이제는 나라에서 그것을 금하여 비밀리에 행하는 것이다. 만약 소문이 났다면 네가 은혜를 입을 기회도 오지 않았을 테야."

털살이 두터운 부인이 처녀를 나무랐다. 부인은 남편이 살아생전에 이 처녀를 탐낸 것을 알고 있었다. 어쩌면 남편이 자기 눈을 피해 처녀를 품었을지도 몰랐다. 부인은 처녀의 얼굴을 찬찬히 살펴보았다. 머리숱이 많아 얼굴이 더 희어 보이고, 제대로 먹지 못 했을 텐데 볼은 복숭아 빛이다.

네 젊음이 은혜를 불렀으니 어이할꼬. 저 세상 가서 내 남편을 잘 모시거라. 남편의 옆 자리는 영원히 나의 자리이니, 너는 남편의 발끝 아래 누워서 시중을 들어야지.

부인은 하얀 비단 옷을 내밀었다.

"몸을 정갈히 하고 이 옷으로 갈아입거라. 어멈 밖에 있는가?"

늙은이가 눈물 콧물을 닦으며 방문을 열었다.

"데리고 나가서 정갈히 씻기게."

처녀가 어멈을 따라 부엌으로 향하는데 담장 너머서 휘파람 소리가 들렸다. 처녀는 얼른 주변을 살피고 뒷문을 열고 나갔다. 억센 손길이 처녀의 팔목을 잡아당겼다.

"상중이라 못 나오나 싶었다. 늦었다, 빨리 가자."

처녀가 남자의 손을 붙들었다.

"잠개야. 난 못 가. 이제 다신 못 가. 이제 나는, 흐흐흑!"

손으로 입을 가리고 처녀는 울음을 삼켰다. 잠개는 무슨 일인가 싶어 처녀의 어깨를 붙들었다.

"내일, 장례 치를 때, 나도……."

말을 맺지 못하고 처녀는 주저앉아버렸다.

"설마, 무덤에, 너를……."

절망감과 분노로 잠개의 목소리가 후들거렸다.

"우리 아버지는 아프고 나는 동생들 데리고 오갈 데도 없어. 내가 도망가면 모두 죽어!"

"안 된다. 네 식구들 배를 불리기 위해 네 목숨을 앗아간단 말이냐? 죽일 놈들! 윽!"

잠개는 주먹으로 담장을 쳤다. 집 안에서 어멈이 나와 울먹이며 말했다.

"잠개야, 사람들이 보면 큰일 난다. 흐흑! 불쌍해라. 진작 너희 둘 혼인이라도 시켰으면……. 흐흑."

"못 한다 했어야지요! 나라에 일러바쳐야지요! 생목숨을 빼앗아 죽이고 배불리 먹고 산들 남은 식구들 마음이 편하겠소? 이러니 우리가 평생 사람대접을 못 받는 것이오!"

분노한 잠개가 어멈의 어깨를 잡고 흔들어댔다. 어멈은 그저 눈물만 흘리며 금방이라도 주저앉을 것 같았다. 어멈은 고개를 떨어뜨린 채 처녀 손을 끌고 문 안으로 사라졌다. 잠개는 어깨를 떨며 담장 너머 호화로운 기와집을 노려보았다. 눈물이 멈추지 않았다. 그리고는 밤공기를 가르고 짐승처럼 울부짖으며 달렸다.

한참을 달려 잠개는 어느 집 초가담장 앞에 섰다. 눈가를 훔치고 숨을 고른 뒤 그는 대문을 열고 들어갔다. 사랑채 앞에 한 남자가 서 있다가 잠개를 보고 합장을 했다. 사랑채 문을 조심스럽게 열었다. 방 안에 앉은 사람들 사이에서는 숙연한 분위기가 흘렀다. 승복을 입은 젊은 남자가 설법을 하다가 잠개를 잠시 쳐다보았다.

"부처님께서는 모든 중생을 불쌍히 여기시어……."

빽빽하게 모여 앉은 사람들 뒤에 우두커니 서 있던 잠개가 울음 섞인 항변을 토했다.

"부처님 말씀은 거짓말이오! 우리 같은 천한 것들에겐 부처님도 자비를 베풀지 않는단 말이오!"

안타까움과 원망으로 그의 얼굴이 일그러졌다. 사람들이 모두 잠개를 돌아보았다. 승복을 입은 사람이 그에게 다가갔다.

"무슨 일이오? 같이 오시던 분은 왜 안 오셨소?"

잠개가 눈물을 흘리며 고개를 들었다.

"무덤에 같이 넣는답니다. 주인 영감 무덤에 생사람을 함께 묻는답니다!"

사람들의 탄식이 터져나왔다.

"순장은 나라에서 금하고 있거늘, 그럼 처자를 순장한단 말이오?"

잠개가 다급하게 남자의 손을 두 손으로 움켜잡았다.

"살려주십시오. 스님도 귀족이시니 파진찬 어른 댁에 살려달라고 말을 좀 넣어주십쇼. 부처님은 모든 생명이 똑같이 소중하다고 하지 않으셨습니까?"

"내 힘이 미약하지만 순장은 나라에서 법으로 금했으니 내일 고변을 하겠소."

여자들이 앉은 쪽에서 누군가가 겁에 질린 목소리로 말했다.

"작년에도 어떤 귀족의 무덤에 남자 세 명을 죽여 순장을 했다고 들었습니다."

"그 일로 귀족들에게 스님이 해를 입을까 두렵습니다. 혹, 비밀 모임인 우리 향도가 발각되면 어찌합니까?"

그러자 잠개가 버럭 소리를 질렀다.

"사람이 개죽음을 당하는데 모른 체하는 것이 부처님 도리란 말이오? 발각되는 것이 두려워 생사람이 죽는 걸 눈감아야 하오? 어린 처자가 생매장이 될 때, 우리는 숨을 쉬고 밥을 먹고 웃어야 하오?"

잠개는 분노를 참느라 숨을 몰아쉬고는, 다급하게 사람들을 둘러보았다. 그러나 다들 고개를 돌리고 눈가를 훔치는 것이 전부였다.

"이러고 당하니 우리를 천하게 여기는 것이오! 부처님이 천한 사람도 귀히 여긴다는 말은 순 거짓이오! 나는 다시는 이런 헛된 향도에 안 올 거요!"

잠개는 그를 붙잡는 사람의 손을 뿌리치고 마당을 쏜살같이 빠져나왔다. 푸르게 젖은 달빛 그림자가 그의 발길에 걸려 검게 찢어질 뿐이었다.

밖에서는 마침, 몇 사람이 막 대문 앞에 당도하던 참이었다. 귀족으로 보이는 키 큰 남자와 칼을 찬 남자와 여인네였다. 칼을 찬 사람이 대문 안을 살피려는데, 누군가 안에서 대문가로 달려왔다. 세 사람은 놀란 듯 얼른 담장 뒤로 숨었다.

잠개는 대문을 나서서 어깨를 늘어뜨리고 눈물을 닦았다.

"잠개야."

차분하고 익숙한 목소리는 준정이었다. 준정은 스님께 불도를 배우며 여성 신도들의 공부를 돕고 있었다. 단아한 준정의 얼굴에 눈물이 서려 있었다.

"아가씨! 죄송합니다."

"아니다. 그 고운 처자에게 이런 일이, 원통한 네 마음이 오죽하겠니?"

"불쌍한 것을 어찌합니까? 혼인을 하기로 한 여자가 생죽음을 당하는 걸 보고만 있어야 합니까? 천하고 무능하나 어찌 사람의 목숨을 빼앗는단 말입니까?"

"목숨이 어찌 천할 수 있겠느냐? 나라에서도 금하는 순장을 하려는 것이니, 내가 내일 일찍 관에 가서 고변을 하겠다. 그러나 지체 높은 집안의 장례식이라 관에서도 어찌할 수 있을지 모르겠다."

"고맙습니다. 흐흑!"

준정은 목에 두른 염주를 풀어서 잠개 손에 쥐어주었다.

"백팔염주이다. 그 처자에게 전해주거라. 처자를 살리는 데 도움이 된다면 좋겠구나. 혹여 내일 이승에서의 연이 다한다면, 극락으로 가도록 빌어주자."

"아가씨! 진짜 부처님이 계신다면, 순장으로 생목숨을 내놔야 하는 이런 일이 없어야지요."

잠개가 울부짖었다. 준정의 한숨 속으로 그 울음이 흘러들었다.

"불심이 서라벌에 퍼지고 있으니 나라에서도 불교를 인정하고 귀족들이 불교의 가르침을 따르게 될 것이야. 부처님의 말씀을 깨우치면 어찌 순장을 할 수 있겠느냐? 불심이 우리를 구원해줄 것이다."

"아가씨! 고맙습니다. 제가 아까 스님께는, 무례했습니다."

잠개는 준정에게 받은 염주를 품고 달렸다. 준정은 잠개가 사라지고 나서도 오랫동안 잠개의 흐느끼는 그림자를 붙들고 서 있었다. 준정의 어깨에 내린 달빛이 가늘고 애틋하게 떨렸다. 합장을 하고 돌아서는 준정의 가름한 얼굴에 달이 겹쳤다.

담장 뒤에 숨었던 세 사람이 나왔다. 키가 큰 귀족이 물었다.

"내일 장례를 치른다니 혹시 전 파진찬의 집 아니냐?"

"예, 그러합니다."

한 발자국 뒤에 서 있는 여인이 대답했다. 이번에는 칼을 찬 남자에게 말했다.

"선대왕 시절부터 순장을 금하고 있거늘. 내일 병부의 대장을 장례식에 보내 순장을 못하도록 감시하라 일러라."

"예."

키 큰 남자는 담장 안을 넘겨다보았다. 마당 안에서는 아무런 기척이 들리지 않았다. 집의 형세를 보니 6두품의 집 같았다.

"이 집 안에서 이차돈이 불교를 설법한단 말이렸다?"

세 사람은 담장을 따라 둘러본 뒤 큰길가로 나섰다. 길가에서 누군가가 말을 묶어 놓고 세 사람을 기다리고 있었다. 그들은 월성*을 향해 빠르게 말을 달렸다.

아침이 밝았다. 장례를 치를 언덕에 일찍부터 사람들이 모여들었다. 상복을 입은 사람들이 줄지어 서고, 미리 커다랗게 파놓은 무덤에 망자가 누운 나무 관을 내렸다. 망자의 발아래 칼과 말안

* 신라의 서라벌에 있는 궁궐을 월성이라 하였는데, 넓게는 서라벌을 월성이라 통칭하기도 하였다.

장, 허리띠, 비단 옷, 각종 토기와 토우들을 넣었다. 쇠로 만든 장식품들과 커다란 쇠솥도 놓았다. 이윽고 얼굴이 하얗게 질린 처녀를 데리고 왔다.

흰옷을 입은 무당이 춤을 추었다. 죽은 이의 영혼을 달랜다고 무덤 속에 쌓은 돌에 붉은 염료를 바르고 처녀의 얼굴에도 발랐다.

"안 되오! 안 된단 말이오! 제발 살려주십쇼!"

엄숙한 장례식에 누군가 울부짖으며 달려 나왔다. 잠개였다. 상복을 입은 가족들 앞에 잠개가 꿇어앉았다.

"산 사람을 어찌 무덤에 넣는단 말입니까? 제발, 저 애를 살려주십시오!"

그러자 수염이 성성한 노인이 나와 추상같이 호령했다.

"여기가 감히 어디라고 장례를 망치려 하느냐? 네놈이 함께 죽고 싶은 게로구나."

"좋소! 차라리 나를 죽여주시오! 무덤에 넣으시오! 그러나 제발 저 아이의 목숨만은!"

하인들이 달려들어 삽으로 잠개를 내리찧었다. 잠개는 머리에 피를 흘리면서 끌려 나왔다.

그때, 멀찌감치 서 있던 병부의 대장이 다가와 예를 갖추어 인사했다.

"삼가 조문객으로 참여하였습니다. 얼마 전부터 폐하께서 장례식에 병부의 관리를 보내어 조문하고, 순장을 금하도록 하고 있습니다."

상주들이 당황하자 흰옷을 입은 부인이 나섰다.

"순장이라니요. 몇 해 전만 하더라도 하인들을 죽여 무덤에 넣는다고 들었으나 우리 가문에 그런 예법은 없습니다."

그때였다. 비틀거리는 처녀가 무당의 부축을 받으며 다가왔다. 처녀가 무슨 말인가를 하려는 찰나, 거친 숨과 함께 입에서 핏덩이가 쏟아져나왔다. 처녀는 앞으로 고꾸라지며 저만치에 쓰러져 있는 잠개를 보았다. 붉어진 눈으로 잠개를 보며 손을 내밀었으나, 곧 힘없이 손을 떨어뜨렸다. 병부의 관리가 다급히 물었다.

"이것이 어찌된 일입니까?"

그러자 처녀의 늙은 어미가 엎드려 울음을 터뜨렸다. 어미는 손에 조그마한 비단 주머니를 쥐고 덜덜 떨었다. 반쯤 열린 비단 주머니에서 희읍스름한 가루가 흘러내렸다.

"아이고, 그리도 어르신을 모시고 싶어 하더니, 스스로 목숨을…… 아이고!"

흰옷을 입은 부인이 어멈의 손에 들린 주머니를 빼앗아 살펴보았다.

"부자(附子)* 가루입니다. 독약을 먹었어요."

잠개는 피투성이가 된 채 기어가 처녀를 보았다. 처녀는 이미 부자를 삼킨 모양이었다. 입에서 피가 흐르고 손에는 잠개가 준 염주를 꼭 쥐고 있었다.

부인이 병부의 관리에게 점잖게 말했다.

"감히 천한 신분으로 언감생심 파진찬 어른의 사랑을 받고 싶어 했지요. 어르신을 따라 죽고 싶다고 사흘 동안 식음을 전폐했

* 각시투구꽃의 뿌리를 말린 것으로, 독성이 강해 오랫동안 사약의 재료로 사용되어왔다.

는데, 부자 가루를 먹은 모양입니다."

처녀의 어미가 부인의 흰옷자락을 붙들고 사정했다.

"천한 것이지만 불쌍히 여기시고 어르신의 무덤에 묻히도록 해 주십시오. 그토록 어르신을 따랐으니 같이 묻어주십시오."

부인은 내키지 않지만 어쩔 수 없다는 듯 대답했다.

"그렇게 하게. 이 아이를 같이 묻게."

병부의 관리가 당혹스런 표정으로 지켜보고 있었지만, 처녀는 결국 무덤에 들어갔다.

왕은 간밤의 걱정을 떨치지 못한 채 정자에 올라 성 밖의 기와집 위로 햇살이 쏠리는 것을 바라보았다. 병부의 관리가 정자 아래에 와서 섰다.

"올라와서 보고하거라."

병부의 관리가 왕의 옆에 와서 잠시 주저하다가 무덤가에서 있었던 일을 소상하게 아뢰었다. 왕은 주먹을 불끈 쥐었다.

"관리가 보는 앞에서 산 처녀를 함께 묻었단 말이냐!"

선대왕인 지증왕 시절 순장을 법으로 금했으나 아직도 암암리에 순장이 행해지고 있었다.

귀족의 횡포에 죽어나가는 백성들을 구하고 왕권을 바로 세우기 위해선 뭔가 혁신이 필요했다. 왕은 어젯밤 향도들의 집 앞에서 보았던 광경을 떠올렸다. 백성들은 숨어서 새로운 세상을 꿈꾸고 있지만 왕은 힘이 없었다. 그들을 보호해주지 못하는 왕은 자신이 무력하게 느껴졌다.

햇빛이 습한 아침 공기를 가르며 왕의 이마에 내려앉았다. 언제쯤이면 진정 새로운 날을 맞을 수 있을까. 어젯밤 보았던 잠개라는 사내의 비애와 순장 당한 처녀의 넋을 위해 왕은 해를 향해 합장했다.

이차돈, 준정을 내려놓다

시위를 힘껏 당겼다.

바람이 대나무 잎들을 스치며 길게 울었다. 아니, 바람은 소리도 형체도 없다. 바람에 닿은 온갖 나무와 풀들이 스스로 울거나 할퀴는 소리를 낼 뿐 바람은 소리를 가지지 않는다.

화살은 바람과 하나가 되어 바람의 숨을 타야 했다. 숨을 멈추고 활시위를 팽팽하게 당긴 다음, 바람의 숨골이 잠시 쉬는 사이로 단숨에 시위를 놓는다. 화살이 바람을 앞질러갔다. 세상 끝을 향해 달아나는 드세고도 잽싼 소리. 그 소리 끝에 명쾌한 울림이 있었다.

과녁 뒤에 숨어 있던 달래가 확인을 하고는 손을 흔들었다.

"명중입니다."

준정은 다시 화살을 하나 뽑았다. 바람의 길이 났을 때 길을 따라 연달아 화살을 날려 보내야 한다. 마지막 화살이 바람의 살을 가르는 소리. 바람의 끝을 관통하는 촉의 숨소리. 준정은 그 소리가 듣기 좋았다.

"아가씨, 어두워지고 있어요. 그만하시어요."

달래가 과녁에서 옆으로 물러나며 큰 소리로 말했다. 준정은 다시 시위를 팽팽하게 당겼다.

어둠이 내린다. 어두워질 무렵 몰래 집을 빠져나가야 했다. 그 생각에 갑자기 손끝이 흔들렸다. 화살이 바람의 길을 놓치자 촉이 바람을 따라가는 소리부터 달랐다. 화살은 과녁을 빗나가 옆에 선 대나무에 꽂혔다.

달래가 깜짝 놀라는 시늉을 했다. 화살을 거두어 와 준정에게 내밀며 슬쩍 웃었다.

"아가씨, 마지막 화살 땐 마음을 놓치셨지요?"

준정은 빤히 쳐다보는 달래의 눈길을 피해 말 위에 올랐다. 정수리에서 묶은 머리가 허리춤에 내려와 바람에 풀어지며 출렁거렸다.

"어머나, 아가씨. 처음 보는 노리개입니다."

준정의 머리를 묶은 붉은 비단 위에 나비 한 마리가 걸려 있었다. 금실 은실로 수를 놓은 날개가 움직일 때마다 보는 사람의 마음도 흔들렸다.

"우리 아가씨가 어쩐 일이지? 생전 노리개는 싫다던 분이. 그거 어디서 나셨어요? 누가 준 거예요?"

준정은 웃으며 대답 대신 말의 허리를 살짝 두들겼다.

"이랴, 가자!"

집 앞에 다다랐을 때였다. 대문이 활짝 열려 있고 거칠고도 낯선 목소리가 마당에서 들려왔다.

"감히 전 파진찬 어른 댁에 발악한 놈인데다, 사악한 불교를 신봉하는 놈이 분명합니다. 이놈이 왜 삼산공 어른 댁에 있는 것입니까?"

준정은 말에서 내려 뛰어들어 갔다. 사랑채 앞마당에 관에서 나온 관리로 보이는 자와 삼산공이 서 있었다. 그 앞에 피투성이가 된 채 꿇어앉아 있는 사람은 잠개였다. 삼산공은 준정을 보더니 눈가가 파르르 떨렸다.

"아버님, 무슨 일입니까?"

관리가 준정을 보고 목소리를 다소 낮추며 말했다.

"귀족집안에 발악한 불교 신자인데, 이 댁에 숨어들어 그 연유를 여쭙고 있습니다."

"그놈은 일가인 대아찬 댁에서 일하던 놈이오. 그 댁에서 쫓겨나 갈 데가 없으니 일면식이 있는 우리 집에 와 사정을 하는 참이었소. 내 비록 벼슬에선 물러났으나 어찌 일개 관리가 무례하게 찾아와 함부로 나를 죄인 닦달하듯 군단 말이오?"

삼산공이 목소리를 높였다. 관리는 죄송하다며 고개를 숙였으나 무언가를 찾아내려는 듯한 눈매를 거두지 않았다.

"근자에 귀족집안에서도 불교를 믿는 자들이 늘어나 관에서 단속하고 있습니다."

그러고는 준정을 힐끔 쳐다보았다.

"이 댁 아가씨는 혹시 불교와 관련이 없으신지……."

준정은 침을 삼켰다. 향도의 일은 목숨을 걸고 비밀을 지키기로 약조했으니 잠개가 감히 그 일을 입에 담았을 리 없다고 생각했다. 나무아미타불 관세음보살, 부처님 용서하십시오, 준정은 숨을 내쉬며 관리를 노려보았다.

"불교라니, 그게 지금 무슨 의심이오?"

그리고는 잠개를 향해 큰소리를 쳤다.

"감히 상전에게 발악한 놈이 우리 집에는 왜 왔느냐?"

그러자 잠개가 땅에 엎드리며 울먹였다.

"천한 놈이 불교를 어찌 알겠습니까? 아가씨, 저를 불쌍히 여기시어 받아달라고 찾아뵈었는데, 흐흑!"

"네놈이 자결한 계집종에게 염주를 주었다지? 그게 네놈이 불교를 안다는 징표가 아니냐?"

관리의 말에 준정은 아차 싶었다. 그 백팔염주는 준정이 잠개에게 준 것이었다.

"그것은 저잣거리에서 산 목걸이입니다요. 소인이 염주가 뭔지 어찌 알겠습니까?"

입술을 실룩거리던 관리가 삼산공에게 고개를 숙이며 말했다.

"죄송하오나, 별당을 좀 둘러봐도 되겠습니까?"

관리는 준정의 얼굴이 순간적으로 굳어진 것을 놓치지 않았다.

"별당을 살피게 해주십시오. 거리낄 것이 없다면, 삼산공 어른, 허락해주십시오."

삼산공은 분기를 못 참아 주먹을 불끈 쥐면서 말했다.

"마음대로 뒤져보게. 허나 아무것도 안 나올 시에는 내, 가만있지 않을 것이네."

관리는 옆에 선 병사들을 데리고 별당으로 향했다.

"안 되오! 감히 별당을 뒤지다니, 아니 되오!"

준정이 막아섰지만 관리는 별당 문을 열고 들어섰다. 관리는 장식장과 서랍장을 함부로 열어보았다. 준정은 눈을 질끈 감았다.

"이런!"

관리가 신음처럼 내뱉었다. 준정은 마음의 각오를 하고 눈을 떴다.

서랍은 비어 있었다. 장식장 뒤쪽의 상자 안에도 아무것도 없었다. 준정은 정신을 차리고 관리를 노려보았다.

"아버님께서 친지인 왕족들에게 고하시어 이 일을 가만두지 않을 것이니 각오하시오."

관리는 별당을 나가 삼산공 앞에 고개를 숙였다. 준정은 그만 다리에 힘이 빠져 주저앉고 말았다.

"아이고, 아가씨!"

겁에 질려 멀리서 지켜보던 유모가 그제야 달려왔다.

"아가씨, 잠개 저놈 때문에 큰일 날 뻔했습니다."

유모와 달래가 준정을 부축했다.

"잠개가 와서 주인댁에서 쫓겨난 이야기를 하는 걸 들으시고는, 어르신께서 무슨 생각에선지 별당을 와서 뒤지셨어요."

"아버지께서?"

준정은 심호흡을 했다. 아버지는 모든 걸 알고 있었고 그것을 숨겨준 것이었다. 준정은 관세음보살을 외며 마음을 가라앉혔다.

관리가 돌아간 후 준정이 사랑채에 들자, 삼산공은 의자에 앉아 눈을 감고 있었다. 삼산공은 일찌감치 벼슬에서 물러나 한 번도 소란스러운 일에 얽혀본 적이 없는 위인이었다.

"잠개 그놈 말인즉, 저와 혼인하려던 계집종이 순장을 당하여 그것에 발악하다 몰매를 맞고 그 일로 대아찬 댁에서 쫓겨났다고 하던데, 너도 아는 일이냐?"

"잠개가 쫓겨난 것은 몰랐습니다."

"그런데 그놈이 왜 우리 집에 와서 받아달라고 청을 한단 말이냐?"

"예? 그것은……."

"네가 오갈 데 없는 종들은 받아주겠다며 큰소리 치고 다니느냐?"

삼산공의 목소리가 높아졌다.

"아닙니다. 죽은 처녀가 불쌍해서 편을 들어주었더니 쫓겨나 갈 데가 없으니 이리 온 모양입니다."

준정은 눈치를 살피며 말했다.

"잠개가 일을 잘한다 하니, 제 밥값은 할 것입니다."

"몸을 보살펴주고 회복하면 일을 시키도록 해라. 당분간 밥이나 먹여주고, 행랑채에 방을 하나 내주어라."

삼산공은 관리가 별당을 뒤진 일에 대해서는 언급이 없었다. 준정은 조마조마한 마음으로 고개를 숙이고 돌아섰다.

"그리고!"

아버지의 목소리가 등을 잡아당겼다.

"내 분명, 활쏘기를 그만하라 일렀겠다?"

준정은 진땀이 났다.

"나가 보거라."

"예."

불경에 대해 묻지 않는 삼산공의 깊은 속이 고마울 따름이었다.

창밖으로 달이 떠올랐다. 준정은 얼른 겉옷을 챙겼다. 달래가 문밖에서 기다리고 있었다. 둘은 뒷문으로 살짝 빠져나왔다.

"죽간을 받아 보셨으면 아마 나와 계실 것이에요."

달빛이 밝았다. 돌담을 넘어오는 살구꽃 향기가 새콤했다. 달이 밝아 위험하긴 해도 이차돈의 얼굴을 환히 볼 수 있으리라 생각하자 준정은 가슴이 두근거렸다.

오늘은 불경 공부를 하는 날은 아니었다. 이차돈의 집 뒤쪽에 있는 다리에서 뵙자고 준정이 청했다. 수년 동안 마음을 나누어 온 이차돈이었다. 그의 표정만 봐도 그 의중을 짐작할 수 있었다. 그런데 요즘 이차돈의 심경을 흔드는 불꽃이 보이는 듯했다. 준정을 바라보는 눈빛은 강렬했다가도 한순간 아련해지곤 했다.

다리 앞의 매화나무 지는 꽃잎을 따라 달빛도 떨어지고 있었다. 한참을 기다려도 이차돈이 나오지 않았다.

"왜 이리 안 나오시는 거지요?"

투덜거리며 담장을 돌아 대문 쪽을 쳐다본 달래가 깜짝 놀라 뒷걸음질쳤다. 준정도 고개를 내밀어 보았다. 무사로 보이는 덩치 큰 남자가 칼을 차고 대문 앞을 지키고 서 있었다.

"손님이 오신 모양이야. 그래서 못 나오시나 보다."

그때 대문 열리는 소리가 났다. 달래와 준정은 담장 뒤로 숨었다. 손님들이 나왔다. 이차돈이 키 큰 남자에게 머리를 깊이 숙여 인사했다. 남자는 이차돈의 어깨를 두드리고 돌아섰다. 얼핏 남자의 얼굴이 보였다. 짙은 눈썹에 정갈한 수염, 꽉 다문 입술이 범상치 않은 얼굴이었다. 불교를 따르는 귀족 신자들일까? 귀족들은 불교를 반대하지만 간혹 뜻을 같이하는 귀족도 있다고 했다. 이차돈은 그들이 어둠 속으로 사라질 때까지 서 있었다.

준정이 헛기침을 하며 이차돈 앞에 나섰다. 이차돈은 잠시 놀란 듯했으나 담담하게 말했다.

"잘 오셨습니다. 저도 뵙고 싶었습니다."

그 말에 준정은 불안하게 잠기던 생각을 지워버리고 이차돈에게 다가섰다. 이차돈이 준정의 눈을 들여다보았다. 그는 희열에 찬 눈빛을 하고 있었다.

"오래 기다리셨습니까?"

"아니에요."

이차돈이 고개를 숙였다.

"오늘 잠개가 피투성이가 된 채 저희 집에 왔습니다. 아버님 허락을 얻었으니 앞으로 저희 집에 있을 듯합니다."

준정은 이차돈이 멋쩍어할까 봐 잠개 이야기를 꺼냈다. 하지만 이차돈은 딴생각에 빠져 있는 듯했다. 준정을 바라보는 이차돈의 눈빛이 순간 일렁이다가 곧 차분해졌다.

"제가 먼저 드릴 말씀이 있습니다."

단호한 목소리로 말하는 그의 표정을 준정이 읽었다.

"우리가 안 된다는 말씀은 하지 마세요. 뭐라고 하셔도 제 마음은 변치 않아요."

준정은 다급하게 말했다. 이차돈이 한 걸음 다가와 준정의 어깨에 손을 얹었다. 믿음직스러운 손길에 준정의 가슴이 고동치기 시작했다.

"중생의 몸은 이미 부처님께 바치기로 했습니다. 아가씨의 마음을 받을 수가 없습니다."

이차돈의 눈빛은 불길을 품은 듯했지만 신념은 그 불길을 덮으려고 했다. 거뭇하게 수염이 자란 그의 입가엔 고뇌가 말라 있었다.

"불교가 위대하지만 그 진리만으로는 백성들 속으로 들어갈 수 없습니다. 지난 수년 동안 불법을 전하고자 했으나, 하루하루가 살기 힘든 백성들에게 자리이타(自利利他)*의 보살도를 심기 어렵다는 것을 준정 아가씨도 아실 것입니다. 진리는 스스로의 힘으로 뿌리내리는 것이 아니라 열정을 바쳐 그것을 전하려는 선도자가 있어야 가능하지요."

준정이 그의 팔을 붙들었다.

"제가 어찌 그것을 모르겠어요? 수년 동안 당신께서 그 일을 행하느라 애를 얼마나 태웠는지, 누구보다 잘 알지요. 저도 불교의 포교를 위해 끝까지 함께하겠어요."

오랜 시간 비밀리에 향도를 이끌며 불교 교리를 가르치는 동안, 이차돈은 백성들의 등불이 되었다. 머리를 깎진 않았지만 사람들은 그를 스님이라 부르며 따르고 있었다. 준정에게도 이차돈은 붉게 타오르는 등불이었다.

이차돈의 음성이 축축하게 젖어들었다.

"제가 감당해야 할 몫이 있습니다. 당신과 함께하는 것도 부처님의 은덕이라 생각했으나, 저는 사심을 접어야 합니다. 저 혼자 짊어져야 할 일이 있습니다."

견고하던 이차돈의 음성이 가늘게 흔들렸다. 자신을 밀어내려는 그의 혼신의 힘을 준정은 느낄 수 있었다.

"제 마음을 왜 버리려 하십니까? 왜 자신의 순수한 마음을 베어내려 하십니까? 저를 생각하는 마음을 허한 시간으로 돌리려 하

* 자신의 수행을 하면서 다른 사람도 이롭게 하는 수행태도

십니까? 저를 밀어내야 부처님의 자리가 넓어지는 건가요?"

이차돈은 돌아섰다. 준정이 휘청거리며 다가가 그를 붙들었다.

"저는 감히 당신의 신념을 흔들지 않을 거예요. 그저 그 신념을 곁에서 지켜보고자 할 뿐이에요. 저는 당신과, 부처님과 함께할 것이란 말입니다!"

약속한 보름달에 눈물 얼룩진 준정의 얼굴이 그대로 드러났다. 이차돈의 눈에도 눈물이 고였으나 그는 준정의 손을 가만히 놓았다.

"우리의 인연은 여기서 풀어야 합니다."

이차돈은 성큼성큼 걸어갔다. 자신의 마음에서 타오르던 등불이 어둠 속에서 사그라질 것 같은 두려움에 준정은 몸을 떨었다. 준정은 달빛을 거머잡듯 두 손을 모았다.

곁에서 지켜보게 해주십시오. 마음을 거두지 말게 해주십시오.

다리 맞은편에서, 조금 전에 이차돈의 집에서 나온 사람들이 준정의 그 모습을 보고 서 있었다. 귀족인 양 변복을 한 왕과 호위무사들이었다. 왕은 준정을 자세히 보았다. 달빛 아래 드러난 여인의 얼굴이 청초하기 이를 데 없었다. 이차돈에게 매달리는 모습이 애틋해 보였다. 그런데 그 얼굴이 어쩐지 낯설지 않았다.

"저 처자가 누구인지 아느냐?"

호위무사들은 말이 없었다. 한 걸음 더 뒤에 서 있던 사모가 나지막이 말했다.

"삼산공의 딸 준정이라 하옵니다."

준정이라! 이차돈, 저리 아리따운 여인을 두고.

왕은 허탈한 웃음을 지었다. 신라를 위해 끊임없이 개혁을 해야 한다는 굳은 신념이 한 번도 흔들린 적이 없는 왕이었다. 그런데, 불사를 위해 목숨을 내놓겠다는 이차돈의 신념 앞에 어쩐지 초라해졌다.

달빛 때문이렷다…….

달이 눈물 젖은 여인의 얼굴에 겹쳐져 왕의 가슴에 와 안겼다. 왕궁으로 향하는 자신의 발걸음이 터벅거리는 것을 왕은 알았다.

봄밤

"봄이로구나."

안개를 품은 달빛이 천천히 내리고 있었다. 복숭아나무 가지 끝에 매달린 꽃송이들이 달을 향해 향기를 피워 올렸다.

왕은 따르는 신하들을 멀찌감치 물리고 이차돈을 곁에 불렀다. 화백회의 내내 중앙군사를 강화하자고 했지만 귀족들의 항의에 부딪혔다. 사병을 줄이고 중앙군을 강화하면 귀족의 힘이 줄어들 것을 염려함 때문이었다.

불교를 공인하자고 했을 때는 항의가 더욱 거세게 일어났다.

"불교는 백제와 고구려가 믿는 것 아니오? 불교에서는 우리가 믿는 천신을 하찮게 보고, 귀족이나 노비가 똑같은 미물이라고 주장하고 있소이다. 이런 사악한 주장을 하는 불교를 받아들일 수 없소."

"불교를 인정하면 나라의 기강이 흐트러질 것이오! 위아래도 없이 백성들이 방만해져 신분 질서가 무너질 것이란 말이오!"

이찬이 목에 핏대를 세우고 말하자 다른 귀족들도 모두 한목소리로 반대했다.

귀족들은 변화를 싫어했다. 그들은 새로운 제도 때문에 화백회의를 통해 마립간을 정하던 자신들의 세력이 약화되는 것을 우려했다. 선대왕인 지증왕 이전까지 부족장들이 뽑은 마립간은 귀족보다 힘이 없었다. 왕은 그것을 바꾸고자 했다.

"나는 새로운 신라를 건설하고자 하나 이룬 것이 없다. 헌데 꽃은 해마다 새롭게 피어 영롱하구나."

왕의 무거운 목소리에 복사꽃 꽃잎이 몸을 떨었다.

이차돈은 조심스럽게 고개를 들어 왕을 우러러보았다. 칠 척이나 되는 큰 키에 유난히 낯빛이 희고, 나이가 들어도 흰머리가 생기지 않는 것이 부왕인 지증왕을 닮았다고 들었다. 달빛은 우수가 되어 용안을 흔들고 눈썹은 근심으로 짙게 꿈틀거렸다.

이차돈은 고개를 숙이며 낮고도 힘 있는 목소리로 아뢰었다.

"폐하께선 이미 신라의 기틀을 강건하게 닦으셨습니다. 율령을 반포하시고 귀족의 조직을 개편하지 않으셨습니까? 앞으로도 개혁을 계속하시어 굳건한 신라를 만드실 것입니다. 어찌 해마다 피고 지는 꽃 한 송이에 비하겠습니까?"

왕은 달빛을 품은 복사꽃을 바라보다 눈을 감았다.

"백제와 고구려를 보아라. 그들은 불교를 새 이념으로 받아들여 통치체계를 정비한 후 율령을 반포하지 않았느냐? 그러나 우리 신라는 뿌리 깊은 민간 신앙과 귀족의 저항 때문에 이를 거부당한 채 율령을 먼저 반포했다. 귀족의 힘이 왕보다 우위에 있으니 어찌 왕이 백성을 위한 정치를 펼 수 있단 말이냐!"

그 모습을 바라보던 이차돈이 무릎을 꿇었다.

"신 이차돈, 이 땅에 불심을 퍼뜨려 나라를 강건하게 하는 데 한 몸 바치겠습니다."

왕은 가만히 이차돈을 바라보았다. 그는 불심이 깊은 청년이었다. 오랫동안 불교를 공부해 불교의 교리에 누구보다 밝았다. 그리고 왕은 귀족들의 마음을 하나로 통합할 수 있는 새로운 사상으로 불교가 필요했다.

왕은 이차돈을 믿음직스럽게 내려다보았다. 비록 하급관리인 사인에 불과한 신분이지만 이차돈은 왕의 뜻을 제대로 받들고 있었다.

"폐하, 저의 뜻을 받아주시옵소서. 불교를 공인할 수 있을 것이옵니다!"

이차돈은 굳은 결심을 한 음성이었다.

그때, 저만치 물러나 있던 호위무사들이 다가왔다. 무사들 뒤로 옥진이 서 있었다. 어둠 속에서 옥진이 달빛의 전부를 등에 지고 있는 듯했다. 이차돈이 일어나 공손히 머리를 숙인 채 물러나 호위무사들 곁으로 가 섰다.

"화백회의에서 돌아오셨다는 말씀을 듣고 왔습니다."

옥진의 향기는 옷 속을 깊이 파고들었다. 부드러운 목소리의 끝은 애절한 노래의 마지막 가락처럼 여운을 만들었다.

"어인 일이냐?"

"소녀가 폐하의 은혜를 입을 만한 좋은 꿈을 꾸었습니다."

열아홉 가녀린 어깨가 달빛에 푸르게 빛났다. 오늘밤 왕을 모시고 싶단 말이었다.

"어떤 좋은 꿈이더냐?"

옥진은 서서히 고개를 들어 왕과 눈을 한 번 맞춘 후, 꽃잎 사이로 스미는 안개처럼 눈을 감았다. 한 번의 눈맞춤으로 사내의 마음을 무너뜨릴 줄 아는 여인이다. 은혜를 입을 만한 꿈을 꾸었다고 찾아오다니. 과연 어미 오도의 피를 그대로 물려받았다.

오도는 왕이 태자 시절 남몰래 사랑했던 여인이었다. 왕의 여자를 교육시키는 대원신통의 여자답게 오도는 태자의 마음을 단번에 사로잡았다. 그런데 오도는 태자 몰래 위화랑과 정을 나누어 옥진을 낳았다. 분노한 왕은 위화랑을 멀리 내치고 오도에겐 신당을 지키는 일을 맡겼다.

"팔색조가 세상을 다 덮을 듯 날개를 펴니, 그 모습이 말로 표현할 수 없을 정도로 찬란했습니다. 하늘을 나니 날개에서 오색구름이 피어나고, 그러다 팔색조가 제 품으로 파고들었습니다. 이것은 자손을 볼 꿈이라 하옵니다."

훌륭한 자손을 볼 꿈이기는 하나 아들을 생산할 꿈은 아니었다. 성골 핏줄을 강조한 선대왕 때부터 아들을 낳기 위한 좋은 징조들에 대해 왕도 들은 바가 있었다.

"그 꿈은 딸을 낳을 징조 같구나."

고개를 숙이는 옥진의 긴 속눈썹이 떨렸다. 궁에서 가장 아름다운 소녀란 소릴 듣는 옥진이었다. 그 미색에 마음이 움직이지 않는 것은 아니나 지금은 때가 아니었다. 왕에겐 딸이 몇 명 있었지만 왕의 뒤를 이을 아들이 없었다.

"너의 남편에게 가거라."

옥진의 남편 박영실은 친척 왕족으로 성품이 어질어 왕이 친구처럼 가까이 두는 이였다.

내궁으로 향하기 전 왕은 이차돈을 가까이 불러 조용히 일렀다.

"자네의 뜻을 알겠으니, 차후에 다시 논의하세."

이차돈은 고개를 숙이고 물러났다.

왕은 보도 왕후의 처소로 향했다. 마음 같아서는 달빛 아래서 이차돈의 생각을 듣고 싶었지만 왕후가 기다리고 있었다. 화백회의에 가기 전부터 왕후가 뵙기를 청했으나 왕은 회의에 다녀온 후로 미루어두었다. 내궁 앞에서 갑자기 달빛이 축축하게 어깨를 눌러왔다. 왕은 내키지 않는 마음을 추스르고 왕후의 처소로 향했다.

보도 왕후 김씨는 붉은 보랏빛 치마에 연푸른 저고리를 입고 꼿꼿하게 앉아 왕을 기다리고 있었다. 왕후는 음전하여 말수가 적고 구설수에 오르내릴 언행을 하지 않는 사람이었다. 그러나 왕은 어쩐지 왕후에게 마음을 다 풀지 못했다.

"화백회의는 어찌 되었습니까?"

보도 왕후의 말투는 회의 내용이 궁금해서 물어보는 것이 아니었다. 이미 아랫것들에게서 화백회의의 내용을 다 보고받았을 것이다.

"내 뜻을 알아주는 신하가 없었소."

왕이 짧은 한숨을 내쉬자 왕후도 고개를 숙였다.

"밝은 날에 여쭈어도 될 일을 괜히 제가 폐하를 곤란하게 만들었나 봅니다."

왕은 왕후를 지그시 바라보았다. 적당히 넓은 이마와 동그란 턱선, 마른 몸매에 비해 얼굴은 후덕해 보이는 인상이었다. 하지만 왕의 마음을 오래 묶어두지는 못했다. 왕후에게서 딸을 하나 얻었으나 그 후로는 별로 사이가 좋지 못했다.

"무슨 일이오?"

"지소에 관한 일입니다."

지소는 왕과 보도 왕후 사이에서 낳은 딸이다.

"허락하신다면 지소를 입종공에게 시집보낼까 합니다."

"입종?"

입종은 왕의 아우로 어릴 때부터 병약했다. 맏아들인 원종이 왕위에 오른 후 입종을 장가보내려 했으나 뜻대로 되지 않았다. 그런데 딸인 지소가 삼촌인 입종에게 시집을 가다니. 왕족끼리 혼인하여 그 혈통을 유지하는 것은 신라 왕가에서 흔히 있는 일이었다. 그러나 왕은 잠시 생각에 잠겼다.

지금 왕에겐 아직 뒤를 이을 태자가 없고 다른 후궁들은 성골 신분을 가지지 못했다. 만약 지소와 입종 사이에서 아들이 태어난다면 어찌될 것인가? 두 사람 사이에서 태어난 아들만 정통 성골이 되는 것이다.

"지소를 시집보내는 것보다 우리가 아들을 낳는 것이 더 급한 일일 듯하오."

왕후가 보일 듯 말 듯한 웃음을 보였다. 왕후도 아들을 소원했지만, 왕은 지소를 낳은 후 왕후와의 잠자리를 멀리하기만 했다.

"지소에게, 결혼을 하더라도 아이는 나중에 낳으라고 하겠습니다."

"그게 어찌 마음대로 되는 일이오?"

왕후와의 사이에서 아들을 낳는 일도 뜻대로 되지 않을 수 있다. 왕후를 바라보던 왕의 머리에 옥진이 떠올랐다. 진하게 옷을 파고들던 옥진의 체취가 생각났다. 오늘 밤 옥진을 품에 안을 수도 있었다는 생각에 왕의 가슴이 아릿해졌다. 옥진은 팔색조 꿈을 꾸고 남편 영실의 품에 안겨 있을 것이다. 이미 영실의 품에서 환희에 취해 있을지도 몰랐다.

왕은 벌떡 일어났다. 왕의 잠자리를 준비하던 사모들이 황급히 물러났다.

"지소를 시집보내는 일은 차차 의논하도록 합시다."

"또 미루시면 어찌합니까? 공주의 결혼입니다. 허락을 해주십시오."

보도 왕후도 고집스러운 구석이 있었다. 왕의 입에서 불쑥 퉁명스러운 말이 튀어나왔다.

"입종공은 병약하오. 세력이 큰 귀족가문에 공주를 주어 화합을 도모하는 편이 나을 것이오."

왕이 밖으로 나오도록 망연자실하게 앉아 있던 왕후가 급히 뒤따라 나왔다.

"왕족의 세력을 강화하여 폐하를 돕기 위함임을 어찌 모르십니까? 귀족집안에 공주를 주다니요, 아니 될 말씀입니다. 그것은 아니 되옵니다!"

왕의 목소리에 힘이 들어갔다.

"아니 되옵니다, 아니 되옵니다! 오늘 화백회의 내내 들은 말이오! 왕후도 아니 된단 말씀을 하려고 나를 보자 했소이까!"

왕은 돌아섰다. 호위무사와 함께 문을 나서는 왕의 뒷모습을 왕후는 우두커니 바라보았다. 어둠이 왕후의 어깨를 짓눌러 푸른 저고리에 수놓인 꽃이 맥없이 늘어졌다. 옆에 선 모(母)*들은 차마 고개를 들지 못했다. 나이 많은 사모(私母)**가 말했다.

"왕후 마마, 바람이 차갑습니다."

왕후가 마루로 올라섰다. 가늘게 늘어진 그림자를 끌고 방으로 들어가는 왕후의 뒤를 따르며, 사모가 후원 쪽을 돌아보았다. 왕후를 뵈러 왔다가 돌아간 줄 알았던 지소 공주가 후원에 서 있었다.

왕후의 방에선 불이 꺼지지 않았다.

지소 공주는 어머니의 방을 바라보았다. 가늘게 새어 나오는 불빛을 따라 눈물이 날 것 같았다. 성골의 아이를 낳아야 한다. 귀족들을 통합하는 일은 아버지인 왕이 하실 일이고, 건강하게 왕족의 핏줄을 잇는 것은 공주가 할 일이라고 배웠다.

"공주님, 그만 돌아가시지요."

그러나 지소는 어머니 방의 불이 꺼질 때까지 그 자리에 서 있었다.

'귀족을 회유하는 목적으로 나를 시집보내려 하시다니.'

지소는 양미간에 힘을 주어 지나는 바람소리를 귀에 담아보려 했다. 지소는 아버지를 닮아 키가 크고 어깨가 넓었다.

'내가 태자로 태어났어야 했는데!'

그랬다면 아버지와 어머니의 시름을 덜었을 것이었다.

'내가 태자였다면, 아버지께서 자랑스러워하셨을 텐데.'

* 신라 월궁 내의 궁녀

** 궁녀들 중에서 지위가 높은 궁인

지소는 두 손에 힘을 꽉 주면서 아버지를 생각했다.

'무엇 때문에 나를 입종공에게 시집보내기를 꺼리실까. 혹여 아버지께선 내가 입종의 아들을 먼저 생산할까 봐 두려워하는 것일까?'

지소는 고개를 끄덕였다.

'어머니, 두고 보십시오. 어머닌 아들을 못 낳아 한탄하셨지만, 이 지소가 아들을 낳을 것입니다. 그리고 왕위를 누가 잇는지 지켜보십시오.'

지소는 돌아서서 천천히 걸었다. 하늘에 뜬 달보다 연못에 내린 달이 더욱 선명했다.

지소는 사모를 돌아보고 말했다.

"입종공의 처소로 가자."

"공주님!"

공주는 사모보다 앞서 걸었다. 귓불에 위태롭게 걸린 귀걸이가 차갑게 달랑거렸다.

남모

햇빛이 연못 위로 쏟아지자 물 내음이 푸르게 피어올랐다. 늘어진 수양버들 가지가 물에 닿아 흔들렸다. 수련의 잎들은 물 위에 떠서 푸른 하늘을 받들고 있었다.

남모는 어머니와 함께 월하정에 올랐다.

"이 찻잔을 보아라. 어느 나라에서 온 것 같으냐?"

어머니인 보과 부인은 양나라에서 가져온 차를 마시자고 했다. 하지만 차를 마시는 것보다는 찻잔을 보여주고 싶은 눈치였다.

동그란 얼굴에 연한 갈색의 눈동자, 선명한 인중 밑에 도톰한 입술, 하얀 귀 뒤로 넘긴 숱이 많은 머리까지 어머니를 빼닮은 남모였다. 구슬이 늘어진 금귀걸이와 옥으로 장식한 금목걸이, 두툼한 금팔찌를 한 남모의 모습을 보과 부인은 지그시 바라본다. 자신이 공주였던 시절도 이런 모습이었을까. 기억까지 희미한 먼 날이다.

남모는 하얀 찻잔의 밑 부분과 손잡이에 수를 놓은 듯 작게 그려진 연꽃무늬를 보고는 미소를 지었다.

"백제의 찻잔 아니옵니까?"

그리고는 어머니를 향해 몸을 살짝 기울이고 낮게 속삭였다.

"어머니의 나라에서 온 것이지요?"

보과 부인은 소리 없이 웃었다. 백제. 그 이름만으로도 가슴이 아릿해졌다.

"내가 처음 신라에 와 폐하를 다시 만난 것이 바로 이 월하에서였지."

"또 그 이야기를 하시려는 거예요? 신라의 왕자를 찾아 월성에 들어온 백제 공주 이야기?"

남모는 희끗해지기 시작하는 어머니의 머리를 보았다. 어머니가 지난 시절을 그리워하는 것은 지금의 삶이 별 재미가 없는 탓이리라 생각했다.

"백제에 사신으로 온 폐하를 보고 첫눈에 반했어. 폐하 또한 나에게 눈길을 빼앗긴 건 마찬가지였지."

보과 공주는 백제 동성왕의 딸이었다. 백제에 온 원종과 사랑에 빠졌는데, 원종이 신라로 돌아간 다음 임신한 사실을 알았다. 공주는 거지로 변장하여 몰래 백제를 빠져나와 원종을 찾아 신라의 월성으로 들어왔다. 왕궁에 숨어들어 와 군사들에게 쫓기다가 월하 연못에 빠져 허우적거렸다. 공주를 연못에서 살려준 사람이 바로 원종, 지금의 폐하였다.

"다시 젊은 시절로 돌아가 아버님을 만난다면 또 신라로 따라오시겠습니까?"

남모가 짓궂은 표정으로 코를 찡긋하며 물었다. 보과 부인은 돌아갈 수 없는 그 시절이 그리운 듯 혹은 회한에 젖는 듯 아련한 목소리로 말했다.

"다시 젊어지면 철도 없어지겠지. 정인을 위해 전부를 버리는 것은 결코 쉬운 일이 아니다."

남모는 어머니의 외로움을 잘 알았다. 신라 왕궁에서 유일한 백제인으로 어머니는 마땅히 의지할 사람이 없었다.

"저는 백제의 찻잔이 좋습니다. 소박하지만 정갈한 멋이 있지 않습니까?"

"그렇지. 이번에 서역에서 가져온 유리잔과 유리병을 보았느냐? 맑고 신비로운 멋은 있으나 가벼워 보이지 않더냐? 찻잔은 백제나 가야의 자기가 더 은은하게 사람의 마음을 감추어 주지."

백제에서 온 여인이라 정식 왕후가 될 수 없고 아들을 낳더라도 그 아들이 왕이 될 수 없다는 것을 일찌감치 깨달은 보과 부인이었다. 그래서인지 외국에서 들여오는 물건에 관심을 가졌고, 물품에 대한 조예도 남달랐다.

"지소 공주가 곧 입종공과 혼인식을 올린다더구나. 너도 혼인을 할 나이가 되었는데 말이야."

보과 부인이 남모를 떠보듯이 말하며 웃었다.

"혼인은 아직 생각이 없어요."

눈을 내리까는 남모의 표정을 보과 부인은 자세히 살폈다.

"여기저기서 혼인 말이 들어오고 있어. 왕족 중에 적당한 자리를 알아보면 되겠느냐?"

남모는 대답을 피하고 연못으로 눈길을 돌렸다. 어머니는 정인을 따라 태어난 나라마저 버리고 왔는데, 나는 왜 잘 알지도 못하는 사내와 혼인을 해야 할까.

"그리고 얼마 전, 폐하께서 나에게 백제의 불교에 대해 몇 가지 물어보시더구나. 귀족들이 불교에 반대하고 있어 힘들어하셨어. 내가 폐하를 도울 일이 있으면 성심껏 돕겠다고 말씀드렸다."

일찍 불교를 공인한 백제에서 온 보과 부인에게 왕이 몇 가지 물어본 모양이었다.

"그 말씀 끝에 폐하께서도 은근히 말씀하시더구나. 아시공이 너를 며느리로 삼고 싶어 한다고."

아시공은 삼엽 공주의 남편으로 왕이 신임하는 최측근이었다.

"폐하께서 너를 불러 혼인에 대해 네 의중을 물어봐야겠다고 하시더라."

보과 부인은 왕의 관심이 고마운 듯한 말투였지만 남모는 오히려 마음이 무거워졌다. 바람 한 줄기가 연못 위로 지나갔다. 수양버들 잎이 수면을 붓질하듯 쓰다듬었다.

만개한 도화가 하염없이 지는 저녁이었다. 남모의 사모가 조용히 아뢰었다.

"공주님, 폐하께서 월하정에 납시어 공주님을 은밀히 찾으십니다."

월하정으로 향하는 남모의 마음이 가라앉지 않았다. 혹시 폐하께서 자신에게 혼인 이야기를 하려고 부르시는 것일까? 그렇더라도 이 밤에 은밀히 부르시는 것이 이상했다.

폐하의 행차인데도 월하정 주변에 등불을 켠 모들이 보이지 않았다. 어둠 속에 사모들이 몇 명 서 있고 호위무사들이 주변을 살피고 있었다. 왕은 정자에 앉아 누군가와 이야기를 나누고 있었다.

"공주님께선 정자에 올라와 조용히 이야기를 들으라 하셨습니다."

사모가 귓속말을 하듯 일러주었다. 왕과 독대를 하는 사람이 누구인지 말해주지 않았다. 남모는 발소리를 죽여 조심스럽게 계단을 올라갔다.

왕과 어떤 남자가 찻상을 마주하고 앉아 있었다. 왕은 남모를 보고는, 뒤쪽에 앉으라는 손짓을 했다. 정자 위에도 등불을 켜지 않아 달빛이 등불을 대신하고 있었다. 남모는 돌아앉은 남자를 유심히 살폈으나 누군지 짐작할 수 없었다.

남모는 그의 뒤로 약간 떨어져 앉으며 남자 앞에 놓인 것을 보았다. 목탁과 염주였다. 왕은 지금 혼인 일로 담소나 나누자고 남모를 부른 것이 아니었다.

"불교는 신을 근본으로 삼지 않고 사람을 근본으로 여기며, 모든 만물에까지 그 수행의 힘이 미치게 합니다. 곧 일체경계 본래일심! 이것이 불교의 인본사상이니 백성들에겐 부처님이 구원자가 될 수 있습니다. 감히 아뢰옵건대, 이 나라도 백성을 근본으로 삼아야 이치가 마땅하지 않습니까?"

돌아앉은 사내의 목소리는 어둠을 가르며 맑게 울렸다.

"귀족들은 자기 부족의 신에 빠져 있기 때문에 불교가 들어오면 자기들의 신앙이 훼손될 거라고 생각하는 게 문제일세. 하지만 나는 그렇게 생각하지 않아. 지금 신라에서 믿는 오악신군들과 불교를 잘 어울리게 할 수도 있다고 생각하네."

"옳으십니다. 하지만 나라를 위해 목숨을 바치라는 호국 불교의 이념은 귀족들로 하여금 불교를 경계하는 마음을 가지게 할 것입니다."

남모는 이 사내가 누구인지 짐작이 갔다. 왕을 모시는 사인 중, 불교에 박식한 젊은이가 있다고 했다.

"귀족들의 마음을 움직이게 하기 위해서는 강력한 동기가 필요합니다. 제가 비록 미천하지만, 제 전부를 바쳐 불교를 전하겠습니다."

왕은 고개를 저었다.

"이전에도 묵호자란 승려가 공주의 병을 고쳤지만, 왕이 죽자 사람들이 묵호자를 죽이려 하였지. 그뿐인가, 아도란 승려도 사람들 사이에 불심을 전파하고 다녔지만 억압에 못 이겨 결국 손수 무덤을 만들고 자결하지 않았는가? 자네의 생각만큼 결코 쉬운 일이 아니네."

왕이 달을 한 번 올려다보고 찻잔을 비웠다. 사내가 두 손으로 공손히 차를 따랐다.

"나라를 위하여 자신을 희생하는 것은 신하의 일이요, 임금을 위하여 목숨을 바치는 것이 백성의 바른 뜻이라 했습니다. 신 이차돈, 폐하와 백성들, 부처님을 위하여 이 한 몸 바치겠습니다. 제 목숨을 거두어 본보기로 삼는다면 반드시 불교를 공인할 수 있을 것입니다."

결의에 찬 그의 목소리는 떨리고 있었다. 남모는 고집스러워 보이는 그의 등을 뚫어지게 바라보았다.

이 청년은 진정 죽음이 두렵지 않은 것일까? 폐하께서 나를 부르신 연유는 무엇일까?

"그건 안 되는 말일세. 더욱이 불교에서는 살생을 금하고 있어.

진리라고 해서 사람의 목숨과 바꿀 수는 없네. 남모야, 이리 가까이 오너라."

남모는 일어나 몇 걸음 앞으로 다가가 앉았다. 그가 남모에게 고개를 숙였다.

"이차돈과 불교를 공인하는 방안에 대해 이야기를 나누고 있었다. 이차돈의 의지가 거룩하지만 귀한 목숨을 담보로 하는 것은 안 될 일이지. 나는 왕궁 안에서 불교를 퍼뜨리는 현명한 방도를 찾고자 한다. 너는 네 어미와 함께 불심이 깊은 줄 알고 있느니라. 그래서 부른 것이야."

남모는 왕이 자신을 부른 이유를 알자 마음이 가벼워졌다.

"소녀가 미약하나 할 수 있는 일이 있다면 무슨 일이든 하겠습니다."

"왕궁 안에 스님들을 초대하여 불사를 일으키는 일을 논의할 것이다. 백제에서 온 스님들이 네 어미를 뵙고자 한 것으로 위장할 생각이다. 그렇다면 왕궁 안에서 스님들의 불법을 듣는 일이 자연스럽게 이루어질 것이다. 이것을 계기로 왕궁에서 불교를 공인받을 수 있는 기회를 만들고자 한다."

왕이 세운 계획이었다. 이미 불교를 공인한 백제에서 온 어머니를 이용해 스님들의 불법 행사를 치른다는 것이었다.

"제가 어머니와 의논하여 폐하의 뜻을 받들겠습니다."

남모의 말이 끝나기도 전에 이차돈이 머리를 조아렸다.

"하오나 폐하! 불교는 백성들의 소망입니다. 만백성을 위한 것이어야 그 정당성을 인정받을 수 있을 것입니다. 폐하께서 귀족들을 견제하기 위해 스님들을 왕궁 안으로 모시는 것이 가능할 수 있으나, 백성들에게 불교의 가르침이 다가가기에 한계가 있어 염려스럽습니다."

이차돈은 당돌하리만큼 강경하게 말했다. 남모가 조심스럽게 말했다.

"귀족들 사이에서도 불교를 믿는 사람이 은밀히 늘어나고 있다고 들었습니다. 왕궁의 의지를 확실히 모아 보여준다면 귀족들이 이를 거역하지 못할 것입니다."

"폐하! 왕궁에서 불사를 일으키기 전에 제가 천경림에 불사를 일으키겠습니다."

그림자 진 그의 옆얼굴은 고집스럽고 당당하게 왕을 쳐다보고 있었다.

"천경림 숲은 귀족들이 제사를 지내는 곳이 아닌가?"

"그러기에 그곳에 절을 짓겠나이다. 제가 왕명을 받았다 하며 그것을 기필코 실현하겠나이다. 제가 나서면 많은 백성이 힘을 모을 것입니다. 하오나 왕궁에서 먼저 불사를 일으키려고 하면 귀족들의 반대가 심해 오히려 불교를 공인하는 시기가 멀어질 것입니다."

남모는 이차돈 옆에서 그의 이야기를 듣는 것만으로도 경이로운 부처님의 세계에 다가가는 듯했다.

"저녁에 제가 부처님의 가르침을 받든다면, 커다란 가르침이 아침에 행해져 부처님의 날이 설 것이요, 폐하께서는 길이 평안한 나라를 만드실 수 있을 것입니다. 왕명을 빙자한 죄로 제 목숨을 거두십시오. 목숨을 바치겠사옵니다."

왕은 안타까운 음성으로 말했다.

"정녕 그 길이 올바른 길이겠는가?"

"폐하, 제가 내일 아침 일찍 왕명을 받아 백성들을 데리고 천경림에 가 절을 짓겠노라 하며 나무를 벨 것입니다. 그때 저를 잡아들여 목을 치시면 반드시 상서로운 일이 일어날 것입니다."

왕이 거듭 만류했지만 이차돈은 고집을 꺾지 않았다. 이윽고 세 사람은 정자에서 일어났다. 이차돈은 왕에게 마지막 절을 올렸다. 왕은 더 이상 말을 잇지 못했다.

이차돈은 돌아서서 어둠 속으로 사라졌다. 남모는 그의 뒷모습을, 살아 있는 부처님을 보듯 가슴에 새겼다.

하늘에서 금빛 유성이 길게 꼬리를 남기며 서쪽으로 떨어졌다.

월성에 눈꽃 지다

"훼부의 모극지 왕은 이 일을 어찌 책임지려 하시오?"

왕이 회의장에 들어서는 순간, 왕을 기다리던 진골 귀족들이 소리쳤다. 왕은 입술을 깨물었다. 훼부는 신라 6부 중 하나로 왕은 훼부 출신이었다. 모극지는 훼부의 우두머리일 때의 왕의 이름이었다. 귀족들은 아직 왕을 6부의 대표자 중 한 사람으로 여기고 있었다.

"무슨 일로 이러시오?"

왕은 어깨를 가다듬고 심호흡을 했다.

"이차돈이 왕명을 받아 절을 짓는다고 하는데 어찌된 일입니까?"

"그것도 천신을 모신 천경림에 절을 짓는다 하니, 이것은 천신과 귀족들을 모욕하는 일이요, 신라의 기강을 무너뜨리는 반역행위 아니오?"

그때 맞은편에 서 있던 아시공이 목소리를 높였다.

"일개 하급관리인 사인이 하는 말만 듣고 감히 폐하께 이리 무엄한 말씀을 올린단 말이오?"

화를 내던 귀족들이 잠시 주춤했다. 아시공이 왕에게 고개를 숙이고 말했다.

"지금 천경림에서 이차돈이 나무를 모조리 베어내고 있습니다. 이유인즉, 왕명을 받아 거기다 흥륜사라는 절을 짓는다는 것이옵니다."

"왕명이라니!"

왕이 손으로 탁자를 내리쳤다.

"왕명이라니! 나는 그런 명을 내린 적이 없소이다! 불교가 공인되지 않은 나라에 불사를 일으키다니!"

귀족들이 당황한 듯 서로 얼굴을 마주 보았다. 아시공이 그것 보라는 듯이 맞은편에 선 귀족들을 치떠 본 후, 목소리에 힘을 실었다.

"이차돈을 당장 잡아들여 왕명을 빙자한 대역죄를 물어야 할 것입니다."

"정말 왕명이 아니란 말씀이오? 그러면 그 많은 백성이 어디서 동원되어 나무를 베어낸단 말이오?"

이벌찬이 고개를 꼿꼿하게 세우며 물었다.

"그야, 숨어서 불교를 믿던 놈들 아니겠습니까? 그놈들 다 잡아들여 다시는 불교 이야기를 꺼내지 못하도록 도륙을 해야 합니다. 천경림에 간 놈들 모두를 잡아들이라고 명을 내리십시오."

파진찬이 격노해서 말했다. 이벌찬이 그런 파진찬을 진정시키듯 천천히 말했다.

"감히 천경림의 나무를 베었다는 것만으로도 중죄지요. 하지만 백성들 사이에서 이미 불교가 펴져 나가고 있소이다. 억압하면 오히려 반발이 클 것이니 이차돈만 잡아들이는 것이 마땅한 줄 압니다."

그러자 파진찬이 눈을 동그랗게 떴다.

"아니, 그게 무슨 말씀이오? 나라의 기강을 잡아야 할 이벌찬이 그런 말씀을 하시오? 불교는 사악한 미신이오. 왕명까지 빙자하지 않았소이까? 이것은 반역이오!"

왕은 귀족들의 말을 가만히 듣고 있었다. 불교를 반대하는 귀족들이 대부분이지만 현실을 받아들여야 한다는 의견도 있었다.

왕은 심호흡을 하고 무언가 결심한 듯 외쳤다.

"당장 가서 이차돈을 잡아오라!"

천경림에서는 백성들이 나무를 베고 있었다. 새들이 떼를 지어 날아오르고 서라벌의 말들은 날뛰기 시작했다.

"아가씨, 이차돈께서 사람들과 함께 천경림에서 나무를 베고 있답니다."

달래의 이야기를 들은 준정은 곧바로 말에 올랐다. 어젯밤 이차돈의 집 앞에서 그를 기다렸으나 만나지 못했다. 불교를 위해 목숨이라도 내어놓아야 하니 이승에서의 인연은 다했다는 그의 말이 마음에서 떠나지 않았다.

천경림은 신의 후손이라고 믿는 귀족들이 자신들의 신에게 제사를 지내는 성스러운 숲이었다. 준정은 숲 앞에 이르렀다. 많은 백성이 나와 남자들은 나무를 베고, 여자들은 나무가 넘어갈 때마다 환호성을 지르고 있었다. 향도에 모이던 신자들도 모두 나와 있었다.

준정은 이차돈을 찾았다. 그는 관복을 입고 서서 사람들을 지휘하고 있었다.

"이것이 어찌된 일입니까?"

이차돈은 결의에 찬 표정으로 대답했다.

"왕명을 받아 천경림에 절을 짓기로 했소. 신라 최초의 절이 될 것이오."

"왕명이라니요!"

이차돈은 준정의 어깨를 잡았다.

"내 마음이 흔들리지 않도록 빌어주시오. 내 운명을 기꺼이 받아들여 불교가 널리 퍼지도록 해주시오."

준정은 그의 말이 무슨 뜻인지 깨달았다. 불교를 금하고 있는 나라에서 절을 짓다니! 목숨을 내놓는 일이다. 이차돈은 돌아서서 사람들을 독려했다.

"나무를 베시오. 왕명이오!"

준정은 마음속에서도 뜨거운 것이 솟구쳐 올랐다. 백성들의 환호 속에서 웃으며 일을 독려하는 그의 운명이 준정의 가슴마저 뜨겁게 끓어오르게 했다.

그때 말발굽 소리가 들렸다. 왕궁의 군사들이 먼지를 일으키며 달려왔다. 백성들이 숲 앞을 가로막고 있어 그들은 말에서 내렸다.

"죄인 이차돈은 왕명을 받아라. 속히 잡아들이라는 폐하의 명이다!"

백성들이 겁에 질려 수군거리면서도 군사들에게 길을 터주지 않았다. 숲에서는 커다란 나무 한 그루가 굉음을 내며 쓰러졌다.

"죄인 이차돈은 썩 나오거라!"

준정이 병부의 대장 앞에 나섰다.

"이차돈께선 지금 왕명을 받아 나무를 베고 있습니다. 무슨 죄를 씌운다는 것이오?"

"왕명을 빙자하였으니 죽어 마땅하오! 어서 나오시오!"

"안 됩니다! 우리는 이차돈을 내줄 수 없습니다!"

준정의 말에 백성들이 동조하며 군사들 앞을 빽빽하게 막아섰다.

"비키시오. 감히 왕명을 전하러 온 병부에 반항하면 가만두지 않겠소!"

"그럼 우리를 먼저 잡아가시오."

준정이 목에 핏대를 세웠다. 지금 이차돈이 끌려가면 살아남지 못할 것이다. 그렇다면 나 역시 목숨을 버리리라. 수년 동안 마음을 다해 사모하고 공경해온 이차돈이었다. 자신을 부처님의 세계로 이끌어준 등불이었다. 백성을 위한 삶이 가치 있는 삶이라고 가르쳐준 사람이었다. 그의 품에 있으면 자신이 세상에서 가장 행복한 여인이 되었다. 모든 정념을 바쳐 사모했던 유일한 사내, 이차돈이 없는 세상은 준정에게도 의미가 없었다.

병부의 대장이 검을 뽑았다. 군사들 앞을 가로막은 여인네들 입에서 짧은 비명이 터져 나왔지만 준정은 눈도 깜짝하지 않았다.

"나를 베고 가시오. 여기 둘러선 죄 없는 백성들을 다 죽이고 그를 데려갈 참입니까?"

"그만하십시오."

차분한 이차돈의 음성이었다. 그는 앞으로 나서며 준정에게 비켜서라는 눈길을 주었다.

"내가 갈 길입니다. 폐하를 뵙고 오겠으니 물러나십시오."

이차돈이 앞으로 나서자 군사들이 그를 양쪽에서 붙들었다. 준정이 군사들을 밀쳐내려 달려들었다.

"이 길을 가시면 다시는 못 돌아옵니다. 당신을 따르는 백성들을 내버려두고 혼자 떠나려 하십니까?"

이차돈이 울부짖는 준정을 돌아다보았다.

"백성들이 바라는 세상은 제가 아니라 부처님의 품입니다. 저는 백성들에게 부처님을 보내드리기 위해 이 길을 기꺼이 갈 것입니다."

숲에서 나무를 베던 남자들이 모두 나와 도끼를 든 채로 군사들 앞을 가로막았다.

"이분을 데려가려면 우리를 모두 죽이고 가야 할 것입니다."

도끼를 움켜쥔 남자들이 길을 막자 군사들도 당황했다. 이차돈이 그들을 부드럽게 달랬다.

"여러분, 곧 나라에서 불교를 공인할 것입니다. 제가 아니라도 여러분은 이곳 천경림에 절을 짓게 될 것입니다. 그것이 부처님의 보살핌입니다."

결국 남자들도 눈물을 머금고 길을 터주었다. 병부의 대장은 몰려든 사람들이 두려운 듯 이차돈을 말에 태우고 급히 자리를 떠났다. 백성들은 이차돈을 목놓아 부르며 그 뒤를 따라 왕궁으로 향했다.

왕은 흥분한 귀족들의 질타를 들으며 자신의 선택이 과연 옳았는지 고심하고 있었다. 문밖에서 다급한 발소리가 들려왔다.

"이차돈을 잡아 병부 관아의 뜰에 압송하였습니다."

왕보다 귀족들이 앞서서 자리에서 일어났다. 병부는 왕궁의 북쪽에 있었다. 월하정 옆을 지날 무렵 담장 밖이 소란스러웠다.

"성 밖에 무슨 일이 있는 게냐?"

이벌찬이 물었다.

"백성들이 몰려와 이차돈을 돌려달라고 애원하고 있습니다."

"저런 발칙한! 필시 천경림에서 이차돈의 지시로 나무를 베던 불교 신자들일 게요. 다 잡아들여야 합니다."

파진찬이 흥분했지만 이벌찬은 고개를 저었다. 담장 밖에서 외치는 고함소리를 들으며 그들은 병부 관아로 향했다.

넓은 뜰에 이차돈이 있었다. 지는 가을 햇살이 그의 머리를 붉게 비추었다.

왕이 앞으로 나아가 의자에 앉자 귀족들이 왕의 양 옆으로 늘어섰다. 하리가 달려들어 이차돈을 무릎 꿇게 했다. 그는 왕을 한 번 본 후 고개를 숙였다.

"네 이놈! 감히 왕명을 받았다는 말로 백성들을 속였단 말이냐?"

"왕명은 없었지만 부처님의 명을 받았습니다. 왕명보다 거룩한 부처님의 가르침에 따랐을 뿐입니다."

이차돈의 목소리가 쩌렁쩌렁 울렸다. 귀족들이 분을 참지 못하고 소리를 질렀다.

"감히 천경림을 훼손하여 우리들의 천신을 욕보이다니! 천신의 후손인 귀족들을 뭘로 보고 그런 짓을 한 것인가?"

"불온한 사상으로 백성을 선동하였겠다? 모든 사람이 평등하다 주장하다니! 그런 불교가 나라에 퍼지면 백성들이 다스려지겠느냐?"

이차돈이 그들을 향해 말했다.

"끼니도 못 잇는 백성들을 보고도 귀족들 배만 불리라는 것이 천신의 뜻이오? 백성들에겐 그런 천신이 필요없소! 부처님은 모든 사람의 근본은 동등하다 하시오. 그래서 백성들이 부처님을 원하는 것이오!"

파진찬이 고개를 절레절레 흔들었다.

"젊은 놈이 부처의 꼬임에 빠졌구나. 나라란 자고로 백성들이 잘 다스려져야 하는 법. 백성이 귀족과 똑같은 존재라 하면, 백성들이 귀족의 말을 듣겠느냐? 불교로는 나라를 제대로 다스릴 수가 없느니라!"

"백성을 다스리는 자가 귀족이란 말이오? 그렇다면 그 귀족을 다스리는 자는 누구요?"

이차돈의 말에 귀족들은 흥분하여 저마다 소리쳤다. 그러나 누구도 나서서 그 말에 대답을 내놓는 이가 없었다. 이차돈은 왕을 향해 머리를 숙였다.

"왕이시여! 귀족들은 왕께서 불심을 얻어 자신들을 다스리는 것을 원치 않습니다. 그러기에 더더욱 왕께서 부처님의 마음으로 귀족과 백성을 동등하게 살펴 다스려야 할 것입니다."

"감히 네가 세 치 혀로 폐하를 농락하려고 무슨 헛소리를 지껄이는 게냐!"

"태생이 있고 분수가 있는 법, 감히 귀족의 신분을 노비와 견주다니! 백성들이 분수를 잊고 귀족들을 거스른다면, 그것이 곧 나라를 망치는 일 아닌가? 나라를 어지럽게 하는 자는 반역자다."

이찬의 말에 이차돈이 말했다.

"백성들이 불심을 가지면 분수를 모를까 봐 두렵소이까? 노비들이 귀족을 말을 듣지 않고 농사라도 거역할까 봐 두렵소이까? 부처님은 백성들 또한 귀족과 마찬가지로 여기시오. 현재의 고통을 참고 분수를 지켜 사람된 도리를 다하면 누구나 내세에 잘살 수 있다고 하시오. 백성들이 원하는 것은 그 믿음이지 결코 분수도 모르고 귀족들을 거역하고자 함이 아닙니다."

왕이 근엄한 목소리로 물었다.

"그래서 너는 정녕 천신을 버리고 백성들에게 불법을 전하려 하느냐?"

이차돈은 한 번 더 머리를 조아린 뒤 간곡하게 말했다.

"불법을 행하면 백성이 편안해지고 나라가 부흥할 것입니다. 백성을 위하고 나라를 살리는 길이니 제가 무엇을 두려워하겠습니까?"

이벌찬이 크게 꾸짖었다.

"무엄하다! 감히 네가 왕도를 입에 담는단 말이냐?"

왕이 좌우의 귀족들을 둘러보며 말했다.

"이차돈이 결코 불심을 버리지 않으니 어떻게 하면 좋겠소?"

왕의 말이 떨어지기도 전에 파진찬이 대답했다.

"참수를 해서 일벌백계로 삼아야 합니다. 지금 성 밖에서 소란을 피우는 저들을 보소서. 이차돈을 살려두면 저들은 더 큰 소란을 일으킬 것입니다."

이차돈을 살려주자는 사람은 아무도 없었다. 왕은 복잡하게 죄어오는 마음을 풀 수 없었다. 마지막 선택을 할 수밖에 없는 시간이 눈앞에 와 있었다.

"마지막으로 한 번만 더 묻겠다. 네가 부처를 버리겠다고 하면 목숨은 살려주겠다."

"무엇을 겁내십니까? 제 목을 치시지오. 저는 목숨이 붙어 있는 한 부처를 모시고 불사를 일으킬 것입니다. 신라 백성들의 극락왕생의 길을 도울 것입니다!"

이차돈은 어젯밤 간곡히 말했다.

제가 목을 치시라 말씀드리면 더 이상 망설이지 마십시오.

왕은 흔들리는 마음을 억누르며 그를 보았다. 이차돈은 조금도 거리낌 없는 얼굴이었다. 왕은 신하들에게 한 번 더 물었다.

"나는 이 자를 살려두어야 한다고 생각하오. 그러나 그대들이 모두 죽이라고 하면 죽이겠소!"

그러자 모두 이구동성으로 대답했다.

"죽여야 합니다!"

이벌찬과 아시공은 대답하지 않았다. 이차돈이 좌우의 신하들을 보고 마지막으로 말했다.

"내가 죽은 뒤에 주검에서 상서로운 조짐이 보이면 불교를 인정하시오!"

신하들은 그의 말에 코웃음을 쳤다.

"상서로운 조짐? 그래, 네놈 목이 잘리는 것을 우리가 똑똑히 지켜보마. 제 목숨 아까운 줄도 모르는 어리석은 놈이 큰소리냐!"

왕은 이차돈의 눈길을 피했다.

"이차돈의 목을 베라!"

하리가 이차돈의 관복과 관을 벗겼다. 그는 푸른 웃옷에 통이 넓은 옥색 바지를 입었다. 손을 묶은 뒤 하리들이 양쪽에서 그의 팔을 붙들었다. 왕이 말했다.

"칼을 들기 전, 마지막 소원을 들어주어라."

이차돈은 왕에게 눈길을 주지 않고 담담한 표정으로 걸어 나갔다. 이차돈의 죽음을 확인하러 가는 신하들도 말을 삼가는 분위기였다. 해가 가녀린 숨을 끌고 산을 넘어가고 있었다. 왕의 가슴도 무엇에 막혀 숨을 쉴 수가 없었다. 그를 죽여야만 불도를 얻을 수 있을까.

그때 웅성거리던 담장 밖에서 굵은 비명 소리가 들려왔다. 왕은 호위무사에게 손짓을 했다.

"무슨 일인지 알아보라."

호위무사가 중문을 열고 나갔다가 달려왔다.

"한 여인이 말을 타고 달려와서는 이차돈을 만나야 한다고 악을 쓰고 있습니다."

"여인이라니? 혹시 이차돈의 어미인가?"

"아닙니다. 예전에, 밤길에 잠시 본 적 있는 처자인 듯합니다."

준정! 왕은 달빛 아래 보았던 준정의 얼굴이 떠올랐다.

"데려오라."

왕은 준정의 마음이라도 달래주고 싶었다. 그렇게 하는 것이 아차돈의 죽음에 대한 자비라고 여겼다.

월성의 성벽 둘레에는 호를 파서 물이 흐르고 있었다. 성 안에서 성문을 열고 다리를 내려야 성으로 들어올 수 있었다. 왕은 준정을 기다리는 시간이 길게 느껴졌다. 다가오는 준정을 보자 왕의 마음은 더 아득해졌다. 준정은 가는 허리를 졸라맨 보랏빛 바지를 입은 채 미친 듯이 다가왔다. 그녀는 자기 앞에 있는 사람이 신라의 왕인지 확인도 없이 그 앞에 엎어졌다.

"살려주십시오. 이차돈을 살려주십시오. 이 나라 백성들을 위해 불심으로 가득 차 있을 뿐, 그는 아무 죄가 없습니다!"

준정은 눈물을 쏟으며 왕 앞에 끓어앉아 빌었다. 간절한 그녀의 목소리에 왕의 마음이 흔들렸다.

"저도 같이 죽여주십시오! 흐흐흑!"

내가 이 꽃다운 젊은이에게 무슨 짓을 하려는 것인가?

"마지막이라면, 한 번만 보게 해주십시오. 한 마디라도 전하고 보내게 해주십시오!"

준정은 애끓는 목소리로 울부짖으며 왕의 팔을 부여잡았다. 소맷자락을 쥐고 바들바들 떠는 준정을 보고 왕은 고개를 끄덕였다.

"그, 그래, 마지막 소원이라니 들어주마, 여봐라."

왕이 호위무사에게 손짓을 할 때였다. 이차돈이 끌려간 뒤뜰 쪽에서 커다란 외침이 들려왔다. 왕은 가슴이 내려앉았다. 참수를 하겠다는 신호였다.

"잠시 멈추라 하라!"

왕이 다급히 부르짖자 호위무사가 달려갔다. 그러나 왕은 이미 때가 늦었음을 알았다. 준정이 소리 나는 쪽을 쳐다보고 안간힘을 쏟으며 일어났다. 애써 준정의 눈이 슬프게 풀어져 초점을 잃어갔다. 이차돈은 저 너머에서 마지막을 맞을 것이다.

왕은 보았다. 짧은 외침과 함께 하얀 빛줄기가 솟아올랐다. 붉게 해가 지는 하늘 속으로 하얗게 굵은 빛줄기가 번져갔다. 울음소리도 그 어떤 소리도 들리지 않았다. 세상의 모든 소리를 삼키며 흰 빛이 솟아오르고 있었다.

자세히 보니 그것은 빛이 아니었다. 물이었다. 하얀 물줄기가 솟아오르는가 싶더니 공중에서 부서져 눈처럼 쏟아져 내렸다. 눈꽃이 흩어져 사방에 떠다녔다. 담장을 넘어 왕이 서 있는 곳까지 눈꽃이 날아왔다. 준정이 떨리는 손으로 눈꽃을 받았다. 준정의 손에 닿은 눈꽃은 하얀 눈물이 되어 손바닥에 번졌다.

'흰 피로구나.'

왕은 이차돈의 목이 잘렸을 때 흰 피가 솟구쳤다는 것을 알았다. 자신이 죽은 뒤에 상서로운 조짐이 있을 것이라고 하던 이차돈의 말이 떠올랐다.

부처님의 상서로운 힘으로 흰 피가 나타난 것인가.

왕은 두 손을 모아 합장하며 뜨거운 눈물을 삼켰다. 준정이 쓰러졌다. 해는 산 너머로 떨어지고 눈꽃은 쓰러진 준정의 몸 위를 떠돌았다.

새들이 무리지어 날아올라 하늘을 돌았다. 말의 울음소리가 하늘을 삼킬 듯 거칠고 우렁찼다. 담장 밖에서 백성들의 곡소리가 온 산하를 흔들고 있었다.

"이차돈이시여!"

왕은 성문을 열어놓도록 했다. 백성들의 통곡소리가 점점 더 커졌다. 땅에 내려앉지 못하는 눈꽃들이 공중으로 솟구쳐 오르기도 했다. 눈꽃들은 백성들의 울음소리를 싣고 서라벌 하늘을 뒤덮었다.

다시 활을 잡다

월성의 북궁에서 바라다보이는 서쪽 소금산 언덕에 이차돈이 묻혔다. 여러 날 동안 많은 백성들이 그의 묘를 향해 절을 올렸다. 소금산 언덕에서는 동서남북으로 월성의 모습이 내려다보였다. 부처님의 마음으로 부족함이 없어 보였고, 마음을 모아 자비를 베풀기에 적당한 곳이었다.

사람들의 눈물 흔적이 어둠에 묻힐 무렵, 준정은 홀로 이차돈의 묘 앞에 왔다. 이차돈의 순교 이후 세상이 달라지고 있었다. 스님들이 그의 묘 앞에서 불경을 외웠다. 이차돈을 기리기 위해 이곳에 절이 세워질 것이라 했다. 이차돈이 간 길을 따라 부처님이 오셨다고 백성들은 즐거워했다.

준정만이 아직도 참혹한 시간을 다스리지 못했다. 생의 등불이었던 이차돈은 불같이 타올라 재가 되었다. 세상은 깊은 어둠에 잠겼고 부처님의 구원이 오히려 준정에게서만 멀어져가는 느낌이었다. 곡기를 끊은 지 며칠이 지났다. 속을 비우면 정신이 몸을 떠나 자유로워질 수 있을 것 같았다. 준정은 비로소 자신이 생의 마지막 순간에 서 있다는 것을 느꼈다.

"이차돈이시여. 극락왕생하옵소서."

준정은 마지막 절을 하고 묘 앞에 퍼질러 앉았다. 백팔염주를 손에 쥐고 나무아미타불을 외기 시작했다. 어둠은 깊은 골을 만들어 적막의 곡소리를 흘려보냈다. 이승의 마지막을 고하는 곡소리였다. 서리를 받은 몸이 서서히 식어갔다. 새벽녘, 별빛이 스스로 빛을 거둘 즈음 죽음이 머리끝까지 차올랐다. 말갛게 머리가 맑아졌다. 준정은 이차돈을 생각하며 몸을 기울였다.

순간, 거센 바람이 준정의 몸을 일으켜 세우는 듯했다.

"집착에 갇혀 이승의 좁은 연을 버리지 못하였군요."

서늘한 목소리가 준정의 팔을 붙잡았다. 어둠 속에 한 스님이 쓰러지려는 준정을 붙들고 있었다. 어둠 속에서도 가냘픈 몸매가 드러나는 비구니 스님이었다. 준정은 마른 풀잎 같은 입술을 겨우 움직였다.

"나를 여의어 집착에서 떠나려 합니다. 잡지 마소서."

"자신을 여의는 것은 무지한 짓이오. 어찌 불생불멸의 진리가 된 이차돈을 이승에서 욕보이려 하시오?"

날이 선 칼 같은 목소리였다. 단정하게 정돈된 눈과 입매가 어둠을 타고 다가왔다.

스님이 이차돈을 아시오? 그의 눈빛이 어떠한지 아시오? 그가 나를 바라보던 눈빛을 헤아릴 수 있겠소? 그를 보낼 수 없으니 내가 따라갈 수밖에.

준정은 눈물을 닦고 비틀거리며 일어섰다. 이차돈의 묘 앞에서 그대로 주검으로 굳어지고 싶었다. 그것마저 지켜보는 눈이 있어 마음대로 이루지 못했다. 비구니는 묘 앞에서 벌어질 일을 눈치

채고 있는 듯했다. 준정은 휘청거리는 다리에 힘을 주어 걸음을 옮겼다. 소금산을 내려와 남천이 내려다보이는 언덕에 올랐다. 해가 뜨려면 아직 시간이 남았다. 해가 뜨기 전에 그의 영혼 곁에 누우리라.

남천의 강물은 검은 하늘을 품고 바다를 향해 흘러가고 있었다. 차가운 물소리에 몸을 섞으면 쉽게 저 바다 속으로 가서 보는 이 없이 소멸할 수 있겠지. 삶이 죽음으로 이어지는 길은 저 강물이 바다로 향하는 것과 같다. 몸이 지닌 번뇌여. 천천히 바다에 가라앉아 사그라지면 극락이 아니어도 가벼워지리.

준정은 절벽 위에 서서 두 팔을 벌렸다. 문득 아버지가 숨겨둔 어머니의 활을 처음 보았을 때가 떠올랐다. 어머니가 주신 이 몸도 이제 마지막 활시위를 당기렵니다. 차가운 강바람에 가슴이 밀려 몸이 기울 때였다.

"탁!"

발끝에 날카로운 바람이 스쳤다. 화살이 날아와 꽂혔다. 오른발 바로 앞, 서리 내린 땅에 화살이 깊이 꽂혀 있었다. 놀라 뒤돌아보았다. 그 비구니 스님이었다. 스님이 활을 들었다. 준정을 향해 활을 겨누는 자세가 예사롭지 않았다.

"탁!"

준정의 왼발 앞에 화살이 꽂혔다.

"이 또한 부처님의 뜻이오."

비구니 스님이 돌아서는 것이 아찔한 찰나로 보였다가 눈앞이 어두워졌다. 준정은 검은 강 속으로 가라앉는 자신의 모습이 보이는 듯했다.

"준정 아가씨, 준정 아가씨!"

이승을 건너 저승으로 향하는 강가에서 누군가의 목소리가 들리는 듯했다. 다시는 눈을 뜨지 않으리라.

밤은 깊고 달빛이 은밀하게 적막의 뿌리를 내렸다.

월궁의 가장 깊은 곳, 신당의 오도 부인은 왕의 명을 받들고 있었다. 한 여인을 보살피라는 왕명을 남모 공주가 와서 전하였다. 여인이 누운 머리맡에는 관세음보살의 탱화가 걸려 있었다.

여인은 아직 소녀티를 벗지 못해 귀 밑에 솜털이 보송보송했다. 갸름한 얼굴에 핏기라곤 없었다. 그린 듯이 새까만 눈썹이 간혹 꿈틀거리고 메마른 입술에서 가냘프게 신음이 새어나왔다.

"이분은…… 깨어나고 싶지 않은 낯빛입니다. 누구신지, 제가 알아도 되겠습니까?"

남모 공주는 어려운 이야기인 듯 잠시 뜸을 들이고는 말을 이었다.

"이차돈의 여인입니다. 그가 순교를 한 후에 목숨을 버리려 하다가, 이제 겨우 제대로 숨을 쉽니다. 폐하께서 이차돈의 거룩한 희생을 받드는 마음으로 이분을 궁으로 모셔 우선 몸을 회복하게 하고 차후에 불사를 일으키는 일을 의논하신다 하셨습니다."

여인은 손에 염주를 꼭 쥐고 있었다. 손을 닦아주려고 염주를 풀려 했지만 손이 펴지지 않았다.

"이분이 빨리 몸을 회복할 수 있도록 보살펴야 합니다."

"제가 정성을 다하겠습니다. 부처님을 모시는 마음으로 정성껏 돌보아드리겠습니다."

남모는 거듭 부탁하고 돌아갔다.

기운을 회복하는 데 좋은 음식을 만들어주었지만 여인은 삶에 대한 의지가 없어 보였다. 고기는 입에 대지도 않았고 정갈히 차린 반찬도 별로 먹지 않았다. 하지만 여인의 얼굴에는 서서히 붉은빛이 돌고 있었다. 얼굴은 관세음보살만을 향하고 있지만, 여인이 조금씩 몸을 회복하는 기운이 느껴졌다. 남모가 자주 들러 안부를 물었다. 하지만 여인의 목소리는 단 한 번도 문밖으로 나오지 않았다.

어느 밤, 왕이 호위무사만 데리고 신당에 들렀다.

"좀 어떠한가?"

여인의 안부를 묻는 왕의 목소리에서 감출 수 없는 안타까움이 느껴졌다. 왕을 옆방으로 안내했다. 여인이 일어나 공손히 인사를 올렸다.

"기운을 차려 참으로 다행이구나."

"죽어야 할 목숨을 살리셨습니다."

오도 부인은 여인의 목소리를 처음 들었다. 공허하게 들렸지만 슬픔이 빠져나간 빈자리를 누군가 채워주고 싶게 만드는 애절함이 있었다.

"신당이 갑갑하지는 않은가?"

왕은 자비로운 눈길로 여인의 얼굴을 살폈다.

"왕실 내인들의 명복을 빌기 위해 작은 절을 지을 생각이다. 얼마 전 덕이 높으신 스님을 모셔 왕궁을 둘러보고 '자추사'란 절을 짓기로 했다. 자네는 그 불사를 위해 와 있는 사람으로 하고. 절을 짓기 전까지는 여기 신당에서 지내도록 하라."

여인이 고개를 숙이며 눈을 내리깐 채 조용히 아뢰었다.

"소녀를 왕궁 밖으로 보내주십시오. 이곳은 제가 있을 곳이 아닙니다. 이제 저도 목숨 대신 머리를 깎고 그분의 극락왕생을 비는 일로 생을 보내고자 합니다."

이차돈을 말하는 순간, 차분하던 여인의 목소리가 사뭇 떨렸다. 죽은 연인을 따라가지 못하는 서러움이 오히려 준정에겐 마지막 삶의 끈인지도 몰랐다.

"준정."

왕의 목소리도 안타까움으로 젖어들었다.

"이차돈은 나라의 공신이네. 왕궁에서도 그의 극락왕생을 빌 것이야. 또한 왕실 안에 불심을 뿌리내리게 하는데 자네의 역할이 필요하네. 자네는 이차돈과 함께 향도의 여성 신도들을 이끌었다고 들었네. 남모 역시 불심이 깊으니, 남모와 의논하여 왕실 내에 불심을 전하는 일을 맡아주기 바라네."

준정이 재차 사양했으나 왕은 그녀의 의견을 더 이상 들어주지 않았다.

오도 부인은 왕의 마음이 준정에게 미치고 있다는 걸 알아차렸다. 또한 왕이 아무리 흔들어도 준정이 마음을 쉽게 내려놓지 않으리라는 것도 알 수 있었다.

오도 부인은 쓸쓸해 보이는 왕의 뒷모습을 바라보았다. 오도는 자신의 딸인 옥진이 왕을 모시기를 바랐다. 옥진은 왕의 여인이 되어 왕의 아들을 낳기만을 고대하고 있었다.

준정이 몸을 회복하면서 남모는 준정을 데리고 왕궁을 둘러보았다. 남모가 살갑게 대했지만 준정은 아무것에도 눈길을 주지 않았다. 월하정을 돌 때도 무심하던 준정이 선도들의 훈련장을 지날 때 눈에 빛이 돌며 궁터를 훑어보았다.

"활을 쏠 줄 아십니까?"

남모의 물음에 준정이 남모를 빤히 보더니 눈을 내리깔았다.

"공주님, 말씀을 낮추시지요."

"그럴 수는 없습니다. 부처님을 모실 분께 하대를 하다니요."

남모는 순교하기 전날 보았던 이차돈의 뒷모습이 잊히지 않았다. 그런 이차돈과 모든 것을 교감했을 여인이라 생각하면 준정에게 경외감이 들었다.

남모가 활과 화살을 골라 준정에게 내밀었다. 준정은 애써 활을 외면하려 하다가 미련을 끊지 못한 듯 복잡한 표정으로 활을 받아 들었다. 바람을 손끝으로 느끼며 활시위를 천천히 당겼다. 멀리 있는 과녁의 정중앙에 화살이 꽂혔다.

남모는 준정의 활솜씨에 깜짝 놀랐다. 과녁을 바라보는 준정의 눈빛이 흔들리지 않았다. 활을 잡아당기는 어깨도 팔도 떨리지 않았다. 화살을 집어 들어 시위에 걸기까지는 서두름이 없고 부드러웠다. 화살은 모두 한 자리에 꽂혔다. 표적보다 정확하고 단단한 사람이었다. 남모는 준정이 활을 그만 쏠 때까지 한 발자국 뒤에 물러나 있었다.

일정한 간격으로 활을 쏘던 준정이 멈칫했다. 까치 한 마리가 날아와 과녁 위에 앉았다. 준정은 활을 내리고 무심히 까치를 바라보았다. 과녁 위에 앉은 까치는 고개를 갸웃거리고 있었다. 까치가 날갯짓을 하는 순간 다시 활을 쏘았다. 새는 날아가고 화살은 과녁의 한가운데 명중했다. 새의 어지러운 비행도 준정의 마음을 흔들지는 못했다.

남모는 남당에서 회의가 끝나기를 기다렸다가 왕을 뵙기를 청했다.

회의가 끝난 후 위화랑이 왕의 곁에 남아 있었다. 위화랑은 오랫동안 지방의 관리로 가 있다가 이번에 월성으로 돌아왔다.

"공주님을 참으로 오랜만에 뵙습니다."

위화랑이 예를 갖추었다. 남모 역시 어릴 때 보았던 위화랑의 모습을 잊지 않고 있었다. 눈썹은 검다 못해 푸른빛이고 코는 크고도 우뚝하며, 입술은 붉었다. 얼굴에 세월의 흔적이 보이기는 하나, 위화랑은 여전히 위엄 있는 기품을 가지고 있었다.

"마침 잘 왔다. 오늘 귀족회의에서 위화랑이 청년들의 교육을 다시 책임지기로 결정했다. 또한 교육에 대한 세세한 방침을 정하였으니, 네가 돕도록 해라."

회의 결과가 만족스러운지 왕은 기분이 좋아 보였다.

"불교도 공인했으니 이제는 신라 청년들을 제대로 교육시키는 것에 힘을 다해야 할 때다."

선대왕인 지증왕 시절부터 귀족의 자제들을 모아 따로 교육을 시키고 있었다. 위화랑이 이들을 이끌었으며, 심신 수련과 풍류를 벗하여 이들을 선도라고 불렀다.

"신선의 무리라는 의미로 선도라고 불렀으나 이제는 낭도(郎徒)*라고 부르고, 이들 중 재주가 출중한 낭도들을 뽑아 '랑(郎)'**

* 신라 때 둔 화랑의 무리. 법흥왕 시절에는 화랑제도가 없었으나, 낭도란 표현은 사용한 것으로 보인다.

** 낭도 중의 우두머리

이라 하여 낭도보다 높은 계급을 주기로 하였다. 또한 평민의 자제가 낭도에 들어올 수 있도록 선발의 폭을 넓힐 것이다. 남모와 지소도 검술 솜씨가 뛰어나니 랑을 맡아서 낭도들의 훈련에 참여하도록 하여라."

남모는 위화랑과 왕의 이야기를 듣고 조심스럽게 아뢰었다.

"준정 신녀의 활솜씨가 신궁에 가깝습니다. 불심이 깊고 의지가 강하여 낭도들과 어울리면 귀감이 될 듯합니다."

"준정이?"

왕이 크게 놀랐다.

"궁술 솜씨가 신묘할 뿐만 아니라 마음을 다스리는 수련에도 능히 으뜸이 될 것입니다. 불법을 퍼뜨리는 일보다 낭도에 넣어 그 재주를 낭도 교육하는 일에 쓰도록 하셨으면 합니다."

"진정 준정이 신궁이라면 당연히 낭도들과 어울리게 하고 싶다만, 그것이 권한다고 될 일이겠느냐? 준정은 오직 부처님께 귀의할 생각뿐이지 않더냐."

그러자 위화랑이 말했다.

"폐하, 앞으로 낭도들에게 호국불교의 가치를 심어줘야 할 것입니다. 준정이라는 신녀가 신궁인데다 불심까지 깊다면, 낭도들의 수행에 큰 도움이 되리라 확신합니다."

왕이 생각에 잠겼다. 왕은 준정의 뜻을 살펴보아야겠다고 생각했다.

며칠 후였다. 왕은 위화랑과 함께 수련장을 거닐며 낭도 교육에 대한 이야기를 하고 있었다. 궁터를 지나는데 바람을 가르는 소리가 예사롭지 않게 들려왔다.

활을 든 이는 준정이었다. 활을 쏘자 화살이 바람을 가르는 소리가 명쾌했다. 다시 시위에 화살을 걸었다. 주저 없이 시위를 길게 잡아당겼다 놓았다.

"폐하, 제가 가보겠습니다."

왕은 멀찍이 서 있고 위화랑이 준정에게 다가섰다.

"재주가 훌륭하네."

준정이 돌아보더니, 당황한 얼굴로 위화랑에게 고개를 숙였다.

위화랑이 준정 앞을 스치더니 활을 잡았다. 화살이 준정이 쏜 과녁을 그대로 맞혔다. 그리고 바로 화살을 다시 걸어 쏘고 연달아 화살을 쏘았다. 화살을 다시 거는데 호흡을 가다듬지도 않고 불필요한 움직임이 한 치도 없었다. 어깨에 힘을 뺀 채 최대한 빠르게 활을 쏘아 명중시켰다. 준정이 위화랑의 활 쏘는 솜씨에 놀란 표정을 지었다.

"다시 쏘아보시게."

활을 준정에게 내밀었다. 준정은 잠시 망설이다가 위화랑이 쏜 것처럼 세 번 연달아 활을 쏘았다. 갑자기 위화랑이 활을 빼앗아 과녁 아래쪽에 급히 화살을 쏘았다. 과녁을 타고 오르는 뱀을 맞힌 것이었다. 준정이 고개를 숙이며 저도 모르게 중얼거렸다.

"뱀도 생명인 것을……."

"궁터에 독사가 돌아다니면 표적을 관리하는 사람이 위험할 수도 있지. 무예란 무언가를 살리기 위해 다른 생명을 죽여야 할 때도 있는 법, 세상일에 지나치게 무심해도 안 되는 법이오."

위화랑은 준정에게 활을 내밀고는 돌아섰다. 왕은 준정이 그의 등을 향해 두 손을 모아 합장하는 것까지 지켜보았다.

"폐하, 과연 신궁이옵니다!"

위화랑이 나지막이 중얼거렸다.

왕은 위화랑과 늦게까지 낭도들을 뽑을 계획을 나누었다. 모든 것이 체계적으로 진행되어갔다. 왕은 늦게서야 흡족한 마음으로 달빛을 받으며 처소로 향했다.

처소 앞에 옥진이 서 있었다. 옥진은 달을 향해 두 팔을 안고 그 기운을 받는 듯한 자태를 취했다. 차가운 기운 속에서 짙게 달아오른 살 냄새가 은근히 유혹을 품게 만들었다. 달이 옥진의 향기를 뿌리며 왕을 따르고 있었다.

붉은 빛, 홍매였다. 왕이 찾아주기를 기다린 듯 홍매의 입술이 벌어졌다. 옥진의 벗은 등은 깊은 골짜기였다. 골짜기의 끝을 따라가면 환희가 펼쳐진 사해에 닿을 수 있었다.

"옥진아, 너는 사해를 보았느냐?"

왕은 옥진의 등에서 둔부에 이르는 능선을 쓰다듬었다. 전에 가 보았던 선대 왕자의 무덤처럼 따스했다.

"모래 언덕이 있는 바다를 말씀하십니까?"

"그렇지. 나는 월성에서 나가 그곳에 이르는 꿈을 자주 꾸곤 한단다."

왕은 맨 몸에 와 닿는 비단 옷을 벗어 던졌다.

"동쪽 사해에는 가보았지만 아직 서쪽 사해에는 가보지 못했지."

옥진이 몸을 돌려 왕을 마주 보았다.

"소녀는 날마다 폐하의 사해를 꿈꾸어왔습니다. 그것이면 족합니다."

왕은 서쪽 사해를 그리워하듯 옥진의 몸을 쓰다듬었다. 왕의 손길이 미처 닿기도 전에 옥진의 몸이 복사꽃 터지듯 벌어지고 있었다. 그 꽃잎을 밟고 붉은 속살이 물결처럼 흐르는 바다에 잠기리라. 왕은 달아오른 몸을 아늑하고 붉은 물결 속으로 눕혔다. 왕의 몸은 깊은 소용돌이 속으로, 욕망의 용암 속으로 녹아들어 갔다. 검은 어둠이 하얗게 빛바랠 때까지 왕과 옥진은 몇 번이나 숨을 몰아쉬었다.

랑이 되다

"준정 신녀! 사가에서 사람이 왔습니다."

남모가 말을 탄 채 신궁으로 달려왔다. 남모의 표정만으로도 좋지 않은 일이 벌어졌음을 짐작할 수 있었다.

"사가의 아버님께서 위독하시다 합니다, 저기……."

남모가 가리키는 곳을 보니 달래가 뛰어오고 있었다.

"달래야!"

준정은 곧 사가로 나가볼 참이었다. 낭도들과 함께 수련을 하라는 왕과 지소의 권유 때문에 사가의 아버지와 의논하고 싶었다.

"준정 아가씨! 무탈하셨어요?"

달래는 눈에 눈물이 고인 채 준정의 팔을 쓰다듬었다.

"아버님께서 위독하시다니, 무슨 일이냐?"

"갑자기 쓰러지셔서 아가씨를 찾고 계세요. 성문 밖에 잠개가 마차를 대기하고 있어요."

남모가 심부름을 하는 어린 신녀에게 전했다.

"수련장으로 가서 유수 낭도에게 급히 나를 따르라 하여라."

준정은 갑작스런 비보에 정신이 아득했다. 하나뿐인 여식을 떼어놓고 얼마나 힘드실까 생각하면서도 아버지께 마음이 가닿지 못했다.

남모가 말을 끌고 왔다. 수련 중이던 유수 낭도는 활을 메고 칼을 찬 채 달려왔다. 유수는 남모의 호위무사이기도 했다.

"유수가 준정 신녀를 호위하여 사가까지 모셔주세요. 나는 폐하와 위화랑께 보고한 후 분부를 따르도록 하겠어요."

준정은 말을 달렸다. 성문 밖에 대기하고 있던 잠개도 준정을 보고 눈시울을 붉혔다. 달래와 잠개는 마차를 타고, 준정은 유수와 함께 말을 달렸다.

열려 있는 대문 사이로 바람이 회오리가 되어 차갑게 빠져나갔다. 가늘고 거친 바람소리가 불안했다. 유모가 달려 나와 준정을 붙들고 눈물을 보였다.

"아이고, 아가씨. 왜 이제야 오세요?"

달려오면서 부처님께 아버지의 무사를 빌고 또 빌었건만, 방문을 여는 순간 준정은 사그라지는 생명의 숨소리를 들었다. 뱃속 깊은 곳에서 애를 끊는 아픔이 올라왔다.

삼산공은 인기척에도 반응 없이 누워 있었다. 삼산공에게는 덮고 있는 이불조차 무거워 보였다. 준정이 다가가 아버지의 손을 붙들었다. 두 눈이 움푹 들어가고 가죽만 남은 얼굴에 검은빛이 가득했다. 아버지가 이 지경이 될 때까지 오지 못한 자신이 원망스러웠다.

"아버님!"

뼈마디가 잡히는 아버지의 손에서 온기가 느껴지지 않았다.

"아버님, 제가 왔어요. 기운을 내세요."

"준정아."

준정의 손을 잡기 위해 아버지가 안간힘을 쏟는 것이 느껴졌다.

"궁에서 공주님이 나오셔서, 집안을 챙겨주셨다. 네가, 낭도들과, 수련을 한다더구나."

남모 공주는 사가에 들렀단 말을 한 적이 없었다.

"아버지가 이 지경이신데 수련이 다 무엇입니까? 이제 제가 아버지 곁을 지키겠습니다. 기운을 차리세요."

그러나 삼산공은 고개를 저으며 잡은 손에 힘을 주었다.

"준정아."

삼산공이 눈을 껌뻑이며 마지막 힘을 다하듯 준정을 올려다보았다.

"네 어미는 신궁이었다."

어머니를 말하는 삼산공의 표정이 부드러워졌다.

"네 어미가 어디서 온 사람인지 나는 모른다. 화살을 맞고 쓰러져 있는 것을 내가 구해준 것이 인연이 되었지."

어머니에 대해 말한 적이 없는 아버지였다. 말라버린 눈동자에서도 어머니를 떠올리는 그리움은 강렬했다.

"너를 임신하고도 활을 쏘더니, 너 역시 신궁 소리를 듣나 보다."

준정이 활을 잡는 것을 반대하던 삼산공이었다.

"허나, 너를 낳고는 몸에 이상이 생겨 너를 오래 품어주지는 못했지. 왜 활을 맞았는지는 알려고 하지 말라더구나. 준정이 너를 위해서 그래야 한다고."

준정은 아버지의 손을 꼭 잡았다.

"그래서 나는 관직에 나가지 않았다. 네 어미에게 무슨 사연이 있었는지 모르나 조용히 너만 보며 살아야겠다고 작정했지."

어린 시절 별당의 낡은 상자 속에서 활과 화살을 찾았을 때가 떠올랐다. 그 활과 화살이 기억에도 없는 어머니와의 첫 만남이었던 것이다.

삼산공의 숨이 가빠졌다.

"아버님, 말씀은 그만하세요."

"허, 허, 준정아. 네가, 활을 들면 무인이 될까 봐 말렸지만…… 결국 그것이 너의 운명인지도 모르겠다."

순간, 삼산공이 숨을 몰아쉬더니 곧 잠잠해졌다.

"네 어미는 화장을 하여 남천이 내려다보이는 곳에 묻어 달랬지. 나를 네 어미 곁에 묻어다오."

준정의 손에 잡힌 삼산공의 손에 힘이 빠져나갔다. 두 눈을 감은 삼산공의 표정은 평온했다.

"아버지이!"

준정은 아버지를 끌어안고 울부짖었다. 마당에서도 울음이 터져 나왔다. 문이 열리더니 남모가 들어섰다.

"준정 신녀! 폐하께서 의원을 보내셨습니다."

천하의 명의가 와도 이미 늦었다. 통곡하는 준정 옆에 남모는 가만히 꿇어앉았다. 비통함으로 흔들리는 준정의 가녀린 어깨를 남모는 가만히 토닥거릴 뿐이었다.

준정은 삼산공의 장례식을 간소하게 치렀다. 자추사에서 스님 몇이 와서 삼산공의 극락왕생을 빌어주었다. 낯선 비구니 스님도 있었다. 갓을 깊이 눌러써 그 얼굴은 알아볼 수 없었다. 비구니 스님이 준정에게 다가와 고개를 숙인 채 나직이 물었다.

"혹시 어머니에 대해 들은 것이 있으시오?"

여러 조문객들에게 예의를 갖추느라 경황이 없던 준정은 깜짝 놀랐다.

"아니요. 스님께서 어인 연유로 그걸 물으시는지요?"

"아, 아닙니다. 삼산공께서 혼자 계셨는지라……."

비구니 스님은 묘하게 말끝을 흐렸다.

"스님, 혹시 이차돈의 묘 앞에서 저를 보지 않으셨습니까? 남천에 뛰어드려는 제 발 앞에 활을 쏘신 스님이시지요?"

스님은 대답 없이 고개를 숙이고 물러났다. 준정은 그 스님을 붙들고 이야기를 나누고 싶었지만 조문객들을 맞아야 했다.

장례식이 끝난 후 얼마 동안 준정은 사가에 머물렀다. 사랑채에서 아버지와 어머니에 대해 생각했다. 어머니를 아느냐고 묻던 비구니 스님을 아무래도 만나야 할 것 같았다. 혹시 어머니를 알던 분일까? 어머니는 신라인이 아닌 다른 나라 사람일까? 화장을 하였다……. 그것은 불교를 믿는 나라에서 하는 장례 형식이었다. 준정은 문득 자신의 뿌리가 아득하게 느껴졌다.

염주를 들고 눈을 감은 채 불경을 외웠다. 안개 속에 갇힌 듯하면서도 어디선가 한 줄기 빛이 느껴졌다. 준정은 한참 만에 눈을 떴다. 빛이 인도하는 곳으로 따라가 보는 것, 그것이 자신이 걸어야 할 생의 길인지도 몰랐다.

달이 없는 밤이었다.

"준정 신녀."

남모의 목소리에 준정이 일어나 문을 열었다. 남모 옆에 왕이

서 있었다.

"폐하!"

나지막이 부르짖는데 저도 모르게 목이 메었다. 유모와 달래, 잠개가 그 말을 듣고는 놀라 땅에 엎드려 머리를 조아렸다.

왕과 남모가 사랑채에 들었다. 유모가 떨리는 손으로 차를 내왔다.

"왕궁의 신당에서도 삼산공의 극락왕생을 빌고 있네."

왕의 목소리가 애틋했다. 남모가 잠시 머뭇거리더니 조심스럽게 말했다.

"지금 왕궁에서는 낭도를 조직화하고 있습니다. 대련을 통해 랑과 낭두들을 뽑고 있어요. 지소 공주님과 제가 랑을 맡았는데, 준정 신녀께서도 활솜씨가 뛰어나니 랑이 되어주셨으면 합니다."

준정은 깜짝 놀라 고개를 들었다.

"랑이라니요! 공주님들께서 맡으시는 랑을 어찌 제가! 낭도가 되기에도 미흡한 몸입니다. 낭도들의 원성을 살 것입니다."

준정은 머리를 조아리며 아버지가 남긴 말을 떠올렸다. 어머니 때문에 활을 잡지 못하게 했지만, 결국 이것이 운명이라고.

"내일 궁술 대련에 참가하면, 낭도가 되든 랑이 되든 판단이 설 것입니다."

"저는 불교에 귀의하기로 한 몸입니다. 감히 낭도들 앞에서 활을 쏘는 모습은 보일 수 있으나 그렇다고 랑이 될 수는 없습니다."

왕이 준정을 지그시 바라보며 천천히 말했다.

"이차돈은 이 땅을 불국토로 만들고자 순교하였네. 준정이 랑이 되어 낭도들을 이끌면서 부처님의 마음을 청년들에게 제대로

심을 수 있다면, 이 역시 이차돈의 뜻이며 백성과 나라를 위한 일이 아니겠나?"

준정이 저도 모르게 왕을 똑바로 쳐다보다가 황급히 눈길을 떨어뜨렸다.

"오늘 중으로 모든 대련을 끝낼 예정이었으나 준정 신녀를 참석하게 하고자 위화랑께서 궁술 대련을 내일로 미루었습니다. 꼭 참가하셔야 합니다."

남모가 간곡히 부탁하고 일어섰다. 왕과 남모를 배웅한 후 준정은 염주를 만지작거리며 생각에 잠겼다.

이윽고 잠개를 불러 그 손을 꼭 잡았다. 노비의 아들로 태어나 무시만 당하고 살다가 부처님의 말씀에 새로운 마음을 얻은 잠개였다.

"잠개야. 나는 내일 궁으로 들어갈 것이야. 집안일은 유모와 달래에게 부탁을 하겠지만, 이 집을 어찌하면 좋겠느냐? 내 생각해보니, 불교를 공부하는 향도들에게 내놓는 것이 좋겠다."

잠개의 눈이 동그래졌다. 그리고는 큰 눈에서 눈물이 돌았다.

"아가씨. 감사합니다요!"

"농사일도 네가 알아서 해주기 바란다. 유모와 달래도 잘 부탁한다."

준정은 하나씩 정리가 되는 것 같아 마음이 편안해졌다.

다음 날 일찍 말을 몰아 궁으로 갔다. 준정은 부처님께 절을 하고 낭도들의 수련장으로 향했다. 준정은 어머니를 생각하며 활을 쏘았다.

"역시 신궁이시오!"

지소 공주가 옆에 와 있었다. 준정은 궁터에서 남모와 함께 지소를 만난 적이 있었다. 준정의 활솜씨를 본 지소 공주는 준정에게 말을 선물했었다.

"이제 낭도들에게도 호국불교의 가치를 심어줘야 할 때입니다. 이 역시 이차돈의 숭고한 정신을 따르는 일 아니겠습니까?"

얼마 전 왕의 동생인 입종공과 혼인한 지소 공주는 당당한 품위가 있었다.

"어떤 낭도도 그대의 궁술을 넘어설 수 없을 것입니다. 랑이 되어 낭도들을 잘 이끌어주세요."

준정은 지소를 따라 수련장으로 향했다.

위화랑이 낭도들을 이끌고 수련장에 들어섰다. 준정은 위화랑을 보고 깜짝 놀랐다. 얼마 전 보았던 자색 관복을 입은 남자, 자신의 앞에서 활을 쏘던 그 사람이 바로 위화랑이었다.

궁술 대련이 시작되었다. 대련에서 이긴 낭도들이 다시 대련을 하고 실력이 뛰어난 몇 명의 낭도들이 선발되었다. 준정은 그들과 나란히 섰다. 준정은 낭도들 사이에서 신궁이라고 소문이 나 있었고, 단아한 외모에 스님이 되려는 여인이라 하니 낭도들이 경외감을 가지기에 충분했다.

멀리 있는 과녁을 맞히는 것부터 시작했다. 실력자들만 모인 자리라 거의 명중이었다.

말을 타고 달리며 활을 쏘는 대련이 시작되었다. 순서대로 활을 쏘고 지나가는데, 갑자기 준정이 과녁을 쏜 후 앞으로 달려 나가며 활을 쏘았다. 과녁이 서 있는 바로 아래에 화살이 가 꽂혔다. 노루였다. 과녁 뒤에 숨어 있던 노루를 보고 준정이 그 발 앞에다 활을 쏜 것이었다. 자칫 하면 낭도들의 화살에 노루의 목숨이 위태로울 수 있었다. 놀란 노루는 황급히 달아났다.

위화랑과 지소, 그리고 남모는 궁술 대련을 보고 흡족한 표정을 지었다. 랑과 낭두를 결정하는 동안 낭도들이 검무를 선보였다.

준정이 검무를 보고 있는데, 최종 대련 참가자들이 모여 웅성거리고 있었다. 활쏘기에서 실수를 한 낭도를 가운데 두고 작은 소란이 일었다.

"실력이 그 정도밖에 안 되는 평민 출신이 감히 낭두가 되고 싶어 하다니."

한 낭도가 다른 낭도들로부터 질타를 받고 있었다. 대련에서 실수한 낭도가 하필 평민 출신이었던 탓이었다. 그 낭도의 얼굴은 부끄러움으로 붉어져 있었다. 그럴수록 낭도들의 비웃음이 더 커졌다. 준정이 그들에게 다가가 조용히 말했다.

"평민도 똑같은 신라 사람입니다."

준정은 나이가 비슷한 또래의 낭도들 앞에서도 당당했다. 자신을 내세우려는 기색이 없으면서도 주눅 들지 않았다. 준정은 힘없이 서 있는 평민 낭도에게 한 발자국 다가갔다.

"평민이라 실수한 것이 아니라, 스스로의 마음이 흔들렸기 때문입니다. 자신의 마음을 가다듬지 못하면 화살은 흔들리고 과녁을 찾아가지 못합니다."

준정은 낭도의 손에 들려 있는 활을 다시 잡게 다독였다. 준정은 낭도에게 활과 화살을 조정하는 방법을 가르쳤다. 준정은 낭도에게 다시 활을 겨누게 했다.

준정의 가르침을 받은 낭도의 화살이 과녁에 명중했다. 여러 낭도들 사이에서 감탄이 흘러나왔다. 이번엔 준정이 활을 받아 들었다. 평민 낭도가 먼저 쏜 화살을 부러뜨리고 그 위에 꽂혔다. 바람도 멈춘 듯했다. 아무도 소리를 내지 못했다. 준정은 활을 그 낭도에게 다시 내밀었다.

"맞추겠다는 마음을 버리고 과녁을 마음속으로 끌어오세요. 내 마음이 화살과 함께 과녁을 향해야 합니다."

낭도가 다시 시위를 당겼다. 전보다 훨씬 자신감이 넘쳤다. 과녁의 한가운데를 명중했다. 낭도를 평민이라고 놀렸던 낭도들이 부끄러워하며 고개를 숙였다.

위화랑이 멀리서 그 모습을 지켜보며 고개를 끄덕였다. 준정은 활 실력뿐 아니라 품행에 있어서도 낭도들의 모범이 되고 있었다.

지소와 남모, 그리고 준정은 랑이 되고 실력이 뛰어난 낭도들은 낭두가 되었다. 왕이 친히 수련장에 들어 고생한 낭도들을 치하하고 잔치를 베풀라 하였다.

왕은 랑들과 함께 남당 뒤쪽에 있는 정자에 올랐다. 왕궁에서 가장 높은 정자라 월궁과 성 밖 귀족의 집들까지 시원하게 내려다보였다.

"신라의 앞날이 낭도들에게 달렸으니 랑들이 잘 이끌어주기 바라네."

왕의 말에 남모와 지소, 준정은 고개를 숙였다. 하늘에서 노을의 붉은 기운들이 내려와 궁궐의 푸른 기와에 어울리고 있었다. 잎 진 나무들은 붉은 햇살을 걸고 간혹 바람을 흔들고 있었다.

남모가 지는 해를 향해 두 손을 모았다. 남모의 어머니 보과 부인은 해가 지는 쪽이 백제라고 하며 그쪽을 향해 합장하는 것을 좋아했다. 남모는 지는 해를 바라볼 때마다 언젠가 어머니와 함께 백제에 갈 수 있기를 빌었다.

그 모습을 준정이 가만히 쳐다보았다. 동그란 남모의 얼굴에 붉은 빛이 테를 만들었다. 남모는 욕심 없는 낯빛을 하고 있었다. 불심이 깊은 남모는 왕궁에서 믿을 수 있는 사람 같았다. 이제 랑이 되었으니 무엇을 해야 하는가. 이차돈을 생각하며 준정은 천천히 합장했다.

지소는 준정을 머리부터 발끝까지 찬찬히 바라보았다. 빼어난 활솜씨에 미모까지 겸비했으니 가히 랑이 될 만했다. 어쩌면 왕족들이 그녀를 가만히 두려고 하지 않을 것이다. 그러나 준정은 그들에게 쉽게 휘둘릴 인물이 아닌 듯했다. 지소는 준정을 꼭 자기 사람으로 만들어야겠다고 생각했다.

왕은 지는 해를 바라볼 때마다 새롭게 시작될 내일을 생각했다.

'고구려와 백제보다 늦게 시작했으나 우리 신라가 가장 번창하리라.'

왕은 세 여인의 젊은 기운과 함께 붉은 해의 기운을 받으며 강성한 신라를 꿈꾸었다. 527년 법흥왕 14년, 저녁 까치가 힘차게 서쪽 하늘을 가르는 겨울이었다.

2

원화

가배

칠월 보름이 다가오자 서라벌이 술렁거렸다.

6부에서 길쌈을 잘하는 여인들이 월성으로 모여들었다. 칠월 보름부터 팔월 보름까지 한 달 동안 치러지는 길쌈대회는 신라의 가장 큰 잔치였다. 또한 마지막 날인 팔월 보름날에는 가배의 꽃이라 불리는 낭도들의 환도 행사가 있었다.

왕궁에서는 가배를 주재할 사람에 대해 의논하고 있었다. 길쌈대회의 양편을 거느릴 왕녀를 정하는 것은 공주들의 몫이었다.

삼엽 공주와 지소 공주가 작년 가배 때 양편을 이끌었던 이야기를 나누었다.

"올해에는 남모 공주를 동편에 내세우는 게 어떻습니까?"

"남모 공주요?"

삼엽 공주는 아들인 미진부와 남모 공주를 연결시키려고 애를 쓰고 있었다.

"만약 남모 공주가 진다면 회소곡을 부를 때 남모 공주의 검무를 선보이는 것도 좋겠습니다. 남모 공주의 검술과 검무는 따라갈 이가 없다 들었습니다."

길쌈대회에서 진 편에서는 회소곡*을 부르며 볼거리를 제공해야 했다. 길쌈대회 참가자들은 당연히 이기기를 바라지만, 질 경우를 대비해서 노래와 여러 가지 재주를 선보일 준비도 했다.

"서편에는, 준정이 어떻습니까?"

준정은 낭도들이 동경하는 랑이 되어가고 있었다. 낭도 수련의 총책임을 맡고 있는 위화랑도 준정의 활솜씨와 불도의 수양을 높이 평가했다. 삼엽 공주가 고개를 갸웃했다.

"그런데 나는 준정이 위화랑과 가까운 것이 어쩐지 마음에 걸립니다. 위화랑은 옥진의 아비이잖아요. 준정이 혹여 그들과 결탁하여 권세를 쥐려고 하지 않을까 염려스럽습니다."

삼엽은 왕이 태자가 되기 전 벽화 부인과의 사이에서 낳은 딸인데, 지소나 남모보다 열 살 이상 많은 중년 부인이었다.

옥진의 말이 나오자 지소는 쓴웃음을 지었다. 옥진은 폐하의 사랑을 받아 후비가 되더니 아들까지 낳았다. 벌써부터 그 아들을 태자로 삼아야 한다며 옥진의 편을 드는 신하들이 있었다.

"옥진의 아들 비대공이 태자라도 되어보십시오. 위화랑은 태자의 외할아버지가 됩니다. 그러면……"

"태자라니요!"

지소가 발끈했다. 삼엽 공주는 움찔하며 입을 다물었다.

"폐하께서 귀족들에게 휘둘리는 왕권을 바로잡기 위해 얼마나 노력을 하시는데, 옥진의 아들을 태자로 삼으면 안 되지요. 옥진은 이미 결혼을 한 번 한 몸이고 왕족도 귀족도 아닙니다. 비대공

* 신라 시대, 팔월 보름의 가배 때 진 편의 여자가 춤추며 불렀던 노래

이 태자가 되면 정통성이 무너집니다."

"옳으신 말씀입니다. 그런데 폐하께선 옥진에 푹 빠져 계신 듯하니."

그러면서 삼엽은 슬며시 소매 안에서 뭔가를 꺼냈다. 붉은 비단에 싸인 것이 또 귀한 약재가 아닌가 싶었다. 지소는 이미 임신에 좋다고 하는 약을 많이 먹어온 터였다.

"공주께서 그토록 노력하시는데도 태기가 없는 것은 분명 입종공이 허약하신 탓인 듯합니다."

삼엽은 목소리를 더 낮추어 소곤거렸다.

"양나라 황실에서 쓰는 비약이라 합니다. 밤마다 물에 녹여 입종공께 드리세요."

"공이 입맛이 까다롭고 유달리 약 냄새도 맡기 싫어합니다. 약이라고 하면 싫어할 텐데요."

"색깔도 없고 냄새도 나지 않는다고 합니다. 약이란 소리 하지 마시고, 차에 몰래 타서 권하세요. 언제까지나 옥진과 비대공을 보고 한숨만 쉴 생각입니까?"

혼인을 한 지 오 년이 지났는데도 아직 아이가 없으니 주위에선 은근히 걱정을 하였다. 게다가 입종공은 병약한 편이라 쉽게 피로를 느끼고, 잠자리를 갖는 것도 즐기지 않았다. 그러나 지소는 그런 얘기를 아무에게도 하지 않았다. 병약한 왕족이라고 애초에 자신을 향한 기대를 꺾을까 봐 지소는 건강하고 당당한 듯 처신했다.

삼엽을 배웅하며 지소는 삼엽의 풍만한 엉덩이가 내심 부러웠다. 지소는 몸이 차고 엉덩이가 작아 아이를 낳기 어려운 상이라는 이야기를 들었다. 어머니인 보도 왕후의 몸을 닮아 남자의 사랑을 제대로 받지 못하는가 싶어 쓸쓸해지기도 했다.

드디어 가배 행사가 시작되었다.

왕이 직접 신당에서 하늘에 제사를 지내고 덕이 높은 스님들을 초대하여 불법을 강론하게 했다. 넓은 마당을 두 군데 마련하여 동편과 서편의 길쌈대회가 시작되었다.

동편의 우두머리는 남모였다. 남모는 자줏빛 비단 옷에 금관을 쓰고 옥구슬을 엮은 목걸이를 한 채 나타났다. 남모가 지나가면 길쌈하던 여인들이 눈길을 돌려 그녀의 자태에 감탄했다.

"공주님이라 그런지, 정말 곱고 환하시네."

남모는 인사를 하는 여인들에게 일일이 웃음으로 화답해주었다.

서편의 우두머리 준정은 붉은 웃옷을 곱게 입고 목에는 염주를 감고 머리에는 나비모양의 장식을 꽂았다. 준정이 먼저 길쌈하는 여인들에게 인사를 하자 여인들은 두 손을 모아 합장했다. 수수하면서도 우아한 자태엔 근접하지 못할 위엄이 있었다.

동편과 서편 모두 밤 깊은 시간까지 길쌈을 놓지 않았다. 남모와 준정이 여인들을 찾아 이제 그만하라고 해야 여인들은 길쌈을 내려놓았다. 하루 종일 길쌈을 해야 먹고사는 집안의 아낙들이 대부분이라 길쌈은 손에 익었고, 한 필이라도 베를 더 짜기 위해 쉴 틈 없이 일했다.

길쌈대회가 끝나기 전날이었다.

"남모 공주님, 이상합니다. 아직 하루가 남았는데 서편에서 베 짜기를 그만하는 눈치이옵니다. 삼베를 모아 차곡차곡 재고 있습니다."

서편의 상황을 보고 온 사모가 남모에게 아뢰었다. 그만하라는 신호를 줄 때까지 악착같이 베를 짜려고 할 텐데, 하루 전날 그만둘 리가 없었다.

"다시 알아보고 오너라."

남모를 고개를 갸웃했다. 혹시나 실이 모자라 그렇다면 동편의 실을 나누어 주어서라도 하루 더 짜게 할 생각이었다. 서편의 상황을 보고 온 사모가 숨을 할딱이며 고했다.

"이상하옵니다. 분명 베를 다 거두어 세는 것을 봤는데 다시 베를 짜고 있더이다."

"그럼, 그렇지."

남모는 저녁에 준정에게 들러보아야겠다고 생각했지만, 마지막 날 밤 아낙네들의 회포를 풀어주느라 준정에게 가보지 못했다.

팔월 보름이 되었다. 동편과 서편에서 짠 베들이 수북이 쌓이고, 길쌈대회에 참여한 여인들이 한 자리에 모였다.

길쌈대회는 여인들의 잔치라 승부도 왕후가 참석하여 심판을 보고서 판가름냈다.

보도 왕후가 높다란 왕관을 쓰고 굵은 금동 허리띠를 두른 채, 허리에 긴 칼을 차고 나타났다. 왕관에 늘어진 드리개의 얇은 샛장식들이 햇빛을 받아 찬란하게 빛났다. 보도 왕후와 지소 공주가 막 자리에 앉는데, 사모들을 거느린 옥진이 마당에 들어섰다.

"왕후 마마. 저도 참석하라는 폐하의 명을 받았습니다."

보도 왕후는 담담히 고개를 끄덕였으나, 지소는 눈썹을 꿈틀거리며 일어나 할 수 없다는 듯이 옥진에게 자리를 양보하였다.

"한 달 동안 베를 짜느라 노고가 많았네. 양편 모두에게 후한 상을 내리도록 하겠네. 오늘은 마음껏 즐기게."

보도 왕후의 말에 양편에서는 환호성이 터져 나왔다. 양쪽에 쌓아 놓은 베를 세기 시작했다. 사모들이 세 번씩 세어본 후 왕후 앞에 와서 아뢰었다.

"동편의 삼베는 모두 218필입니다."

동편이 짠 삼베를 받아본 왕후는 손으로 삼베를 만져보고 촘촘한 베의 짜임을 살펴보고 흡족한 듯 고개를 끄덕였다.

"서편의 삼베는, 베는 모두 223필이온데……"

보고를 하는 사모가 머뭇거리는 말투였다.

"223필이라면 서편이 더 많은 것이 아니냐?"

두 명의 사모가 왕후 앞에 베를 올렸다. 왕후가 삼베를 만져보더니 고개를 끄덕였다. 다른 사모가 올린 베를 살펴보던 왕후가 멈칫했다. 왕후의 표정을 보고 옆에 앉은 옥진이 그 베를 가져가 만져보았다.

"아니, 이 베는 부드러운 것이 보통 삼베가 아니옵니다."

옥진의 말에 보도 왕후가 서편을 향해 꾸짖듯 말했다.

"길쌈대회는 분명 삼베를 짜는 것인데, 서편은 어찌 삼베에 비단실을 섞었느냐?"

비단이란 말에 동편의 여자들이 잠시 술렁거렸다. 준정이 왕후 앞으로 나아가 꿇어앉아 말했다.

"왕후 마마, 어젯밤부터 하루만 비단실을 삼베에 섞어 짜보았습니다."

남모는 어제 사모가 했던 말을 떠올렸다. 서편에서 베를 다 모으고 마칠 듯하다가 다시 베를 짠다고 했던 말이 무슨 뜻이었는지 알 듯했다.

"이 가배에서 짠 베는 신라의 군사들에게 입히는 옷이 되는 걸 알고 하는 소리냐?"

"예, 왕후 마마. 군사들이 입는다고 했기에, 감히 비단실을 섞어 베를 짤 생각을 했습니다. 서편의 아낙네들 중 아들을 군에 둔 어미들이 많은데, 군사들의 옷이 거칠고 춥다고 들었다 하였습니다. 비단을 섞으면 부드럽고 따뜻할 것이라는 의견들이 있어 하루만 비단을 넣어서 짜보았습니다. 혹여나 비단을 넣은 것이 대회의 취지에 맞지 않을까 봐 어제까지는 삼으로만 베를 짰습니다."

준정이 고개를 숙이고 겸손하지만 또렷한 음성으로 대답했다. 옥진이 웃으며 손뼉을 쳤다.

"군사들에게 더 좋은 옷을 입히고 싶은 어미의 마음이라니. 비단을 섞어 만든 마음이 가상하지 않습니까? 비단을 섞어서 짠 베도 당연히 포함을 시켜서, 서편이 이긴 것이 되지 않을까 싶습니다."

지소가 못마땅한 얼굴로 옥진을 쳐다보았다. 승패의 판결은 왕후 마마가 내리는 것인데 감히 언급을 하느냐는 눈빛이었다.

"비단은 아무나 못 입는 옷이라는 걸 알고 있는가? 골품제의 등급에 따라 비단을 취하는 것을 규제하고 있고, 비단 이불은 6두품도 덮지 못하게 하거늘! 그런데도 군사들의 옷에 비단실을 섞을 생각을 했단 말인가?"

추상같은 왕후의 말에 마당의 분위기가 숙연해졌다. 아무도 감히 왕후를 쳐다볼 엄두를 내지 못하고 고개를 숙였다. 바로 옆자리에 앉은 옥진만이 왕후를 이해 못하겠다는 눈빛으로 바라보았다.

남모가 조심스럽게 나와 꿇어앉은 준정 옆에 섰다.

"왕후 마마. 삼베를 짜는 것이 원칙이긴 하오나 삼 이외의 다른 재료를 넣으면 안 된다는 법도도 없었습니다. 게다가 서편에서 어제까지 삼베로만 베를 짠 것은, 이 가배의 뜻을 따르는 것이었고, 하루만은 좀 더 나은 베를 만들어 군사들에게 입히고 싶은 어미의 마음으로 감히 도전을 해본 것이 아니겠습니까? 그 정신이 가상하니 비단실을 섞은 베도 인정을 해주십시오. 가배 행사의 수장 자격으로 감히 아뢰옵니다."

그러자 꿇어앉은 준정이 다시 머리를 조아리며 말했다.

"왕후 마마. 용서하신다면, 비단실을 섞은 베는 빼고 삼베로만 대회에 임하겠습니다. 이 대회는 서편이 깨끗하게 졌습니다. 다만……."

준정을 냉정한 눈빛으로 바라보던 왕후가 물었다.

"다만, 무엇이냐?"

"다만, 비단 섞은 베를 버리지 마옵시고 군사들에게 옷을 해 입혀보았으면 하는 서편 아낙들의 마음입니다."

왕후가 서편에 서 있는 아낙들을 바라보았다. 잠시 생각에 잠긴듯하더니 왕후가 엷은 미소를 지으며 근엄한 목소리로 돌아왔다.

"동편과 서편의 수장들은 자기 자리로 돌아가라. 판결을 내리겠노라."

준정이 제자리로 돌아오자 서편의 여자들이 가슴을 쓸어내렸다.

"올해 길쌈대회에서는 삼베를 더 많이 짠 동편이 이겼노라."

동편의 아낙들이 만세를 부르고 서편의 아낙들은 박수를 쳐주었다.

"그리고, 원칙을 어기고 비단을 섞어서 베를 짠 서편에겐 벌을 내리겠노라."

환호성을 지르던 마당이 갑자기 조용해졌다.

"하루 짠 베로 군사들에게 비단 섞인 옷을 다 해 입힐 수 있겠느냐? 오늘 하루 더 삼베에 비단실을 섞어서 짜도록 하라. 삼이든 비단실이든 실이 모자라면 왕궁에서 대줄 것이야. 원래는 진 편에서 음식을 대접해야 하는 법이지만 오늘 진 편에서는 열심히 베를 짜야 하니, 음식을 제공하고 가무를 선보이는 것은 동편이 하도록 하라."

잠시 술렁이다가 동편과 서편의 여자들이 모두 환호성을 질렀다.

"왕후 마마, 감사하옵니다, 감사하옵니다!"

서편의 아낙들이 퇴장하는 왕후 앞에 꿇어앉아 머리를 조아렸다. 왕후는 그들을 내려다보며 인자한 미소를 보였으나 마당을 빠져나온 후엔 얼굴에서 미소가 사라졌다. 옆에 선 지소에게 차갑게 말했다.

"아낙들이 원하여 원칙을 어기면서까지 비단실을 섞었다니! 서편이 패하더라도 군사들에게 비단 섞인 옷을 입혀달라니!"

지소가 왕후를 진정시켰다.

"준정이 허튼 생각이나 사심이 있어 그런 것은 아니니 크게 염려치 마십시오."

"옥진이처럼 색기나 교태로 폐하를 사로잡는 부류보다 저런 아이 다스리기가 더 어려운 법이다. 앞으로 준정을 잘 살펴야 할 것이야."

왕후는 싸늘하게 돌아섰다.

궁에서 음악소리가 높아질 때, 월궁 밖에서는 환도 행사가 시작되었다. 해가 기울어 노을이 짙어질 무렵, 위화랑이 거느린 낭도들이 큰길가로 나섰다. 위화랑과 낭두들은 붉은색의 저고리를 입고, 낭도들은 옥색과 푸른빛이 어우러진 옷을 차려입었다. 머리에는 깃을 꽂고 등에 활을 매고 허리에 검을 찼다.

낭도들이 귀족들의 동네로 들어서면 길 양쪽에는 비단을 바친 집안의 여인들이 서 있었다. 낭도들이 마음에 드는 여인에게 꽃을 주면, 꽃을 받은 여인은 낭도를 자기 집으로 맞이하여 대접할 수 있었다. 이것이 가배의 마지막 밤 축제이자 절정인 환도 행사였다. 잘생긴 귀족청년 낭도를 대접하는 집안에는 딸이 있기 마련이었다. 자기 집안에 모신 낭도에게 딸을 선보이고 서로 마음에 들면 혼인시키기도 했다.

위화랑은 옆에 선 미진부가 은근히 신경 쓰였다. 미진부는 거리에 나서자마자 길에 선 여인들을 둘러보며 누군가를 찾는 눈치였다. 낭도들 중에서도 특히 준수하고 기품 있는 얼굴을 한 미진부를 많은 여인이 자기 집으로 모시고 싶어 했지만, 미진부는 손에 든 꽃을 아무에게도 건네지 않았다.

어느 집 앞에 이르자 미진부는 그 집 주변에서 발길을 머뭇거렸다. 집의 형세로 보니 6두품의 집이었다. 환도 행사에 참여하지 않은 듯 그 집의 대문 앞에는 아무도 없었다.

길이 어둠에 덮일 무렵, 미진부가 다시 그 집 앞을 서성이자 누군가가 대문을 열고 나왔다.

"아이고머니나!"

여자 종이 깜짝 놀라 멈추어 섰다.

"이 댁에서는 오늘 환도 행사에 참여를 안 하는 것인가?"

미진부가 뒷짐을 지고 물었다. 여자가 허리를 숙인 채 미진부의 얼굴을 힐끔 훔쳐보며 말했다.

"이, 이 댁에는 아, 아가씨가 안 계시옵니다."

"이 댁이 작고하신 삼산공의 댁 아닌가?"

"맞사옵니다."

"그런데 준정 랑은 안 계신가?"

여자가 다시 놀라 미진부를 쳐다보았다.

"아, 아가씨는 오늘 하루 더 길쌈대회에 참여하신다 하셨습니다."

"뭣이?"

미진부는 뭔가 잘못되었다는 표정으로 돌아섰다. 위화랑은 멀찍이서 그 모습을 지켜보았다. 왕궁을 향해 뛰어가는 미진부의 어깨를 달빛이 급하게 따라가느라 출렁거리고 있었다.

위화랑은 그 뒷모습을 보며 한숨을 내쉬었다. 삼엽 공주가 미진부의 짝으로 남모를 마음에 두고 있는 줄 위화랑도 알고 있었다. 그런데 정작 미진부는 준정의 사가 앞에서 머뭇거린 것이었다. 위화랑은 쓴웃음을 지으며 하늘을 올려다보았다. 보름달이 연정에 들뜬 사내의 가슴을 부풀게 하고 탐스럽게 익어가고 있었다.

백제의 사신

“백제에서 사신이 온다는구나. 성왕이 재위한 후 처음이지.”

보과 부인은 설레는 표정으로 말했다. 기대되는 마음은 남모도 마찬가지였다.

백제의 왕은 재위한 지 채 10년이 되지 않았으나 백성들 사이에서 성왕으로 불리며 덕망이 높았다. 백제에서 오는 사신 중에는 보과 부인의 친척인 왕족이 있다고 했다.

사신이 오는 날, 월성의 남문으로 향하는 길가에는 아침부터 군사들이 나와 바쁘게 움직였다. 왕궁에서는 백제와 가야에 사신으로 다녀온 경험이 있는 이찬이 사신을 맞을 준비를 하고 있었다. 이찬이 남당 안에 임시로 만든 사신관에서 사신을 맞은 후에 왕에게 안내하기로 했다. 그 후에는 비공식적으로 보과 부인을 만날 계획이었다.

귀족들이 나가 백제의 사신을 맞았다. 남모는, 콧수염을 기른 중년의 사신 뒤에 따라오는 젊은 귀공자에게 눈이 갔다. 키가 훤칠한 청년은 검은 비단 관을 썼는데 금꽃이 관의 앞을 장식하고 있었다. 귀에는 자작나무 잎 모양의 귀걸이를 하고 손에는 은팔찌를 차고 있었다. 외모와 치장으로 보아 보과 부인의 사촌인 왕족임에 틀림없어 보였다.

사신들이 왕을 만난 후 연회에 참석하고 있을 때, 아시공이 보과 부인의 처소를 찾았다. 남모도 보과 부인의 방에서 백제의 사신을 기다리고 있었다.

"폐하께서 은밀히 당부의 말씀을 전하셨습니다."

삼엽 공주의 남편인 아시공은 왕의 신임을 받고 있는 측근이었다.

"백제는 이번에 국경 지역의 고구려 땅을 공격하기 위해 구원병을 요청했습니다. 허나 폐하께서는 원병을 보내지 않으실 생각입니다. 그런데 구원병의 요청에 응하지 않으면 백제는 왜와 손을 잡겠다고 합니다. 백제와 왜가 결탁해서 무엇을 도모할지 그것이 걱정입니다."

보과 부인은 짐작하고 있었다는 말투면서도 긴장하는 빛이 떠올랐다.

"음…… 그러니 나에게, 백제의 속뜻이 무엇인지 알아내고 우리의 상황을 잘 이해시켜 달라는 말씀인가요?"

아시공이 고개를 숙였다.

"알겠어요. 신라에 도움이 되는 일이라면 해야지요."

아시공이 물러갔다가 곧 사신과 함께 다시 들었다. 두 명의 사신은 술기운이 있어 다음 날 인사를 드리겠노라 하였고, 무령왕의 자손이라는 왕족이 인사를 올렸다.

"선대왕 무령왕의 아들이자 동성왕의 조카인 사아라 하옵니다. 동성왕의 따님이시자 신라국의 왕비님께 인사 올립니다."

작은 얼굴에 눈코입이 크고 뚜렷했으며 목소리는 낮고도 굵직했다. 그가 고개를 들어 보과 부인과 눈을 맞춘 후 옅은 웃음을 보였다. 그리고는 남모를 보며 놀란 듯이 입이 살짝 벌어졌다. 두 손을 공손히 모으고 고개를 숙이는 그에게 보과 부인이 말했다.

"내 딸 남모이네."

남모도 허리를 깊이 숙이며 인사했다.

"사아, 사아라고 하였소? 이리 가까이 와보세요. 친정 백제 사람, 손이나 한번 잡아봅시다."

보과 부인의 목소리에 흥분이 가득했다. 사아가 다가와 손을 내밀자 보과 부인은 두 손으로 사아의 손을 꼭 잡았다.

"내 아버지 동성왕께서 그리 비명에 가신 후, 숙부이신 무령왕께서 반란군을 진압하여 원수를 갚아주셨지. 신라로 도망 온 나에게 숙부께선 사람을 보내, 돌아오고 싶으면 돌아오라고 길을 열어주신다고 하셨어요. 하지만 그때 나는 이 아이를 가져, 돌아갈 수가 없었지요. 이곳에 살면서 어려움이 닥칠 때면 그때 숙부께서 내게 내밀어주셨던 손길을 생각한답니다."

보과 부인의 눈시울이 붉어졌다.

"왕께서 붕어하셨다는 말을 듣고 장례식에라도 참석하고 싶었지만, 그러지 못했어요."

다과상이 들어왔다. 수수팥 경단과 절편을 얇게 썰어 놓고 차를 함께 올렸다. 남모가 찻물을 조심스럽게 따르며 말했다.

"백제의 찻잔입니다. 어머니께선 차를 마실 때 늘 이 잔을 쓰세요."

사아는 찻잔을 내려놓으며 남모를 힐끗 보고 수줍게 말했다.

"송구하오나, 남모 공주님은 백제의 우아한 멋과 신라의 화려한 미를 두루 간직하고 계시군요. 뵙고 깜짝 놀랐습니다."

보과 부인이 살며시 웃었다.

"하하, 그런 말씀을 할 줄 아세요?"

남모는 얼굴을 붉혔다. 찻잔 위에 올린 분홍빛 꽃잎이 남모의 가슴처럼 가볍게 흔들렸다.

보과 부인이 성왕의 안부를 묻자 사아는 왕에 대한 존경을 담아 대답했다. 사아의 어머니는 가야국에서 온 여인으로 어린 나이에 무령왕의 후비가 되었다가 일찍 돌아가셨다고 했다. 그리고 사신단이 온 이유도 설명했다. 백제를 침범하는 고구려의 국경을 치기 위해 원군을 요청하러 왔다는 것이었다.

"아시겠지만 지금 왜의 왕은 우리 백제의 도움을 많이 받았습니다. 저도 한때 왜에 가서 지금의 왜왕을 도왔지요. 만약 신라에서 원군을 보내주지 않으면 백제는 더 이상 고구려의 침입을 막기 어려울 것입니다. 폐하께 아뢰지는 않았지만 백제에서는…… 왜와 손을 잡고 가야국을 칠 수도 있습니다."

"가야를? 금관가야는 곧 신라에 합병하게 될 텐데요."

"신라의 힘을 빌려 고구려를 막지 못하면 가야를 끌어들여야겠다고 생각하신 듯합니다."

남모는 이야기를 듣기만 했다. 가야를 치겠다는 말은 듣기에 따라 협박일 수 있었다. 보과 부인에게 그 말을 하는 사아의 진심이 궁금했다. 폐하에게 백제의 속내가 전달되기를 바라고 일부러 하는 말일 것이다.

남모는 사아를 배웅하며 월하정 앞까지 왔다. 자작나무 잎이 노랗게 물들어 연못 위로 떨어졌다. 사아의 귀걸이를 바람이 가볍게 흔들었다. 단풍잎과 마른 풀냄새가 잘 섞여 은은한 가을향이 느껴졌다. 사아의 푸른 옷이 펄럭이며 그 향기를 들추어 주위에 풀고 있었다.

"연못에 달빛이 내리면 정인이 절로 그립겠군요. 오늘이 보름은 아니지만 늦게 뜨는 달이라도 허락하신다면, 공주님께서 월하정의 달빛을 구경시켜주시지 않겠습니까?"

사아가 남모의 두 눈을 깊이 들여다보았다. 걸음을 멈춘 햇살이 남모의 눈 속에 가득 들어왔다.

오동나무 잎사귀 사이를 비집고 달빛이 창으로 내려왔다. 남모는 머리를 다시 빗고 옷매무새를 가다듬었다. 사아가 월하정에 나왔다고 사모가 일러주었다.

내리는 달빛 사이로 바람을 가르며 날아오는 소리가 있었다. 남모는 걸음을 멈추었다. 달빛을 끌어당겨 선율을 다듬은 듯 우아하고도 애처로운 음색의 피리 소리였다.

하얀 저고리를 입은 사내가 월하정 난간에 비스듬히 앉아 피리를 불고 있었다. 바람을 실은 듯 물을 품은 듯, 그 소리는 달빛을 흔들며 오르내렸다. 가슴을 녹이던 소리가 한순간 달아오른 연정마냥 뜨거워졌다. 남모가 다가가자 사아가 피리를 내려놓고 일어나 고개를 숙였다. 푸른 옷에 금관을 썼던 낮의 모습보다 달빛을 품은 흰옷이 그에게 더 어울렸다.

사아가 빙긋 웃으며 손에 든 것을 내보였다.

"적(笛)*입니다. 서툰 솜씨지만 달빛이 고와 불어 봤습니다."

"재주가 훌륭하십니다."

"어릴 적부터 이 종적을 배웠어요. 왜에 갔을 때, 백제에서 함께 간 악사가 가르쳐주었지요."

사아는 백제에서 왜로 건너간 악사들의 이야기를 흥미롭게 해주었다.

"제게 적을 가르쳐주신 분은 백제 최고의 악사이셨어요. 적을 불면 외로움도 슬픔도 다스릴 수 있다는 걸 알게 되었지요."

외로움도 슬픔도 모두 비울 수 있다는 사아의 목소리엔 회한이 묻어 있었다. 그는 물끄러미 남모의 얼굴을 바라보았다. 사아의 눈길이 자신의 얼굴을 하나하나 살피는 듯하여 남모는 살며시 고개를 돌려 연못의 달빛을 곱게 다듬었다.

"남모 공주님은 어떤 분일까 궁금했었어요. 저는 여기저기를 다니며 많은 문물을 보고 배웠지만, 어쩐지 외롭게 세상을 떠도는 운명을 가진 사람이라는 생각이 들 때가 많았지요."

남모는 다시 사아를 보았다. 그는 무언가가 그리운 듯 아련한 눈빛으로 웃고 있었다.

"그런데 남모 공주님은 저와 달리 백제와 신라의 멋을 모두 품은 분이군요. 제가 그리워하며 찾던 사람을 여기서 만난 듯합니다."

자신의 존재가 떠도는 것이라는 사아의 말에 문득 그가 가깝게

* 백제의 악기로, 피리의 종류이다. 앞으로 부는 것을 종적, 옆으로 부는 것을 횡적이라 하였다.

느껴졌다. 그것은 남모의 가슴 밑바닥에 자리잡은 의식과 닿아 있었다.

'아니에요, 저 역시 떠도는 기운을 운명처럼 품고 살았답니다.'

"제 어머니는 가야에서 와 저를 낳은 후 돌아가셨습니다. 제가 어려서 일본으로 간 건, 어쩌면 제 뿌리가 온전히 백제의 것이 아니기 때문이었을지도 모릅니다."

온전히 백제인인 아닌 사아. 온전히 신라인이 아닌 남모. 사아는 자신보다 더 깊은 회한을 간직한 사람 같았다.

"백제의 웅진성에도 아름다운 연못이 있다고 들었어요. 연못에 달빛이 내리면 그리 고울 수가 없다고, 어머니께서 말씀하셨어요."

사아의 눈이 깊고 아늑한 물을 닮았다는 생각이 들었다.

"언젠가 제가 공주님을 백제로 모시겠습니다."

바람이 불자 사아의 몸에서 푸른 기운이 그녀를 덮칠 듯 강렬하게 일어났다.

다음 날 아시공은 두 사신과 함께 성골 왕족 집으로 향했다. 선대왕 시절에 백제에 다녀온 적이 있는 왕족이 사신을 초대하였다는 명목하에, 성골 집안의 화려한 위상을 보여주려는 계산이었다.

"집안의 기와장식이 세련되고 금박치장이 화려하군요. 저는 잘 차려진 귀족의 집보다는 저잣거리를 보고 싶습니다."

사아의 부탁으로 남모는 저잣거리로 말을 돌렸다. 낭도 복장을 한 남모가 골목에 들어서자 사람들이 경애하는 눈으로 쳐다보았다. 백마를 타고 흰옷을 입은 사아를 보고는 지체 높은 귀족인

줄 알고 허리를 굽히며 옆으로 비켜서 길을 내주었다. 앳된 처자들은 홍조를 띠고 사아를 물끄러미 올려다보았다. 사아는 여인의 마음을 설레게 하는 매력을 품고 있었다.

"여인들의 치장이 화려하군요. 금관을 쓴 여인들은 왕족인가요?"

"아닙니다. 귀족 부인들도 금관으로 장식을 한답니다."

"신라는 금의 나라라고 하더니 과연 그렇군요."

사아는 대장간을 둘러보고 악기를 파는 가게도 관심을 보이며 들어가보았다. 남모는 문득 어젯밤 사아가 불던 적 소리가 떠올랐다. 그 소리를 생각하면 가슴이 따뜻하게 젖어왔다.

저잣거리를 빠져나와 인적이 뜸한 길로 들어섰다. 남모는 남천이 내려다보이는 정자 쪽으로 말을 돌렸다. 오르막길을 조금 오르자 만산홍엽이 비친 남천을 그대로 내달렸다. 남천의 물결을 타고 온 바람이 남모의 가슴에 매달렸다. 사아가 두 팔을 활짝 벌리고 바람을 맞았다. 푸른 바람이 사아의 하얀 옷자락을 쉴 새 없이 흔들었다.

사아는 백제와 가야, 그리고 왜에 대한 이야기를 많이 했다. 문득 그를 따라 낯선 나라들을 여행해보고 싶다는 생각이 들었다. 아무것도 거리낄 것이 없는 곳에서 그와 함께하면, 신라인도 백제인도 아닌 온전한 자신의 모습을 찾을 수 있을 것 같았다. 사아가 떠날 시간이 오고 있었다.

월하정 하늘에 달빛이 흐릿했다. 어둑어둑한 연못가에 물안개가 자리를 내주지 않았다. 남모를 바라보는 사아의 눈빛이 어둠을 밀어내고 있었다. 내일이면 사신단이 백제로 돌아간다.

"남모 공주님. 다시 뵈올 날이 있겠지요?"

사아의 목소리에 이미 오래된 그리움이 자라고 있었다.

"이곳의 시간이 많이 그리울 것 같습니다."

사아의 적 소리, 함께 나누었던 이야기들…… 모든 일이 갑자기 오래된 이야기가 되어 지나가고 있었다.

사아가 가만히 남모의 어깨에 손을 올렸다. 사아의 손길이 떨리는 것인지 남모의 어깨가 흔들리는 것인지 알 수 없었다. 가슴이 뜨거워지는 것을 두 사람은 피할 수 없었다. 어쩌면 이것도 운명인지 모른다는 생각이 드는 순간, 사아가 남모의 어깨를 끌어당겼다. 남모의 얼굴이 멈칫거리는 시늉도 하지 못하고 사아의 가슴팍으로 파고들었다. 그의 심장이 무섭도록 뛰고 있었다. 그 소리가 처음엔 두렵게 들렸으나 점점 남모의 가슴을 편안하게 달구었다. 온몸의 힘이 가슴으로 다 몰려 쿵쾅거리며 요동칠 뿐이었다.

"기다리겠습니다, 다시 뵈올 날을."

둘의 입술이 하나가 되었다. 바람을 밀어내며 오랫동안 그렇게 서 있었다.

사아가 팔을 내리더니 자신의 팔목에 둘렀던 팔찌를 풀어 남모의 팔목에 걸어주었다. 용의 머리가 새겨진 은팔찌였다.

"이 팔찌를 간직하십시오."

남모는 자신의 팔목에 큰 은팔찌를 가만히 만져보았다. 은으로 만든 팔찌가 마치 살아 있는 듯 숨소리를 내었다. 뭔가 답례를 하고 싶어 남모는 자신의 손목에 두른 금팔찌를 풀었다. 사아의 손에 건네주자 사아가 팔찌와 함께 남모의 손을 꼭 잡았다. 사아의 손바닥은 생각보다 거칠고 굳은살이 박힌 무사의 손이었다.

"다시 만날 날만 기다리겠습니다."

월하정의 물안개가 두 사람을 감고 뜨겁게 풀어지고 있었다.

다음 날, 백제의 사신단은 돌아갔다. 정자에 올라 사아 일행을 바라보던 남모는 말을 타고 월성 밖으로 나갔다. 귀족들의 동네를 빠져나오자 추수가 끝난 들판에 늦은 가을 바람이 차갑게 불었다.

"공주님, 혼자 나오시면 위험합니다."

남모의 호위를 맡은 유수가 말을 타고 뒤쫓아 왔다.

금오산 쪽으로 말을 몰았다. 가을은 풀벌레 소리로 더 애잔하게 깊어갔다. 산의 중턱에 오르자 사신단이 강을 건너 서쪽 좁은 길로 접어드는 것이 보였다. 말을 타고 앞서 가던 사아의 모습은 보이지 않았다. 사아가 준 은팔찌를 만지작거렸다. 메마른 들꽃 냄새가 남모의 가슴을 저미었다.

월성으로 들어와 남모는 문득 유수에게 말했다.

"검술 시합을 해보겠는가?"

자신의 가슴에서 자라는 불씨를 잘라버리고 싶었다.

"예! 영광입니다."

유수는 사찬의 아들로 다른 낭도들에 비해서는 골품이 낮았으나 무술이 뛰어나고 성품이 어질어 낭도들 사이에서 신망이 두터웠다. 지난 가배 때도 유수와 함께 검술 시범을 보인 적이 있었다.

남모는 어려서부터 검술을 배웠다. 어머니인 보과 부인이 왕에게 부탁하여 특별한 검술 스승에게 검술을 배우게 했다. 지금 생각해보니, 마음이 불안했던 보과 부인이 남모에게 스스로 자신의 몸을 보호하는 법을 가르쳐주려고 한 것이었다.

목검으로 유수와 마주 섰다. 남모는 처음부터 유수의 옆구리를 깊이 파고들었다. 남모는 유수의 검이 움직이는 선을 짐작했다. 검이 바람을 가르고 옷 사이를 스쳤다. 가슴을 겨누어 정확하게 들어갔지만 유수의 몸이 더 빨리 움직였다. 유수는 공격보다 방어를 하고 있었다.

내가 성급한 마음을 들킨 것일까.

남모가 멈칫하는 사이 유수의 검이 옆구리를 스쳤다. 그때, 등 뒤에서 카랑카랑한 목소리가 날아왔다.

"목검으로는 만족하지 못하실 듯합니다."

미진부였다. 남모가 미진부를 쳐다보자 유수는 목검을 내리고 뒤로 한걸음 물러났다. 미진부는 손잡이에 금장식이 되어 있는 검을 들고 있었다.

"진검으로 제가 감히 공주님과 겨루기를 청해도 되겠습니까?"

미진부는 호기롭게 웃고 있었다. 처음 미진부의 어머니인 삼엽 공주가 혼인 이야기를 꺼낼 때만 해도 미진부는 어린아이 같았다. 하지만 지금 미진부는 무술실력이 뛰어나고 외모도 출중하여 많은 귀족이 탐내는 최고의 낭두였다. 미진부 역시 혼인에는 생각이 없더라고 하던 어머니의 말씀이 떠올랐다.

"제게 검술을 겨뤄보자고 먼저 청하기는 미진부 낭두가 처음입니다."

"무례하다고 생각지 마시기 바랍니다. 목검을 휘두르시는 공주님의 손길을 보니, 진검으로 한 수 배우고 싶었습니다."

내 마음을 읽었다고 말하려는 것인가. 문득 사아가 떠올라 남모는 눈을 감았다가 떴다.

"나는 진검으로 대결하고 싶은 마음이 없어요."

미진부가 보일 듯 말 듯한 웃음을 띠고 공손히 말했다.

"감히 무례하게 청하였사오나, 공주님께서 제게 한 수 가르쳐주신다면 영광이겠습니다."

보란 듯이 검으로 미진부를 눌러버리고 싶은 생각도 들었다. 가능한 한 마음을 읽은 상대와 맞붙는 것은 피해야 한다. 유수가 미진부에게 다가와 나지막이 말했다.

"공주님께서 월성 밖에 다녀오셔서 피로하실 듯합니다."

미진부가 뭐라고 말을 하려다가 멈칫했다. 저만치 준정이 서 있었다. 미진부는 준정을 향해 고개를 숙였고, 준정은 세 사람을 향해 합장을 했다. 승복을 입은 준정은 자추사의 저녁공양을 준비하는 모양이었다.

남모는 유수에게 목검을 건네주고 준정에게 다가갔다. 저녁 햇살이 준정의 얼굴을 따스하게 물들였다.

"훌륭한 솜씨 잘 봤습니다. 그런데 공주님답지 않게 검의 끝이 딴 곳을 향하는 듯했어요. 무슨 일이 있으십니까?"

남모는 눈길을 떨어뜨리며 자조의 웃음을 지었다.

"들켰군요."

"저한테 들키신 것은 괜찮습니다. 다만 좀 쉬셔야 할 듯 보이십니다."

남모를 걱정하는 말투가 진심으로 느껴졌다. 준정을 붙들고 싶었지만 공양 시간을 방해할 순 없었다.

잠자리에 들기 전, 남모는 주렴을 걷으려다 깜짝 놀랐다. 손목이 허전하다 싶었더니 사아가 준 은팔찌가 없었다. 남산에 오르내릴 때는 분명 있었다. 검술! 검술을 하면서 떨어뜨린 것 같았다. 사모에게 등을 들고 따르게 해서 검술 대련장을 몇 바퀴 돌았지만 찾을 수 없었다.

'은팔찌를 잃어버리다니!'

다른 사람이 주워 가기라도 했다면 큰일이었다. 몸을 비틀며 입을 크게 벌린 용이 새겨진 은팔찌. 신라에서는 보기 힘든 것이었다. 침대에 들지도 못하고 방을 서성거렸다.

"공주님, 화로를 들이겠습니다."

"아니다. 그냥 두어라."

밤공기가 서늘했지만 남모의 마음은 타들어 가고 있었다. 사모가 문 앞에 다가와 조심스럽게 말했다.

"저, 공주님. 준정 랑이 뵙기를 청합니다."

준정이 야심한 시간에 찾아오다니 신당이나 자추사에 무슨 일이 생겼는가 싶었다. 준정이 주렴을 걷고 들어섰다.

"늦은 시간에 죄송합니다. 아직 침상에 들지 않으셨다 하기에."

"괜찮습니다. 무슨 일인가요?"

남모의 양미간이 걱정으로 흐려졌다. 준정은 목소리를 낮춰 차분하게 말했다.

"문밖에 있는 사모들을 잠시 물려주십시오."

남모가 사모들을 물리고 나자 준정이 고개를 들어 남모를 보았다. 준정은 표정의 동요 없이 옷소매에서 무언가를 꺼냈다.

혹시……. 남모는 가슴이 무섭게 뛰기 시작했다. 준정이 한쪽

소매에 손을 넣어 조심스럽게 꺼낸 것은 은팔찌였다. 혹시나 했던 남모는 짧은 탄식을 내뱉었다.

"공양을 드린 후 검술장을 지나다 발견했습니다. 처음 보는 문양의 은팔찌인데……."

남모는 팔찌에 관심을 보이는 준정의 말에 당황하여 급히 대답했다.

"제 것입니다. 이번에 온 백제의 사신에게서 선물로 받은 팔찌예요. 오늘 잃어버리고 걱정했는데 이렇게 찾아주셔서 다행이네요."

그러자 이번에는 준정이 크게 놀랐다. 눈을 동그랗게 뜨고 남모와 은팔찌를 번갈아 봤다.

"백제의 왕족들이 하는 팔찌라고 합니다. 사내의 것이라 제 팔목에 맞지 않아 흘리고 말았습니다."

"저는, 공주님의 것인 줄 몰랐습니다."

준정의 목소리가 흔들렸다. 누구의 것인지 모르지만, 남모에게 주인을 찾아달라고 가져왔다는 말 같았다. 여간해선 속마음을 드러내지 않는 준정이었다.

"주인에게 돌려드려서 다행입니다. 그만 가보겠습니다."

등을 돌리고 주렴을 걷던 준정의 손길이 멈칫했다. 잠시 그대로 섰더니 천천히 몸을 돌렸다.

"아무래도 공주님께선 아직 못 보신 듯하군요."

남모는 비로소 준정이 놀란 다른 이유가 있다는 것을 알았다. 준정이 은팔찌를 보며 말했다.

"팔찌의 용머리 부분을 돌리면 팔찌가 반으로 나누어집니다. 그리고 안에 조그만 서찰이 들어 있었습니다. 용서하십시오. 저는 이 팔찌의 서찰은 못 본 것으로 하겠습니다."

준정은 고개를 숙이고 방을 나갔다.

남모는 가슴을 감싸 쥐고 의자에 주저앉았다. 떨리는 손으로 은팔찌를 들어 용의 머리를 돌려보았다. 처음에는 잘 열리지 않았으나 곧 호리병의 마개처럼 돌아갔다. 그리고 팔찌가 나누어졌는데 팔찌 속은 비어 있었다. 그 속에서 돌돌 말린 비단이 나왔다.

비단 조각을 펼쳤다. 세필로 짧게 적어 놓은 글자들.

내년 봄 신라에서 금관가야를 방문할 때 저 역시 금관가야로 갈 것입니다. 가야에서 뵙기를 고대합니다. 백아.

백아, 사아가 왜에 있던 시절, 백제에서 왔다 하여 백아로 불렸다고 했다.

스님 요

옥진과 함께 비대공의 재롱을 보던 왕은 자리를 털고 일어났다. 옥진의 나긋나긋한 손길 아래 쉬고 싶기도 했지만, 위화랑을 만나야 했다.

왕은 호위무사만 데리고 신당 옆에 세운 자추사로 향했다. 자추사는 왕궁 내인들을 위해 세운 조그만 절이었다. 아침저녁으로 준정이 부처님께 공양을 드리고, 초하루와 보름에는 덕이 높은 스님들이 불경을 외며 부처님의 뜻을 받들었다.

위화랑이 자추사에 먼저 와 있었다. 부처님 앞에 절을 올린 후 옆방으로 건너와 위화랑과 마주 앉았다. 준정이 차를 내려놓고 물러났다.

"백제의 사신들은 잘 도착했다고 하오?"

"예, 폐하. 짐작대로 사신들은 금관가야에 들른 후 백제로 갔다 하옵니다. 신라와 금관가야의 합병을 방해하려는 의도가 분명합니다."

왕은 고개를 끄덕이고, 위화랑에게 백제의 교육제도에 대해 물었다.

"하명하신 대로 사신들에게 확인해보았습니다. 백제는 고구려처럼 중앙의 교육기관과 사교육이 엄밀하게 분리되어 운용되는 것 같진 않았습니다. 박사제도를 두고 유교 경전과 기술을 배우는 것이 맞았습니다."

"기술을 배운다고?"

"예, 천자문과 논어를 기본으로 하고 5경 박사가 귀족들의 교육을 맡는다고 합니다. 의박사와 역박사를 두어 기술학도 가르친다고 했는데, 이는 평민들도 참여가 가능하다 합니다. 또한 불교 교리도 연구한다고 했습니다."

"음, 그대가 보기에 우리 낭도 교육과 비교하면 어떻소?"

위화랑은 머리를 조아린 후 낭랑한 음성으로 조목조목 꼬집어 대답했다.

"폐하의 짐작대로 교육에 체계가 있고, 내용도 폭넓었습니다. 다만, 우리 낭도의 수련이 우수한 부분도 있었는데, 그것은 우리가 낭도의 심신수련을 강조한다는 것입니다. 글공부만이 아니라 심신을 수련하게 하고 음악과 문학의 도에 대해 가르치고 있으니, 이 부분이 우리 낭도 교육의 장점이라 확신합니다."

"음, 심신수련이라…… 우리 신라의 낭도들은 유교와 도교를 아우르는 교육을 하고 있단 말이군."

"거기다 앞으로 불교 교리까지 배운다면, 유불선의 조화를 이루는 교육이 가능할 것입니다."

왕이 무릎을 쳤다.

"바로 그것이오! 내 생각도 그러하오. 유불선이 조화를 이루는 교육! 이것이 우리 신라의 교육이 가야 할 큰 방향이오."

위화랑은 낭도들이 하고 있는 공부를 자세하게 왕에게 아뢰었다. 한자를 기본으로 한 경전 공부와 심신수련을 위한 무술훈련, 그리고 각 분야에서 이미 뛰어난 낭도들이 배출되고 있음을 강조했다.

"그렇다면 불교 교리를 제대로 가르칠 수 있는 훌륭한 스승이 필요하겠군. 덕을 갖춘 스님이 낭도들을 부처님의 제자로 인도해 호국불교를 제대로 가르치면 좋겠소."

준정이 화로에 넣을 숯을 들고 방에 들었다.

"준정 랑은 이리 가까이 오라."

왕의 말에 준정은 숯덩이가 든 화로를 한쪽에 두고 위화랑 옆의 의자에 앉았다.

"자추사에서 부처님을 모시며 낮에는 낭도들과 함께 생활하기가 어떠하냐?"

준정은 고개를 숙이고 말했다.

"과한 대접을 받으며 지내고 있습니다. 하지만 이제 제 자리로 돌아가야 할 때라고 생각합니다."

차분한 어조로 왕의 호의를 당당히 거절하고 있었다.

"네 자리라니?"

"원래 불가에 귀의해야 할 몸인데 공주님들의 은혜를 입어 감히 랑이 되었습니다. 그러나 제 본분을 잃어버리기 전에 월성을 떠나 부처님 곁으로 가고 싶습니다."

왕은 떠나려 하는 준정에 대한 안타까움이 스미는 것을 어쩔 수 없었다. 저 마음을 가질 수는 없구나. 마음을 돌리기는 어려운 일이구나.

"위화랑은 준정 랑의 말을 어찌 생각하시오?"

"폐하의 말씀대로 낭도들의 교육은 큰 방향에서 유불선의 조화를 목표로 삼을 것입니다. 장차 훌륭한 스님을 모셔 낭도들에게 교리를 가르칠 것인데, 불심이 깊은 준정의 도움이 크게 필요합니다."

왕은 위화랑의 대답이 만족스러워 고개를 끄덕였다.

"곧 훌륭한 스승을 모셔 오겠네. 천경림에 불사를 끝내면 모시려고 했으나, 준정의 스승이 될 만한 스님을 곧 자추사로 모시겠네."

미동도 없던 준정이 그 말에 고개를 들다가 왕과 눈을 마주치고는 황급히 눈길을 내렸다.

"그만 나가보게."

왕은 준정이 물러나는 모습을 바라보았다. 위화랑은 왕의 눈길이 그윽해진 것을 보았다.

자추사에서 스님들이 강론을 하는 날, 첫눈이 내렸다. 대아찬과 이찬, 그리고 위화랑이 낭도들의 교육에 관해 스님들과 이야기를 나누었다.

초하루와 보름 때마다 자추사를 찾았던 스님들 속에 처음 보는 스님이 있었다. 나이를 가늠하기 힘들도록 얼굴빛이 수수하고 입술이 붉었다. 입가의 옅은 주름이 스님의 인상을 인자하게 보이게 했고, 부처님의 덕을 담은 듯 깊은 눈빛을 가진 비구니 스님이었다. 이찬이 비구니 스님께 공손히 두 손을 모으고 말했다.

"앞으로 신라의 청년들에게 제대로 불교의 가르침을 전하고자 합니다. 그래서 요 스님을 자추사의 주지 스님으로 모셨습니다.

지금 공양을 맡고 있는 준정에 대해 들으셨겠지만, 이차돈과 함께 불도를 닦아 불심이 깊습니다. 스님께서 준정의 스승이 되시어 많이 가르쳐주시기 바랍니다. 준정은 앞으로 신라의 낭도들을 위해 큰일을 할 인물입니다."

요 스님이 미소를 띠고 말했다.

"소승이 감히 그 일을 할 만한 인물은 못 되지만 부처님의 뜻으로 알고 받들겠습니다."

조용하면서도 무게가 느껴지는 음성이었다. 여러 스님들이 요 스님에게 덕담을 한 마디씩 하고 회의가 끝났다.

요 스님을 마주한 준정은 깜짝 놀랐다. 오 년 전, 이차돈의 묘 앞에서, 세상을 버리려던 자신을 붙들어준 비구니 스님. 밤에 잠시 본 얼굴이라 뚜렷하진 않지만, 서늘한 목소리의 울림으로 보아 그 스님이 분명했다. 아버지의 장례식에도 잠시 모습을 보였던 스님이 요 스님이었다.

스님들께 합장하고 돌아서며 요는 하늘을 올려다보았다.

"흰 나비들이 갈 곳 몰라 허공을 떠도는구나. 어이할꼬."

눈이 요의 얼굴에 닿아 소리 없이 녹았다.

"녹아내리는 것이 눈입니까? 마음입니까? 마음이 생각을 품지 않으면 눈이 마음을 적시지도 않을 텐데."

흥얼거리는 듯한 요의 말에 지소가 공손하게 말했다.

"스님의 덕이 훌륭하다는 말씀을 익히 들었습니다. 많이 가르쳐 주십시오."

"배우는 건 허하고, 덕은 누구나 가지고 태어납니다."

"부처님의 말씀을 제대로 느낄 수 있도록 가르쳐주십시오."

지소가 낮은 목소리로 간곡히 말했다. 요는 그런 지소를 물끄러미 보더니 혼잣말을 하듯 중얼거렸다.

"근심은 애욕에서 생기고 재앙은 물욕에서 생기며, 허물은 경만에서 생기고 죄는 참지 못한 데서 생긴다 하였습니다. 내 몸을 대우해주지 않음을 원망하지 말고 모든 이를 너그럽게 대하소서. 이것이 번뇌가 눈처럼 녹아내리는 길이 아닐는지요?"

지소는 입종공이 건강하지 못해 아이가 들어서지 않는다 하여 걱정이 많았다. 마치 자신의 속을 들여다보는 듯이 말하는 요에게 지소는 허리를 숙여 합장했다.

요는 준정을 따라 왕궁을 둘러보았다. 낭도들이 훈련하는 대련장과 검술장을 찾아 창검까지 살펴보았다. 요 스님은 시에 능할 뿐 아니라 무술에도 능하다고 하였다. 마구간의 말들까지 꼼꼼하게 살피는 요의 모습으로 보아 많은 준비를 하고 왔다는 걸 알 수 있었다.

요는 신당 뒤편의 대나무 숲으로 앞장섰다. 초록의 대나무 잎은 눈이 쌓여 더 싱그럽게 고왔다. 요가 대나무 가지를 흔들어 잎의 눈을 털었다.

"스님, 혹시 스님께선 예전에 저를 보신 적이 있으십니까?"

"글쎄다."

아니라고는 대답하지 않았다. 예견된 인연인가. 준정은 생각했다.

"준정아, 너는 침묵할 줄 아는구나. 가슴이 뜨거울 나이에 홀로 자추사에서 가슴을 삭이는 수행을 부지런히 했구나."

발을 옮길 때마다 대 이파리 위에서 눈이 조금씩 떨어져 내렸다. 준정은 요의 뒤를 따르며 조용히 대답했다.

"불가에 귀의하기로 한 몸입니다. 제 마음에 뜨거운 기운은 남아 있지 않습니다."

"애착을 끊고 무소의 뿔처럼 혼자서 가겠다?"

요가 준정을 돌아보며 묘한 웃음을 짓더니 대나무를 움켜쥐고 마구 흔들었다. 눈이 준정과 요 위로 그대로 쏟아졌다.

"아!"

요는 허수아비가 되어 미동 없이 서서 쏟아지는 눈을 받았다.

"나도 눈을 뒤집어쓰면 내 몸에 아직 열기가 남아 있다는 걸 알 수 있건만, 청춘인 네가 뜨거울 수 없다니."

준정이 요의 어깨에 묻은 눈을 털어주려고 했다.

"놔두어라. 네 머리 위에 앉은 나비의 날개나 찢지 말아라. 떨고 있는 것은 날개가 아니라 바람이다."

준정은 흠칫 놀랐다. 이차돈이 주었던 나비 장식이 머리에 매달려 있었다.

"나비를 얹은 네 마음을 만져보아라."

요는 또 대나무를 세차게 흔들었다. 흰 눈이 두 사람을 와르르 덮쳤다.

"와하하하!"

요는 크게 웃어댔고 준정은 잠자코 서 있었다.

"너는 인연을 잡고 싶으냐? 아니면 인연을 버리고 싶으냐? 집착을 끊으려 하지만, 인연을 애써 끊으려 하니 집착이 생기지. 우리는 처음부터 부처님 손바닥 위에서 놀지 않았더냐."

요가 눈을 털어내며 말했다. 준정은 아무 대답을 하지 않았다.

"욕망을 자르고 부처처럼 살 수 있겠느냐? 두고 보아라, 앞으로 얼마나 많은 중생이 너에게 뻗친 욕망을 건드리려 하는지. 부처가 되려고 하지 말고 그냥 살아가면 그게 부처의 길이다."

"허나 번뇌를 자르고 중생에게 다가가는 것이 불자인 저의 본분이라 여깁니다."

"너와 내가 중생을 제도하기 위해 월성에 있는 것이더냐?"

요는 틀렸다는 듯 고개를 저었다.

"일체의 법은 다 허깨비고 꿈같아서, 있지도 없지도 않다고 했다. 금강경에서 그리 말씀하시지 않더냐? 무량한 중생을 제도하지만 실은 한 중생도 제도된 자가 없느니라."

요는 대나무 숲속을 걸어가 다시 대나무 하나를 흔들어댔다. 눈이 와르르 쏟아지는 소리 위에 요의 웃음소리가 겹겹이 쌓여 갔다.

요 스님이 온 후, 지소가 부지런히 자추사에 들렀다. 아침저녁으로 공양을 올리며 정성을 들였다. 그리고 이듬해 봄, 지소는 그토록 바라던 아이를 가졌다.

금관가야에 온 사내

물 냄새가 났다. 하늘과 맞닿도록 펼쳐진 보리밭을 보면서 이 풍요로운 땅의 운명을 생각할 때였다. 보리밭 위로 불어오는 바람이 하늘을 푸르게 일으켜 세웠다.

남모가 말을 달려 앞서나갔다. 언덕 아래에 처음 보는 푸른 강이 넓게 펼쳐져 있었다.

"황산강*이군요."

남모는 숨을 들이마시며 강의 기운을 시원하게 받아들였다.

"가야의 생명줄이지요. 곧 강과 이 넓은 평야를 신라가 차지하게 될 것입니다."

아시공이 나지막이 말했다.

아니에요, 이 강은 신라도 가야도 아닌 백성의 강입니다. 누구의 것도 아닌, 그저 곡식을 키워내는 백성들의 품입니다. 강은 생명에게 생명을 베풀 때 비로소 강입니다.

왕의 명을 받은 이찬 칠부와 아시공, 그리고 남모가 금관가야

* 지금의 낙동강

로 향하고 있었다. 왕은 이미 수년 전에 금관가야의 구형왕을 직접 만나 합병을 논의했다. 그 막바지 일을 수행하기 위해 사신단으로 금관가야에 왔다.

나루터에서 미리 준비된 배에 올랐다. 흐르는 물에 몸을 띄우자 물은 강이 되어 흘렀다.

"이 강을 따라 얼마나 내려가면 바다가 나오나요? 가락국의 시조인 수로왕의 부인은 인도의 아유타국에서 배를 타고 이곳에 닿았다던데요."

금관가야는 예전부터 가락국이라 불렸다.

"내일 왜관에 가면 바다를 볼 수 있겠지요."

강을 건너자 금관가야의 관리들이 마중을 나와 있었다. 오색찬란한 깃발을 들고 사신을 맞이하는 군사들 앞에 금관을 쓴 공자가 서 있었다.

"금관가야에 오신 걸 환영합니다. 저는 금관가야의 셋째 왕자 김무력이라 하옵니다."

이찬 칠부와 아시공, 남모가 차례로 인사를 했다. 김무력은 세 사람에 대해 익히 알고 있는 듯 세심하게 예를 갖추었다.

"이토록 고우신 공주님께서 직접 방문해주시니 영광입니다."

김무력은 아버지인 구형왕과 함께 고구려와의 싸움에도 직접 출전한 적이 있는 용맹한 사람이라고 했다. 기상이 호방해 보이고 굵은 목소리에 말투는 단호했다.

군사들과 김무력이 앞장서서 금관가야의 왕궁으로 향했다. 금관가야가 처음인 남모에게는 모든 것이 신기했다. 집의 형태도 신라와는 많이 달랐다. 나무로 기둥을 세워 그 위에 집을 얹어놓았다. 움집을 만들어 비와 바람을 막는 모습이 신라와 비슷한 면도 있었다.

"대장간이 많군요. 규모도 크고요."

줄지어 있는 대장간 앞에 여러 가지 농기구들이 즐비했다. 과연 철의 나라 가야라 할 만했다.

성문 앞을 지키는 병사들 중 대장인 듯한 사람이 입은 철제 갑옷이 견고하고 세련되어 보였다. 석축을 쌓아 흙으로 말끔하게 매운 토성도 생각보다 웅장했다. 남모는 하나도 놓치지 않으려고 모든 것을 세심하게 살펴보았다.

궁에서는 왕이 직접 사신을 맞을 준비를 하는 중이었다. 정사를 돌보는 태극전에 연회장을 마련하여 여러 대신들이 모여 있었다.

"어서 오십시오. 멀리서 오시느라 노고가 많으셨습니다."

구형왕이 자리에서 일어나 사신단을 맞았다. 반백의 머리를 한 구형왕은 백전노장의 위엄을 풍기고 있었다. 왕은 수년 전에 신라의 왕과 함께 가야를 방문했던 이찬을 또렷하게 기억하고 있었다.

환영식을 마치고 가야국의 왕과 이찬은 독대를 하였다. 이찬은 합병을 위한 신라왕의 특명을 수행해야 했다. 아시공과 남모는 김무력의 안내로 왕궁을 둘러보았다.

"왕자님께 긴히 부탁을 드릴 일이 있습니다. 내일은 왜관을 한 번 돌아보고 싶은데 안내해주시겠습니까?"

김무력의 안색이 변하였다. 그는 마음을 숨길 줄 모르는 사람 같았다.

"왜관은 다른 나라 사신들에게 한 번도 보여준 적이 없는 곳입니다. 각 나라의 상인들이 자유롭게 드나들면서 가야국의 제재를 거의 받지 않습니다."

아시공이 김무력을 달래듯 부드럽게 말했다.

"예, 수년 전 제가 폐하와 함께 가야에 왔을 때도 왜관은 보지 못했지요. 그러나 이제 금관가야는 우리 신라와 하나가 될 사이입니다. 하나의 나라가 됩니다."

김무력의 짙은 눈썹이 꿈틀거리며 입이 무겁게 닫혔다. 꼿꼿하던 고개를 숙이며 깊은 숨을 내쉬었다.

"오백 년 가야 왕조가 막을 내리게 될 거라는 말씀이지요."

그가 모멸감을 느끼지 않도록 남모가 공손하게 말했다.

"훌륭한 철기 문화를 이룬 가야와 우리 신라의 힘이 하나가 되면 실로 풍성한 나라가 될 것입니다."

고개를 들어 남모를 바라보는 김무력의 눈은 사라질 금관가야에 대한 안타까움으로 젖어 있었다. 어느 나라보다 일찍 발전했던 금관가야지만, 고구려의 잦은 침공으로 쇠퇴한 후 백제와 신라가 서로 노리는 땅이 되었다. 더 이상 백성들을 전쟁에 내몰지 않기 위해 신라와 합병하기로 약속이 되어 있었다. 사신들을 처소로 안내해주고 돌아서는 김무력의 뒷모습은 무덤 속으로 들어가는 듯 무거워 보였다.

잠이 오지 않았다. 남모는 얇은 능에 매화 수를 놓은 가리개를 걷어 창문을 조금만 열어보았다. 연못가에 핀 이팝나무 꽃이 달아래서 사무치게 새하얗다. 꽃잎이 떨어질 연못을 돌아보고 싶었지만 신라의 궁이 아니었다. 창문을 닫아걸고 자리에 누웠을 때였다.

방문 밖 마루에서 발자국 소리가 들렸다. 발소리가 가까이 와 멎더니 문 앞을 지키는 사모와 이야기를 나누는 듯했다. 남모는 침대에서 일어나 앉았다.

"공주님. 새벽에 추우실까 봐 화로를 들이라 하십니다."

고하는 사모의 목소리가 아까와는 다른 사람 같았다.

"그리 하시오."

검은 옷을 입은 키 큰 남자가 고개를 깊이 숙인 채 화로를 들고 들어섰다. 남모는 침대 밑에 넣어둔 칼을 잡았다.

화로를 내려놓은 남자가 고개를 들었다.

"공주님!"

남모는 방어자세를 취하며 그를 마주 보고 섰다.

"공주님, 뵙고 싶었습니다."

감정을 억누르고 낮게 떨리는 목소리, 사아였다.

"여길 어떻게?"

"가야에서 뵙자고 했지요. 그 때문에 공주님이 친히 오시지 않으셨는지요?"

사아가 준 은팔찌 안에서 나온 작은 서찰. 그 때문에 직접 사신으로 가야 땅에 와 있었다.

남모는 밖을 살피고 사아의 팔을 잡아 당겨 침상에 앉았다.

"이렇게 뵐 줄은 몰랐어요. 백제의 사신으로 가야를 방문할 계획이 있으신 줄 알았지요."

"가야는 신라에 손을 내민 뒤 백제를 경계합니다."

그렇다 하더라도 이렇게 남의 눈을 피해 방에 숨어들다니, 사아에게 어울리지 않았다.

"남의 눈에 띄면 어떡하시려고 이렇게……."

창문으로 들어온 달빛이 남모의 얼굴을 비추었다. 반가운 마음과 함께 놀란 남모는 사아를 빤히 쳐다보지 못했다. 그런 남모를 사아는 지긋이 내려다보았다.

"보고 싶었습니다, 공주님."

낮은 목소리로 속삭이는 그의 숨결이 남모의 이마에 와닿았다. 사아의 손이 잠시 머뭇거리다가 남모의 손을 잡았다. 말없이 쓰다듬다가 힘을 주어 남모의 손을 꼭 쥐었다. 남모의 손목에는 은팔찌가 걸려 있었다. 팔찌 앞에 염주를 둘러 팔찌가 빠지지 않도록 묶어놓았다.

"예의를 갖춰 공주님을 뵐 수 있으면 좋았겠지만, 상황이 여의치 않아 이렇게라도 찾아온 무례를 용서하십시오."

남모는 속으로 고개를 저었다. 만나기를 고대했으니 격식이 중요하지 않았다.

"이 궁궐 안에 제 뜻을 받드는 사람이 있지요. 공주님을 뵐 방법을 찾다 보니 이 방법밖에 없었습니다."

고개를 드니 사아의 입술이 눈앞에 있었다. 남모는 얼른 고개를 비스듬히 돌렸다. 가슴이 울렁거리고 볼이 화끈 달아올랐다.

"어머니께서 간혹 왕자님의 이야기를 하곤 하셨어요."

"공주님은 제 소식이 궁금하지 않으셨나요?"

눈길을 피하던 남모가 사아를 쳐다보았다. 달빛 아래 그의 눈빛이 간절해 보였다. 사아가 천천히 남모의 이마에 입술을 가져다 댔다. 부드럽게 떨리는 사아의 숨결, 그의 심장은 먼 길을 달려온 듯 크게 뛰고 있었다. 사아의 입술이 닿은 이마에 온몸의 신경이 집중되었다. 입술이 닿은 부분이 뜨겁게 달아올라 점점 온몸으로 열기가 번져갔다. 오랫동안 이 순간을 기다려온 것만 같았다.

한참 만에 사아가 남모의 이마에서 입술을 떼었다.

"공주님 곁을 살펴드리고자 내일은 사신단을 맞는 가야 귀족으로 변복을 할 것입니다."

"변복이라니요? 왜 왕자님께서 변복을 하셔야 하나요?"

이곳에서도 자신의 존재를 숨겨야 하다니, 사아는 말 못할 사연을 품은 듯했다.

"공주님 곁을 지키고 싶어서 그러지요. 내일은 왕릉을 둘러보신다고요?"

"아니에요. 왜관에 가보기로 했어요."

남모의 머리를 쓰다듬던 사아의 손길이 멈칫했다. 사아의 얼굴에서 미소가 사라진 걸 알 수 있었다.

"사신에게 왜관을 보여준다고요? 왜관은 위험합니다."

"왜 위험하다는 거죠?"

사아는 남모를 와락 껴안았다. 남모의 어깨를 쓰다듬으며 긴 숨을 내쉬었다. 남모의 머리에 뺨을 부비며 사아는 안타까운 몸짓으로 남모를 껴안았다. 그리고 팔을 풀고는 두 손으로 남모의 얼굴을 감싸 안았다. 남모의 두 눈을 들여다보며 자신의 눈을 맞추었다.

"공주님, 앞으로 그 어떤 상황에서도 저는 공주님 편입니다. 혹시나, 그렇지 못한 상황이 온다 해도 공주님은 저를 믿으셔야 합니다. 왜냐하면……"

남모가 망설이는 사아의 입에 입을 맞추었다. 메마른 사아의 입술에 부드러운 남모의 입술이 닿았다. 월성에서의 짧은 만남 후, 그가 그립지 않은 시간이 없었다. 서러웠던 그 시간이 물줄기가 되어 솟구쳐 올랐다. 그때 문밖의 사모가 기침을 했다. 사아가 자리에서 일어났다.

"공주님, 그만 가봐야 합니다. 내일 공주님은 왜관에 가지 마십시오."

남모는 돌아서는 사아를 붙들고 싶었지만 그의 손을 다시 잡지 못했다. 사아는 소리 없이 방문을 열고 나갔다. 창문을 열어 그의 뒷모습이라도 보고 싶었지만 남모는 가만히 앉아 떨리는 가슴을 진정시켰다. 남모는 사아를 받아들이는 자신의 복잡한 마음이 아프게 흔들리는 것을 느꼈다.

다음 날 아침, 김무력이 사신단을 모실 귀족과 군사들을 데리고 왔다. 사아의 얼굴을 찾았지만 보이지 않았다.

"우리 공주님이 특히 왜관을 꼭 보고 싶어 하셨습니다."

아시공이 호탕하게 말했다. 왜관은 위험하다는 사아의 말이 남모의 마음을 옥죄어왔다.

"왜관까지는 마차를 타고 가야 합니다."

남모는 주위를 한 번 더 둘러보고는 마차에 오를 수밖에 없었다.

"공주님, 어디가 불편하십니까?"

아시공이 남모의 안색을 살폈다.

"아니에요. 괜찮습니다."

사아 생각을 떨치지 못하던 남모는 어느 순간, 짭짤한 갯내음이 사정없이 훅 밀려온 것을 느꼈다. 마차에서 내리니 눈앞에 새

파란 바다가 펼쳐져 있었다. 신라에서 보던 바다와 달랐다. 신라의 동해 바다는 아득한 햇빛이 뽀얗게 끓어오르며 광활한 수평선을 자랑했다. 남해 바다는 동해보다 다정했다. 물살을 따라 숨을 쉬는 바다엔 작은 섬들이 띄엄띄엄 앉아 있고 햇빛은 섬 주변에서 푸른 물살을 감고 파닥거렸다.

왜관은 바닷가 평평한 곳에 나무로 높이 집을 지은 모양이었다. 바닷물이 들어오는 곳까지 나무기둥을 세워 집을 짓고 계단을 타고 바다로 내려갈 수 있었다. 배도 몇 척 대어져 있었다. 귀 위의 양쪽 머리카락을 깎고 정수리만 남긴 머리 모양을 한 사람들이 알아들을 수 없는 말을 하고 지나갔다. 가야인과 같은 옷을 입고 있었지만 왜인들이었다.

김무력을 따라 왜관에 들어갔다. 나무 복도를 따라 걷는데 지나는 왜인들이 김무력에게 인사를 했다. 갑옷을 입은 남자가 급히 다가왔다.

"오셨습니까, 형님."

왜관의 책임자인 김휘였다. 김휘는 왕의 후비 소생으로 왜의 언어에도 능통하고 왜인들의 신임도 두텁다고 했다. 김휘의 안내에 따라 들어간 방에는 왜에서 들여온 그릇과 옷감, 칼과 활 등이 전시되어 있었다.

"왜와 교역하는 물건들을 살펴보시고 왜관을 전반적으로 돌아보고자 하시네."

김무력의 말에 김휘는 낭패한 표정으로 아시공과 남모의 눈치를 살폈다.

"어제 하명을 받고 료헤이에게 이야기를 했으나 교역관을 보여주기는 어렵다고 꺼려했습니다. 아무래도 교역관은 무리일 듯합니다."

"아니, 무슨 소린가? 언제부터 료헤이가 왜관의 책임자였단 말인가? 당장 료헤이를 부르게."

김무력의 말이 떨어지기도 전에 문이 열렸다. 머리를 길게 기르고 왜인복장을 한 젊은 무사가 허리 양쪽에 칼을 차고 들어섰다. 그 뒤로는 머리를 밀고 허리에 칼을 찬 왜인들이 줄지어 서 있었다. 사신단을 수행해 온 군사들이 얼른 방문 앞을 막아섰다. 김무력이 화가 나서 벌떡 일어섰다.

"사신들 앞에서 이 무슨 해괴한 짓인가? 나카무라 상이 있었더라면 무례한 너희들을 가만두지 않았을 것이다."

료헤이가 고개를 숙여 인사를 하고 말했다.

"죄송합니다. 나카무라 상께서 왜에 가신 사이에 이런 일이 일어나 왜관이 혼란스러워하고 있습니다."

남모는 그의 목소리가 소년처럼 맑고 우리말이 능숙한 것을 보고 놀랐다. 그러고 보니 그는 왜인복장만 하고 있을 뿐 머리도 길고 태도도 왜인 같지 않았다.

"혼란이라니? 무엇이 혼란스럽단 말인가?"

"왜관은 가야국 안에 있지만 가야국의 지배를 받지 않았고, 사신에게도 공개한 적이 한 번도 없습니다. 게다가 왜관의 왜인들은 백제와 교역을 하고 있습니다. 그런데 백제와 대립하는 신라 사신을 맞으라니, 왜관에서 싫어할 수밖에요."

당돌한 말을 차분하게 하는 료헤이에게서 신라에 대한 적대감이 느껴졌다. 김무력이 그의 말을 가로막으며 소리쳤다.

"이것은 백제와는 상관없이 가야와 신라의 신뢰에 대한 문제일세. 자네들이 함부로 판단할 일이 아니니 교역관으로 안내하게."

료헤이가 고개를 들었다. 작은 눈에 콧날이 매섭고 머리카락으로 가린 한쪽 뺨엔 칼자국이 나 있었다.

"왜인들은 백제와의 신뢰를 더 두텁게 여기지요. 나카무라 상이 계셨더라도, 가야국의 연맹을 깨고 신라에 붙은 금관국을 신뢰하셨을까요? 이것은 금관국에 대한 왜의 믿음을 저버리는 행위입니다."

김무력이 참지 못하고 허리에게 칼을 빼 료헤이의 목을 겨누었다. 동시에 문밖에 서 있던 왜인들이 일시에 칼을 빼서 가야의 군사들을 겨누었다.

"어린놈이 감히 나랏일을 함부로 논한단 말이냐?"

료헤이는 목을 겨눈 칼 앞에서도 흐트러짐 없는 표정이었다.

"금관가야를 신라에 바치더라도 왜관까지 바치진 못할 것입니다."

그때였다.

"불이야!"

"불이야! 교역관에 불이 났다."

모두가 소리 나는 쪽으로 고개를 돌렸다. 료헤이가 말했다.

"빨리 가서 불을 끄라."

왜인들이 칼을 넣고 밖으로 달려 나가고 가야 군사들도 달려갔다. 김무력이 주춤하는 틈에 료헤이가 아시공을 끌어안았다. 칼로 아시공의 목을 겨누었다. 놀란 김무력이 천천히 칼을 내리며 말했다.

"나는 가야의 왕자이다. 가야의 역사가 끝나는 것을 생각하면 칼을 물고 죽고 싶다. 하지만 백성들은 어쩔 것이냐. 이길 수 없는 전쟁에 백성들을 내몰아 죽여야겠느냐!"

김무력은 눈을 부릅뜨고 울부짖듯 고함을 질렀다. 료헤이의 표정에는 흔들림이 없었다.

"신라의 사신을 죽여서라도 합병을 인정할 수 없다."

아시공의 목에 칼을 겨눈 채 뒷걸음질을 쳤다. 김무력은 칼을 겨눈 채 료헤이를 따라 갔다. 남모는 전시해 놓은 칼을 뽑아 들었다. 남모가 칼을 겨누자 료헤이의 눈빛이 달라졌다. 아시공을 끌고 료헤이는 복도 끝으로 갔다. 복도가 막혀 있는가 했는데 문이 열리고 검은 옷에 칼을 든 복면 남자가 나타났다.

남자의 눈빛이 남모를 보고 흔들렸다. 큰 키에 넓은 어깨, 허리를 묶은 검은 띠에 머리를 묶은 비단 띠. 남모는 그를 알아보았다. 형언할 수 없는 막막함이 그녀를 덮쳤다. 복면으로 얼굴을 가리고 눈만 내놓았으나 분명 사아였다. 바닷바람이 사납게 몰아쳤다. 복도 끝 낭떠러지 아래는 바다였다.

칼을 쥔 남모의 손이 떨렸다. 어젯밤 자신의 방에 숨어들었던 사아의 모습에 느꼈던 불안이 오늘을 예감한 것이었단 말인가. 이 사람은 도대체 누구인가. 정녕 료헤이와 한편이란 말인가?

그는 김무력을 죽일 듯이 덤벼들었다. 남모는 료헤이에게 칼을 겨누었다. 료헤이는 아시공을 거세게 끌어안고 목에서 칼을 떼지 않았다. 김무력이 칼을 놓쳤다. 그가 죽으면 합병은 할 수 없다. 신라의 왕은 특히 김무력을 진골로 대우하여 가야국을 끌어안을 계획이었다.

남모는 두 손으로 칼자루를 쥐고 사아의 칼을 막았다. 사아의 눈빛과 남모의 눈빛이 부딪쳤다. 남모는 숨기지 못하는 자신의 마음을 베듯 칼을 휘둘렀다. 사아는 남모의 칼에 밀리며 뒷걸음질을 쳤다. 남모는 사아의 눈을 똑바로 올려다보았다.

나를 속인 것인가요?

사아가 남모의 눈빛을 피하며 몸을 돌렸다. 사아의 칼등이 남모의 다리를 스쳤다. 김무력이 다시 칼을 잡고 공격했다. 그때 아시공이 바르작거리자 료헤이의 칼이 아시공의 어깨를 스쳤다. 남모가 재빨리 료헤이의 옆구리를 찔렀다. 료헤이는 칼을 놓고 아시공을 안은 채 물로 떨어졌다.

김무력의 가슴을 노리는 사아의 칼을 남모가 재빠르게 막았다. 사아는 붉게 충혈된 눈으로 남모를 보았다. 남모를 겨눈 칼날이 자신을 베기라도 한 듯 그 눈빛은 괴로움에 떨고 있었다. 칼을 두고 겨루다가 힘껏 남모를 뒤로 밀어버리고 사아는 물에 뛰어 들었다.

"아시공, 아시공을 구해야 합니다."

김무력이 소리치며 계단을 뛰어 내려갔다. 남모는 그 자리에 주저앉았다. 바다는 뛰어내린 사람을 삼키고 무심하게 물결을 몰아가고 있었다. 김무력이 배를 지휘하여 바다로 나갔다. 남모는 칼을 놓고 몸을 떨었다. 입술을 깨문 남모의 입에서 붉은 피가 흘렀지만 남모는 바다를 향한 눈길을 거두지 못했다.

군사들이 아시공을 찾았다. 어깨에 상처를 입긴 했으나 곧 기운을 회복했다. 교역관은 불이 나기 전에 이미 텅 비어 있었다. 왜인들은 료헤이가 백제인이라고 했다. 복면 쓴 남자에 대해서는 아무도 아는 이가 없었다.

한 달 후, 금관가야의 구형왕이 왕후와 세 아들을 데리고 신라로 왔다. 왕은 가야의 왕족을 잘 대우해주고 셋째 아들 김무력을 진골로 대우해 각간 벼슬을 내렸다. 특히 서라벌에 들어와 사는 가야 귀족 자제들도 낭도에 들어올 수 있는 길을 열어주었다.

남모는 금관가야에 다녀온 후 크게 앓았다. 준정은 요 스님과 함께 남모의 병문안을 갔다. 남모의 방 앞에서 보과 부인과 마주쳤다.

"준정 랑이군요. 우리 남모가 아프고 지소 공주가 태교 중이라, 랑의 역할을 혼자 도맡아 하느라 고생이 많으시지요? 낭도들이 준정 랑을 그리도 따른다면서요?"

보과 부인은 준정을 곱지 않은 눈길로 보며 뼈 있는 말을 했다. 지소는 배가 제법 불러왔다. 얼마 전 약간의 하혈이 있은 후로 꼼짝 없이 누워만 있었다.

"스님, 잘 부탁드립니다. 우리 남모가 빨리 자리를 털고 일어날 수 있도록 살펴주세요."

남모는 침상에 앉아 있었다. 요를 향해 합장을 하고 준정을 보고는 쓸쓸하게 웃었다. 커다란 눈망울에 상실의 슬픔이 떠돌았다. 잘못된 인연을 칼로 베어내려고 상처를 스스로 덧내며 고통 속에 가라앉아 있었다. 요가 남모의 손목을 들어 맥을 짚어보았다.

"좋아지고 계십니다. 피의 흐름이 자연스러워졌으니, 마음만 비우면 자리를 털고 일어나실 겁니다."

"스님, 어쩌지 못하는 미련이 자라고 있습니다."

"억지로 비우려 하지 말고 내버려둬 보세요. 그런 후에 공주님의 마음이 가는 대로 하세요."

남모가 준정을 보았다. 풀고 싶은 이야기를 품은 눈빛이었다.

준정은 남모의 팔목에 있는 은팔찌를 보았다. 그 은팔찌 속에 있었던 글귀, 금관가야와 백아. 남모의 상심이 그 때문인지 걱정이 되었지만 준정은 묻지 못했다.

자추사로 가는 길에 준정은 신궁 뒤뜰 대나무 숲으로 갔다. 활을 들었다.

활을 들면 빗줄기 속에서 빗소리가 들리지 않아야 한다.

요는 그렇게 가르쳤다. 준정은 가장 멀리 보이는 대나무를 겨누었다. 굵은 빗줄기 속에서 멀리 보이는 굵고 푸른 빗방울 하나. 그것이 고뇌였다. 활을 당겼다.

"정말 대단하십니다."

준정은 활을 겨눈 채 뒤돌아보았다. 미진부였다.

신궁 뒤의 이곳은 요와 준정만이 드나들었다. 지소 공주나 위화랑이 간혹 요를 보러 왔다가도 이 대나무 숲에서 수련을 하고 있을 때는 조용히 물러가곤 했다.

"이곳엔 함부로 들어올 수 없습니다. 요 스님께서 수련하시는 곳입니다."

준정이 활을 대나무에 걸어놓았다.

"여쭙고 싶은 말씀이 있습니다."

준정이 돌아서서 미진부를 보았다.

"왜 저에게만 냉정하신지 묻고 싶어서 왔습니다. 오늘 단체 대련에서도 제가 이긴 듯했지만 준정께서는 김휘의 편을 들어주셨습니다."

그렇게 말하는 미진부가 어려 보였다.

"김휘는 나이도 많고 가야에서 병부의 관직에 있던 사람입니다."

"연장자라도 승부는 냉정해야 하지 않습니까?"

"경험이 많아 노련할 뿐 아니라 자신을 내세우지 않고 다른 낭도들이 실력을 발휘할 기회를 줄 줄도 알았습니다. 그런데 미진부 낭두는 다른 낭도들을 제치고 혼자서 김휘를 이기려는 승부에만 급급했습니다. 그래서 오늘 수련은 모든 면에서 김휘가 더 나았습니다."

미진부의 눈빛이 흔들렸다.

"랑께서는 제가 왜 이기려 하는지 마음은 보지 못하셨군요. 다른 낭도들은 다 눈치를 채고 저를 놀립니다. 제가 하는 모든 몸부림이 준정 랑의 마음을 얻기 위해서라는 것을 어찌 그리 모르십니까?"

억눌렀던 마음을 토로하는 미진부의 목소리는 안타깝게 갈라지고 있었다. 준정은 미진부에게 표정이 읽힐까 봐 미진부에게서 등을 돌렸다.

"여러 낭도와 함께하는 영광을 누리고 있으나, 저는 불가에 귀의할 몸입니다. 저로 인해 낭도들의 마음을 어지럽히는 일이 생긴다면 제가 더 이상 낭도들과 함께할 수 없습니다."

미진부의 심장 소리가 들려왔다. 준정의 가슴 깊은 곳에 묶여 있던 바람이 풀려나고 있었다. 그것은 가눌 수 없는 슬픔이었다.

"언젠가 제가 준정 랑의 활솜씨를 능가하는 날이 오면 저를 다시 봐주십시오."

준정은 그것이 미진부가 사내답게 돌아서는 법이라 생각했다.

원화를 뽑다

"여기 다섯 랑은 모든 면에서 모범이 되는 사람들이오. 폐하께서는 이 다섯 랑 중에서도 최고의 랑을 뽑아 '원화'에 봉하고자 하시오."

준정, 미진부, 금관가야의 왕족 김휘, 남모의 호위무사였던 유수, 그리고 이사부였다. 이사부는 여러 해 동안 변방에서 공을 세운 장수로, 왕이 서라벌로 불러 당분간 낭도들의 교육을 맡도록 했다. 지소 공주와 남모는 요 근래에 낭도 수련에 참석하지 않고 있었다.

위화랑이 다섯 랑을 불러 모았다.

"공정한 방법으로 랑의 우두머리를 뽑을 것이지만, 우선 그대들의 의견을 묻고 싶소. 누가 랑의 으뜸이 되는 것이 좋은지 사심 없이 얘기해보시오."

준정은 연장자에 경험이 많은 이사부가 원화로 적절하다고 했다. 그러나 이사부와 미진부와 유수는 준정이 원화가 되는 것이 마땅하다고 했다.

"그대들의 뜻은 알겠소. 폐하께서는 공정한 경쟁을 통해 랑의 우두머리를 정하실 생각이오. 검술과 궁술, 극기훈련, 그리고 낭도들의 화합을 이끄는 능력을 보아 원화를 뽑을 것이니 그리 아시오."

왕은 귀족회의에서 신라의 공교육은 낭도들의 교육을 표본으로 삼을 것을 알렸다. 또한 낭도수련대회에서 최고의 점수를 얻는 낭도들의 랑을 '원화(源花)'*로 뽑을 것임을 말했다.

"랑 중의 으뜸인 사람은 '원화'라고 하여 신라의 낭도를 대표하게 될 것이오. 원화는 품성이 어질고 무술실력이 뛰어나며 외모로 풍기는 기운이 낭도들의 자랑이 될 수 있는 사람을 뽑을 것이오."

원화제도를 만들겠다는 말에 귀족들은 만장일치로 찬성했다.

낭도수련대회 날이 밝았다. 월성 전체가 잔치의 분위기였다.

대련을 하기에 앞서 각 랑들의 시범이 있었다. 이사부는 몇몇 낭도들을 이끌고 말을 타고 달리며 과녁을 맞히는 시범을 보였다. 미진부는 달리는 말 위에서 자세를 바꾸며 아래에 있는 허수아비를 치는 시범을 보였다. 검술 시범은 남모와 유수가 함께 선보였다.

김휘의 차례가 되었을 때, 대회를 심사하기 위해 앉아 있던 왕족들은 깜짝 놀랐다. 김휘는 다른 낭도와 함께 기다란 악기를 안고 나왔다. 왕만이 그 악기를 알아보았다.

"그것은 대가야의 악기인 가야금이 아닌가? 이리 가까이 가져와 보라."

* 화랑의 전신으로, 준정과 남모 두 여인을 원화로 삼아 낭도들을 이끌었다. 원화제도가 법흥왕 때 시행되었다는 기록도 있고, 진흥왕 시절로 기록된 것도 있다.

김휘가 두 팔로 가야금을 안고 왕 앞에 놓았다.

"대가야를 방문하였을 때 가실 왕으로부터 직접 하사받은 가야금이옵니다."

"그래, 그대 덕분에 가야의 음악까지 들을 수 있겠군. 무슨 곡을 연주하겠는가?"

"가야금 12곡 중의 하나인 '하가라도*'라는 곡입니다."

왕이 고개를 끄덕이자 김휘는 가야금을 들고 제자리로 들어갔다.

손가락을 튕기며 연주를 시작했다. 물결이 흐르듯 맑은 소리에 새들의 지저귐이 바람을 타고 춤을 추는 듯했다. 둘이 같이 연주하다가 어느 부분에서는 어린 낭도 혼자서 손가락이 보이지 않을 정도로 빠르게 현을 튕겼다. 연주가 끝나자 낭도들 사이에서 박수 소리가 끊이지 않았다.

마지막에 나온 랑은 준정이었다. 준정은 멀리 대나무를 몇 개 세워놓고 활을 들고 나섰다. 대나무를 가만히 지켜보던 준정은 눈을 가리고 활을 들었다. 활의 방향을 찾느라 잠시 움직이던 준정의 팔이 화살을 잡아당겼다. 화살은 정중앙에 있는 대나무에 가서 꽂혔다. 연이서 화살 다섯 개가 같은 자리에 꽂히자 대나무가 쩍 소리를 내며 갈라졌다. 왕족들이 모두 준정의 실력을 칭송하며 박수를 쳤으나 보도 왕후만이 가만히 쳐다볼 뿐이었다.

낭도들의 검술과 궁술 대회가 이어졌다. 대회장을 빠져나온 왕

* 우륵이 지은 가야금 12곡은 가야연맹에 소속된 여러 나라들에 대한 노래인데, 그중 하가라도는 금관가야를 나타낸 것으로 추정된다.

은 호위무사에게 일렀다.

"각간을 불러오게."

김무력은 자주색 공복을 입고 왕을 뵈러 왔다. 낭도들의 시범을 보고 만족했다는 이야길 들었는데, 왕은 심기가 불편해 보였다.

"오늘 김휘가 가야금 12곡 중 '하가라도'를 연주하였소."

"예?"

각간 김무력의 안색이 굳어졌다.

"나는 예전에 금관가야를 방문했을 때 들은 적이 있소. 대가야가 가야연맹을 강화하기 위해 우륵으로 하여금 가야의 열두 곳 땅을 지정하여 가야금 12곡을 만들었는데, 하가라도는 금관가야, 상가라도는 대가야를 말하는 것이오."

왕의 말이 무슨 뜻인지 짐작이 갔다. 가야연맹의 결속을 다짐하는 노래를 부른 것은 무슨 저의가 있는 것인가? 의심의 눈초리를 보내고 있었다. 옛 가야를 잊지 않겠다는 의도로 보일 수도 있다. 가야연맹을 가장 먼저 깨고 신라와 합병한 금관가야였다. 살아생전에 이 굴욕감을 떨칠 수가 없을 것이라고 김무력은 주먹을 쥐었다.

"가야 출신 낭도들이 많은데, 김휘가 선동이나 하지 않을까 우려가 되오. 이 말은 내가 그대에게만 하는 말이오."

"신, 폐하의 의중을 헤아려 걱정하시는 일이 없도록 하겠습니다."

김무력을 진골로 대우하고 각간이란 높은 벼슬까지 준 왕이었다.

"내일 밤 낭도들이 금오산에서 극기훈련을 하오. 왕궁의 정예

부대를 위화랑에게 보내 낭도들을 보호하는 임무를 각간이 함께 맡도록 하시오."

혹시나 가야 출신들이 딴마음을 먹지 않도록 가야 왕족이 가서 지키라는 말이었다. 수많은 낭도의 안전이 달린 막중한 임무였다.

다음 날 오후, 낭도들은 대열을 정비해서 금오산으로 향했다. 천여 명의 낭도들이 행진하는 모습을 보려고 백성들이 거리로 나왔다. 젊고 늠름한 낭도들의 모습을 보고 백성들은 박수를 보내었다.

금오산은 높지는 않으나 암석이 많아 험한 산이었다. 다섯 랑들은 모두 지정된 자리를 찾아 진지를 만들고 담력훈련을 했다. 위화랑은 산 중턱, 석벽이 병풍처럼 세워진 룽골에 자리를 잡고 다섯 랑들의 보고를 받았다. 석벽에 등불을 매달아 멀리서도 잘 보이도록 하였다. 다섯 랑들이 요새를 만든 곳에도 위치를 알려주는 횃불이 올라와 있었다. 유난히 큰 보름달이 금오산을 환히 비추었다.

담력훈련을 마친 랑들이 위화랑에게 모였다.

"단 한 명의 낙오자도 있어서는 안 된다."

다섯 랑이 각각 낭도들의 상황을 보고할 때였다. 갑자기 남쪽 요새 쪽에서 외침이 들려왔다.

"불이다! 불이다!"

랑들은 일어나 아래를 내려다보았다. 작은 불길이 일렁이는가 싶더니 빠르게 숲으로 번져갔다. 김휘의 낭도들이 있는 장소였다.

"동편에서 불화살 몇 개가 동시에 날아왔다 합니다."

불화살이라니, 누군가가 고의로 낭도들을 공격했단 말이었다. 위화랑이 랑들에게 낭도들을 단속하여 불을 끄라 명하고, 유수에게 따로 명을 내렸다.

"자네 낭도들이 가장 아래쪽에 있으니 산을 내려가 만약을 대비하게. 마차와 물을 대기시키고 왕궁에 지원을 요청하고. 지원병과 함께 산 입구를 철저히 지켜 산을 내려오는 수상한 자를 모두 붙들어야 하네."

금오산은 이미 낮부터 출입을 막고 김무력이 군사들을 데리고 철저히 살펴본 뒤였다. 그래도 불측한 무리들이 숨어들어 오려면 불가능하진 않았다.

다른 낭도들은 계곡 쪽에 진지를 구축했으나 김휘의 요새는 나무로 둘러싸여 있었다. 낭도들은 당황한 가운데서도 불길을 잡으러 뛰어다니고 있었다. 그들 중 몇 명이 외쳤다.

"저쪽, 동편에서 화살이 날아왔습니다."

동편 아래쪽에는 이사부 낭도들의 요새가 있었다. 준정은 이사부와 함께 동편의 낭도들에게 달려갔다. 동쪽 요새 위편으로는 석벽이고 낭도들이 자리한 뒤쪽은 낭떠러지 아래로 계곡이 이어졌다. 이사부는 대열을 정비해서 인원을 확인했다. 준정은 그 사이 계곡으로 내려가는 길 쪽으로 달려갔다. 만약 누군가 불화살을 쏘고 도망을 간다면 위험한 낭떠러지보다는 계곡으로 내려가는 길을 택했을 것이다.

부처님, 부디 낭도들이 다치지 않게 해주십시오.

그때 준정은 다급하게 달려오는 발자국 소리를 느꼈다. 횃불을 높이 들고 고개를 들었을 때 낭도 복장에 복면을 쓴 사내들이 나타났다.

"누구냐?"

사내들은 주저 없이 준정을 공격해왔다.

"감히 랑을 공격하고도 살기를 바라느냐!"

준정의 호통에 사내들이 잠시 멈칫했다. 유난히 밝은 달빛이 서로 눈짓을 주고받는 사내들의 얼굴을 비추었다. 복면을 한 이들이 낭도들이라니 준정은 믿기지 않았다. 사내들이 처음보다 더 맹렬하게 칼끝에 살기를 실었다. 여러 명이 함께 덤비자 준정이 점점 뒤로 밀렸다. 칼끝이 준정의 어깨를 스치고 지나갔다. 다음 순간, 칼날이 준정의 가슴을 정확하게 겨누었다.

"멈추어라!"

낮고도 강건한 목소리. 준정은 검을 겨눈 채로 고개를 돌렸다. 이사부의 낭도들이기를 바랐으나, 검은 옷을 입고 복면을 한 자들이었다. 깊게 울리는 목소리의 사내는 키가 컸고 다른 한 명은 여인네처럼 작고 여린 몸집이었다. 키가 큰 사내가 다가와 고갯짓을 하자 준정에게 칼을 겨누던 낭도 복장의 사내들이 일제히 몸을 돌려 달리기 시작했다. 준정이 그들을 쫓아가는데 뒤에서 이사부의 목소리가 들려왔다.

"준정 랑!"

그들은 계곡 아래로 뛰어내렸다. 어둠 속에서 그 뒷모습이 보였다 사라졌다 했다. 달빛이 허옇게 비친 계곡은 거대한 동굴이 되어 복면한 자들을 삼켰다. 마음이 급한데 곧 따라올 것 같던 이사부는 기척이 없었다. 저 아래쪽의 절벽 밑으로 숨어버리면 저들을 찾기 어렵다. 준정은 발소리를 줄이고 민첩하게 계곡이 내려다보이는 길을 따라 그들을 추적하기 시작했다.

문득 어둠 속에서 사람의 말소리가 들려왔다. 준정은 몸을 낮추고 숨을 죽였다. 커다란 바위 뒤에 몇 명이 모여 있는 기척을 느꼈다.

"여기서 물러나야 하오. 저들에게 잡히면 죽음을 면치 못하오."

"아닙니다. 혼란한 틈을 노려 한 번 더 공격하라는 명령이었습니다. 금오산을 불바다로 만들면 많은 낭도를 죽음으로 몰 수 있습니다."

놀라서 우왕좌왕하고 있는 낭도들이 다시 공격을 받는다면 인명피해가 클 것이었다.

그때 급하게 다가오는 발소리가 있었다. 이사부인가 싶어 고개를 들려던 준정은 퍼뜩 엎드렸다. 김휘였다. 김휘는 준정이 엎드려 있는 곳에서 바위 쪽으로 펄쩍 뛰어내렸다.

"어찌할 생각이오?"

김휘가 물었다. 김휘가 그들과 한통속이라는 걸 깨달은 준정은 심장이 멎는 듯했다.

"한 번 더 공격할 테니 어둠 속에서 닥치는 대로 낭도의 목을 베시오."

"알겠소. 이것은 가야 출신 낭도들을 겨냥한 것으로 해야 하니 뒤처리를 잘 해주시오."

"김휘 공, 위험해서 안 되오. 그만해야 하오."

"낭도들을 와해시킬 좋은 기회요. 신라의 낭도들이 가야국 출신들을 공격한 것으로 하면, 옛 가야의 장수들에게 적개심을 불러일으킬 것이오."

김휘는 준정이 숨어 있는 쪽으로 올라왔다. 준정은 더 기다릴 수 없었다. 김휘 앞에 벌떡 일어나 검을 겨누었다.

"김휘 랑, 그대를 믿었건만!"

준정의 칼끝이 김휘의 목을 겨누었다. 김휘는 얼어붙은 듯 아무 말도 못했다. 복면을 한 남자들이 검을 뽑고 올려다보았다.

"한 놈이라도 한 발자국만 움직이면 김휘의 목을 벨 것이다!"

그러자 그들 중 한 명이 말했다.

"랑의 솜씨가 훌륭하긴 했지만 우리를 혼자 대적할 수는 없다."

준정의 칼끝이 김휘의 목에 닿았다.

"김휘의 목을 베고 시작하지."

그때 등 뒤에서 나무들이 일제히 외치는 듯한 소리가 달려왔다.

"준정 랑, 어디 계시오?"

이사부와 그의 낭도들이 분명했다. 준정이 큰소리로 외쳤다.

"계곡 쪽입니다."

바위 뒤에 서 있던 그들이 도망치기 시작했다. 나무를 헤치고 이사부가 모습을 드러냈다. 김휘를 이사부에게 맡기고 준정은 계곡으로 뛰어내렸다. 이사부의 낭도들도 준정을 뒤따라왔다. 그들은 예상대로 절벽 쪽으로 도망갔다.

준정은 활을 겨누었다. 절벽 앞에서 검은 형체를 한 사내들이 먼저 뛰어내렸다. 준정은 키가 큰 남자를 향해 화살을 당겼다. 등에 화살을 맞았지만 그대로 절벽 아래로 사라졌다.

다행히 불은 릉골에서 크게 번지지 않았다. 날씨가 메마르지 않았고 계곡의 물을 이용할 수 있었기 때문이었다. 조직적으로 잘 훈련된 낭도들은 숨은 불씨를 정리하기 위해 몸을 사리지 않았다. 불이 난 와중에도 크게 다친 낭도는 없고 낙오자도 없어 보였다.

김휘는 랑들 앞에 꿇어앉아 있었다. 준정에게서 복면한 자들이 낭도복을 입고 있었다는 이야기를 들은 랑들은 충격을 받았다.

"낭도들이 이런 엄청난 일을 꾸몄다면 이건 반역이나 마찬가지요! 김휘의 낭도들을 조사해야 합니다."

그러나 준정은 고개를 저었다.

"그들은 낭도가 아니었을지도 모릅니다. 그들은 저를 모르는 듯했습니다. 낭도라면 저를 못 알아볼 리가 없지요. 다른 불측한 무리들이 낭도 복장을 하고 침입하여 낭도를 죽이려 한 것입니다."

가야 출신들을 잘 아는 김무력이 김휘의 낭도들을 확인하고 왔다.

"낭도들 중 이탈자는 없습니다. 허나 김휘와 공모한 자가 있는지 밝혀야 합니다."

김휘는 고개를 옆으로 돌리고 아무 말도 하지 않았다. 김무력이 김휘에게 분노해서 소리쳤다.

"가야 출신 낭도들을 공격한 것이라고 꾸며 낭도들의 분열을 획책하고 불을 질러 어린 낭도들을 태워 죽일 작정이었느냐! 모의를 한 자가 누구냐!"

위화랑도 김휘와 그의 낭도들을 번갈아 보며 위엄 있는 소리로 말했다.

"나 역시 각간과 같은 생각이다. 너의 낭도들을 일일이 문초하고 싶지 않다. 낭도의 명예에 어긋나는 행동을 한 자는 스스로 자

백하고 벌을 받아라."

준정이 위화랑에게 다가서며 조심스럽게 말했다.

"만약 가야 출신 낭도들과는 상관없이 김휘 혼자 다른 무리들과 결탁한 반란이라면, 억울하게 모욕을 당하고 죄를 뒤집어쓰는 게 됩니다. 자칫 가야와의 화합에도 화를 초래할 수 있습니다."

위화랑의 눈썹이 꿈틀거렸다. 준정의 말에 일리가 있었다. 그러나 김무력은 주저하지 않고 병사들에게 가야 출신 낭도들을 한 명씩 끌어내라고 했다. 김휘와 함께 가야금을 연주한 나이 어린 낭도가 먼저 끌려 올라왔다. 김무력은 벌벌 떨고 있는 낭도의 목에 칼을 겨누었다.

"폐하 앞에서 너희 둘이서 가야금으로 하가라도를 연주하였겠다? 그 저의가 무엇이었느냐?"

한 마디도 하지 않던 김휘가 그제야 다급하게 외쳤다.

"그 낭도는 아무것도 모릅니다!"

낭도가 겁에 질려 비틀거리자 칼날이 목을 스쳤다. 붉은 피가 선명하게 흘렀다. 김무력은 가야 낭도들 앞으로 걸어갔다. 그의 얼굴은 분노와 수치심으로 일그러져 있었다.

"가야인들이여. 우리 가야는 없어진 것이 아니다. 가야인은 여전히 김수로왕을 숭배하며 가야 땅에서 살고 있다. 우리는 가야 출신임을 자랑스러워하며 신라를 이끌어가는 중심에 설 것이다. 가야는 영원히 사라지지 않는다!"

김무력은 떨리는 음성으로 비장하게 말했다. 그러자 꿇어앉아 있던 김휘가 큰소리로 웃었다.

"음하하! 가야의 왕자가, 제 손으로 가야 백성을 신라에 갖다 바친 주제에 변명치고는 비굴하구나!"

모두 당황하여 김휘를 쳐다보았다.

"나라가 힘이 없으면 힘을 키울 방도를 찾아야지, 어찌 사익을 저울질해서 신라에 바친단 말이오? 가야 6국의 연맹을 저버리고 싸울 의지 없이 항복해버리다니! 이는 대가야에 반역한 꼴이요, 가야연맹을 배신한 행위오!"

김휘를 믿었던 낭도들 사이에서 술렁거림이 일었다.

"휘야! 가야연맹은 이미 고구려 신라 백제의 틈바구니에서 명맥을 이어가기 어렵다. 허울뿐인 명분을 위해 백성들의 목숨을 담보로 전쟁에 내보내는 일이 옳으냐?"

김무력이 김휘에게 다가서며 울분을 토했다.

"힘 있는 자에게 붙어 나라를 유지하는 것이 왕족의 도리란 말이오? 가야의 백성들은 신라인이 되고 싶지 않았소. 왜관에서 보지 못했소이까? 왜관은 신라를 거부했소이다!"

김무력의 칼이 다시 김휘를 겨누었다.

"휘야, 가야국들은 결국 신라와 한 나라가 되어야 한다. 그리고 우리 가야인들은 망한 나라의 백성이 아니라 신라인과 대등한 대우를 받기로 약조하였다. 자, 너와 공모한 자가 누구냐!"

그러자 아래쪽에 서 있던 낭도들 사이에서 누군가가 외쳤다.

"결국 김휘가 낭도들을 배신하고 우리를 위험에 빠뜨린 것 아닙니까?"

"가야인들이 다른 마음을 먹을 수 있단 말 아닙니까?"

여기저기서 불만 섞인 목소리가 튀어나왔다. 위화랑이 나섰다.

"김휘야! 네가 원하는 것이 낭도들을 이간질시켜 가야 출신 낭도들을 결국 모두 죽음으로 내모는 것이냐? 그렇지 않다면 공모자가 누군지 바른대로 대라!"

김휘의 눈이 붉어졌다. 그는 무언가 결심한 듯 천천히 눈을 감았다가 떴다.

"나와 공모한 사람은…… 없소."

그리고 아래쪽에 서 있는 가야 낭도들을 내려다보고 크게 말했다.

"가야인들이여! 내가 똑똑히 지켜보겠다. 자랑스러운 가야를 잊지 마라!"

말을 마친 김휘는 거침없이 김무력의 칼을 향해 엎어졌다. 칼이 김휘의 가슴 깊숙이 박혔다. 김무력이 칼을 놓고 김휘를 안았다.

"휘야! 휘야! 어찌 이리도 어리석단 말이냐. 휘야!"

김무력이 울부짖었다. 위화랑이 칼에 찔린 상처의 깊이를 살펴보았다. 랑들이 달려들었으나 위화랑은 고개를 저었다. 피가 김무력의 옷을 적셨다.

"형님!"

김휘가 피를 쏟으며 숨을 거칠게 몰아쉬었다. 김무력이 김휘의 손을 잡았다.

"혀, 형님, 나라가 힘이 없어, 이런 일을 겪었소. 우리 가야인의 손으로, 가야국을 다시 일으켜주시오. 혀, 형님……."

"휘야!"

김무력이 김휘를 끌어안고 뜨거운 눈물을 흘렸다. 위화랑이 숨이 끊어진 김휘 앞에서 합장하고 부릅뜬 그의 눈을 감겨주었다.

위화랑은 낭도들을 둘러보았다. 낭도들은 모두 충격과 실의에 빠진 모습이었다. 김휘와 공모한 가야의 낭도가 있는지는 확인할 길이 없고 낭도들 사이에서 불신이 우려되는 상황이었다.

준정이 조심스럽게 말했다.

"김휘 랑의 제를 올리고 내려가는 것이 어떻습니까?"

"여기서 말인가?"

"지금 낭도들은 간밤의 불과 김휘의 일로 불안해하고 있습니다. 김휘가 비록 잘못했으나 스스로 목숨을 버렸으니 주검을 거두어주고, 합심하여 그의 극락왕생을 빌면서 낭도들을 하나로 모아야 합니다."

위화랑은 준정의 말에 공감하며 끄덕였다. 준정이 한 발자국 앞으로 나서서 큰소리로 말했다.

"낭도들은 들으시오. 김휘 랑은 가야에 대한 충성심만으로 가득 차 있어 신라인은 될 수 없었으나 그는 뛰어난 낭도였습니다. 이번 일은 그의 충성심을 이용한 불측한 무리들이 일으킨 것으로, 이는 병부에서 조사하여 그 배후를 밝혀낼 것입니다. 김휘 랑은 우리에게 강건한 나라를 만들어 달라는 말을 남겼습니다. 이것이 김휘 랑의 마음입니다. 명예를 위해 스스로 죽음을 택한 김휘 랑을 부처님 앞에 용서하고, 랑의 극락왕생을 비는 것이 우리의 도리입니다."

준정의 낭랑한 목소리가 석벽에 부딪혀 골짜기에 메아리쳤다. 준정을 올려다보는 낭도들의 얼굴에서 불안이 걷히고 있었다.

김무력이 옷을 벗어 김휘의 상처를 감싸고 바위에 묻은 피를 가렸다. 위화랑은 어제 낭도들의 수련을 위해 빌었던 제단을 말끔히 치우고 제를 올릴 준비를 했다. 준정은 백팔 염주를 꺼내 들고 나무아미타불을 외웠다.

해가 솟아올라 밤새 열병을 앓은 금오산을 뒤덮기 시작했다. 햇빛 한 줄기가 석벽을 기어오르다가 빛을 내며 굴렀다. 낭도들은 모두 합장을 하고 김휘를 위해 빌었다. 위화랑은 불경을 외우는 준정을 가만히 바라보았다. 과연 원화가 될 만했다.

산에서 내려오는 길은 왕궁에서 나온 군사들이 사방을 지키고 있었다. 유수의 지원 요청에 남모도 군사들과 함께 왔다. 산중턱에서 제를 지낸다는 말을 듣고 남모가 산을 오르려고 할 때였다.

"게 섰거라!"

금오산을 정찰하던 병사들이 소나무 숲 사이를 쏜살같이 내달리고 있었다. 남모도 유수와 함께 소리 나는 쪽을 향해 말을 달렸다.

"수상한 자 두 명이 산에서 내려와 도주했습니다."

뒤쫓던 병사들이 남천 앞에서 말을 멈추어 있었다.

"강을 건너서는 평야라 숨을 데가 없습니다. 둘 다 복면을 하고 있었습니다. 한 명은 키가 컸고 한 명은 아주 작아 보였습니다. 키가 큰 자는 화살을 맞았습니다."

"철저하게 수색하고 인근의 민가를 다 뒤져서라도 반드시 잡아야 한다."

남모는 유수와 함께 강줄기 위쪽으로 말을 달렸다.

"핏자국입니다."

앞서 가선 병사가 외쳤다. 유수와 남모는 말에서 내려 칼을 뽑아 들었다. 키가 큰 억새들 사이로 돌아 들어가는 산중턱 평지에 인가가 몇 채 있었다.

억새풀 사이를 살피며 가던 유수의 눈에 무언가가 보였다. 마른 억새풀 사이에서 무언가가 반짝 하고 빛났다. 막 떠오른 햇빛을 받아 노랗게 반짝이는 것은, 금팔찌였다. 유수는 금팔찌를 주웠다.

"흔적을 찾았는가?"

남모가 다가왔다. 유수는 금팔찌를 손 안에 꼭 쥐고 몸을 돌렸다.

"아, 아닙니다. 핏자국이 끊어졌습니다."

남모는 해를 등지고 서 있었다. 병사들의 대장이 달려왔다.

"공주님, 그들이 쏜 화살이 낭도들의 것과 달랐습니다."

남모는 화살을 받아 자세히 살펴보았다. 금관가야의 왜관에서 본 백제의 화살촉처럼 끝이 납작했다. 남모는 말에 오르며 대장에게 말했다.

"강의 상류까지 철저하게 수색하고 대가야로 가는 길목을 차단하시오."

비장하게 말하고 남모는 말을 돌렸다. 복면을 한 남자들, 한 사람은 키가 크고 한 사람은 작다고 했다. 왜관에서의 일이 떠올랐다. 사아와 료헤이의 얼굴이 눈앞에 스쳤다. 키가 큰 사람이 활을 맞았다고 했다.

아니야, 그럴 리가 없어. 사아는 나에게 한 순간의 헛된 꿈이었을 뿐, 사아는 나를 겨누었고 신라에 칼끝을 들이밀었어. 내게 사아는 없다.

남모는 입술을 깨물고 더 빨리 말을 달렸다. 유수는 남모를 따라 달렸다. 꼭 쥔 손바닥 안에서 금팔찌가 뜨거워지고 있었다. 그

팔찌가 왜 거기 떨어져 있는지 남모에게 물어볼 수 없었다.

낭도들은 서라벌로 돌아왔다. 왕은 직접 낭도들을 격려하고 랑들을 치하하였다. 그리고 김휘의 음모를 밝혀내어 낭도들을 위험에서 구한 준정을 원화로 삼기로 하였다. 준정이 거듭 원화직을 사양했으나 왕은 준정의 뜻을 받아주지 않았다.

왕은 귀족과 낭도들을 모아놓고 직접 준정을 원화에 봉하며 잔치를 베풀었다. 준정은 신라의 역사에 길이 남을 최초의 원화가 되었다. 534년, 법흥왕 21년 원화가 탄생한 날, 지소는 기다리던 아들을 낳았다.

동해왕 이사부

"낭도들이 실전을 치르게 될지 모르오."

이사부는 고개를 들어 왕을 보았다. 회의를 마친 후 그는 왕과 독대를 하고 있었다.

왕은 전쟁을 멀리하고 살생을 싫어하여, 서라벌 내에서는 사냥도 금하였다.

"선화와 원화가 지난 삼 년 동안 낭도들을 잘 이끌어왔소. 허나 낭도들이 전투에 참여하게 된다면, 경험이 많은 그대가 대장군을 맡아 지휘해주시오."

이사부의 이마에 주름이 깊은 연륜을 새기고 있었다. 그는 이십 대에 우산국을 정벌하고, 실직 군주와 하슬라 군주로 지내며 이미 '동해왕'으로 불렸다. 그런 그에게 나이 어린 랑들과 함께 하라는 왕의 말은, 자신을 홀대하는 듯한 느낌을 들게 했다. 그런데 이제 왕의 뜻을 알았다. 그들이 앞으로 어쩔 수 없이 겪게 될 전쟁, 그것을 이사부에게 맡긴 것이다.

"금관가야를 합병한 후 가야연합들이 우리 신라를 견제하고 있소. 금관군에서 왜군들이 끊임없이 말썽을 일으키고 있는데, 이것은 탁순국*과 연결되어 있소이다. 탁순국 합병을 도모하기 위해 내가 이찬을 사신으로 보냈으나, 탁순국은 사신을 거부하였소. 게다가 백제가 호시탐탐 탁순국을 노리고 있소. 하여 금관군에 가서 왜관을 정비하고 탁순국의 합병을 도모해야 하오."

왕을 보는 이사부의 눈이 강렬하게 빛났다.

"탁순국을 합병한 후 앞으로 대가야까지 합병하기 위해선 낭도들이 많은 전투를 겪어야 할 것이며, 이번이 그 시작이오."

대가야까지 합병한다! 이사부는 동쪽 바다에서만 지내던 자신에게 이제 서라벌에서 새로운 대의가 생겼음을 직감했다.

"김무력과 남모를 하루 먼저 탁순국에 사신으로 보냅시다. 그 다음 날 이사부는 낭도 수련을 명분으로 낭도들을 이끌고 금관군으로 향하시오. 우리 낭도들의 위용을 과시하여 가능한 최소한의 희생으로 탁순국의 합병을 이끌어내야 하오."

일어서는 이사부에게 왕이 한 마디 더했다.

"또한, 앞으로 이사부가 우리 비대공에게 힘이 되어주시오."

왕과 옥진 사이에서 난 비대공을 태자로 세우고 싶다는 뜻인 듯했다.

"그대는 선대인 지증왕 시절부터 지금까지 신라를 위해 삶을 바쳐 충성했소. 그대의 충성심과 지혜로 비대공을 잘 인도해주시오."

이사부는 말없이 고개를 숙이고 남당을 나왔다.

수련을 마친 낭도들이 남문 아래 계곡에서 등목을 하고 있었

* 가야국 옆에 있던 소국. 지금의 창원 인근에 있었던 나라로 추정된다.

다. 이사부는 선화당에 들어 왕명을 전달했다. 철마다 명산대천을 찾아가 수련하는 것은 낭도들의 연중행사였다. 이번에는 금관군으로 가기로 되어 있었다. 그러나 낭도들은 거기서 수련이 아니라 첫 전투를 경험하게 될 것이었다.

"이것은 우리 랑들만이 알고 있는 일입니다. 계획을 성사시킬 때까지 모든 사항을 비밀로 하여야 합니다."

"낭도들도 눈치 채지 못하게 해야 한단 말씀이지요?"

준정의 걱정스럽게 물었다.

그때였다. 미진부의 낭두가 밖에서 급히 아뢰었다.

"랑! 큰일 났습니다. 낭도들 간에 다툼이 생겼습니다."

랑들과 준정은 남문 계곡으로 향했다. 십수 명의 낭도들이 엉키어 물에서 싸우고 있었다. 미진부의 낭도들이 많았다. 미진부와 준정이 계곡으로 내려갔다.

"뭐하는 짓이냐!"

미진부의 호통에 낭도들이 물속에서 일어났다. 여러 명의 낭도가 물을 먹어 기침을 하고 몇몇은 입술이 터지고, 무엇에 얻어맞기라도 했는지 여기저기 상처가 나 있었다.

"이랑! 어찌 된 일이냐?"

미진부가 낭두인 이랑에게 물었다. 이랑이 머뭇거리자 옆에 있던 낭도가 말했다.

"이랑은 잘못이 없습니다. 저희들을 말리려다…… 새로 들어온 천관이 무례하여 저희가 천관을 혼내주려고 했는데, 다른 평민 낭도들이 합세하는 바람에 일이 커졌습니다."

천관은 서민 출신의 낭도였다. 미진부가 천관을 부르자 천관은 앞으로 나섰다. 커다란 눈이 불안한 듯 미진부의 눈치를 살폈지만, 그의 목소리는 억울함이 실려 있었다.

"제가 늦게 낭도에 들어왔으니 낭도들의 등목을 도와야 한다면 군말 없이 응했을 것입니다. 그런데 신분이 낮으니 앞으로 등을 미는 일을 맡아 해야 한다는 말에 그만……."

천관의 목소리가 울컥 했다. 귀족집안의 낭도들이 천관을 무시하고, 천관이 이에 반항하여 싸움이 일자 평민 출신 낭도 몇 명이 천관에게 합세하여 일이 커진 것이었다.

준정이 옆에 와 서자 낭도들은 얼른 웃옷을 입고 예를 갖추었다.

"낭도들끼리 싸움을 하다니요. 같이 수련을 하는 낭도들 사이에서는 귀족과 서민의 구분이 없습니다. 귀족일수록 더 모범을 보여야 합니다. 귀족은 일반 서민들의 희생을 바탕으로 존재하기 때문입니다."

활시위처럼 팽팽한 준정의 말에 낭도들은 고개를 숙였다.

"백성들이 있기에 귀족이 귀족행세를 할 수 있다는 것을 명심하세요. 나라의 질서를 위해 신분이 있지만, 그렇다고 귀족이 특권만을 고집해서는 안 됩니다. 귀족들이 오히려 서민을 위하고 그들을 보살펴야 합니다."

이랑을 비롯한 귀족 자제 낭도들이 준정 앞에 무릎을 꿇었다.

"원화! 저희들이 잘못하였습니다."

준정은 천관을 위로한 후 말했다.

"허나, 불합리한 경우라 하더라도 낭도와 싸워서는 안 됩니다. 또한 천관을 감싸기 위해 집단으로 평민 낭도들이 합세하였다니!

이 또한 낭도들 사이에서 있어서는 안 될 행위 아닙니까?"

준정의 목소리는 조용한 계곡을 깊이 울렸다. 천관과 평민 낭도들도 원화 앞에 무릎을 꿇었고 잘못을 빌었다. 이사부가 원화 곁에 와 서며 말했다.

"하하, 원화께서 잘 말씀하셨습니다. 한 가지 청을 올리겠습니다. 제가, 소란을 일으킨 이 낭도들에게 벌을 주어도 되겠습니까?"

엄격하던 준정의 표정이 부드럽게 풀어졌다.

"예, 이사부께서 알아서 처분해주십시오."

이사부는 꿇어앉은 낭도들에게 힘 있게 말했다.

"수영 훈련을 하겠으니 모두 물속에 들어가라. 끝까지 살아남는 낭도를 임시 낭두로 임명하여 하계수련 전까지 낭도들의 수영 교육을 맡기기로 하겠다!"

꿇어 앉아 있던 낭도들은 모두 물속에 들어가 헤엄을 치기 시작했다. 이사부는 낭도들을 계곡 깊은 곳에 데리고 가 물속에서 버티라고 했다. 몇 명은 물을 먹고 밖으로 나왔다. 천관과 몇몇 낭도들은 기운이 빠지는 기색 없이 쉬지 않고 헤엄을 쳤다. 둘러싼 낭도들이 그들을 응원하기 시작했다. 천관을 비롯한 낭도 대여섯 명이 수영이 능숙하여 하계수련까지 임시낭두를 맡기로 했다. 이사부는 천관이 자랑스러운 표정을 숨기며 눈물을 훔치는 것을 보았다.

지소는 왕이 랑들에게 비밀리에 특명을 내린 것을 알았다. 남모와 김무력을 먼저 보내 탁순국을 회유하고, 하계 낭도수련을 빌미로 낭도들을 출정시킨다는 계획이었다. 지소는 어둠이 내린 후 자추사로 향했다.

대나무 숲에선 바람을 가르는 소리가 날카롭게 들려왔다.

"어허! 어둠을 가르라고 했지 대나무 가지를 베라고 했느냐!"

요의 목소리가 고요한 대나무 숲을 울렸다. 준정은 원화가 된 후 몇 년 동안 쉼 없이 검술을 단련하고 있었다.

"어둠은 물이다. 벨 수는 없으니 어둠의 틈 사이를 정확하게 노려야 한다. 방심하면 살아 있는 생명이 다치게 된다."

요의 수련은 혹독했다. 부드럽게 움직이다가 절도 있게 검을 휘두르는 것은 순간이었다.

"어쩐 일이신지요?"

어느 틈에 요가 곁에 와 있었다. 지소는 당황하여 잠시 숨을 쉴 수가 없었다. 요에게선 새파랗게 날이 선 대나무 향이 느껴졌다.

"수련 중이시라 기다리고 있었습니다. 원화를 잠시 뵙고자 합니다."

땀에 흠뻑 젖은 준정이 지소를 보고 다가왔다.

"요 스님께서 너무 혹독하게 수련을 시키시나 봅니다. 준정 원화는 이미 남이 따를 수 없는 경지에 드셨을 텐데요."

지소의 말에 요가 웃을 듯 말 듯한 미소를 보였다.

"제 탓이 아닙니다. 준정이 여인이기를 거부하고 그저 불자로만 지내고자 하니, 긴 밤이나 짧은 밤이나 저와 수련을 하는 일밖에 더 있겠습니까?"

요의 말에 지소는 긴장을 풀고 농담처럼 말했다.

"원화를 흠모하는 낭도들이 많다고 들었습니다. 원화시라면, 누구든 마음만 먹으면 취할 수 있을 텐데요."

"원화가 되었으면 세상 이치를 통달해야 할 터인데, 아직도 음양의 조화를 모르니 준정의 생각이 저리 뻣뻣합니다."

"그것은 원화가 스승을 닮은 것이 아니겠는지요?"

"나는 준정과 다릅니다. 꽃으로 피어나고 싶은 시절이 있었지요."

내게도 그런 열정이 있었던가 지소는 생각했다.

"지금도 늦지 않았습니다. 마음에 드는 분이 계십니까?"

"위화랑 같은 분이지요. 내가 진작 그런 사내를 만났다면, 꽃이 되었지 중이 되진 않았을 것입니다."

"한때 월궁 안의 모든 여인들이 위화랑만 바라보던 시절이 있었지요."

요가 혼잣말처럼 중얼거렸다.

"헌데 저는 이제 다 시들었나 봅니다."

요는 준정의 손에 들린 검 두 개를 거두어 돌아섰다. 요가 대나무 숲을 나간 뒤 지소가 말했다.

"요 스님은 가늠을 하기 힘드신 분입니다. 속에는 뜨거운 열정이 살아 있는데, 늘 그 열정을 잘라버리시는 듯해요."

그 순간 준정이 다가왔다.

"어쩐 일이신지요?"

준정 역시 요를 닮은 구석이 있었다. 온정을 감추고 늘 냉정해지려 애쓰는 사람 같았다.

"옥진 궁주가 원화께 비대공의 스승이 되어달라고 청하였는데, 거절하셨다고 들었습니다. 원화다운 처신이라고 생각해요."

준정은 눈을 내리깔고 대답이 없었다.

"제가 우리 삼맥종의 스승이 되어달라고 하면 역시 거절하시겠지요?"

비대공은 열한 살이 되면서 의젓하게 성장하였으나, 이제 세 살인 삼맥종은 너무 어렸다. 지소는 준정이 자신의 사람이 되어주길 바랐으나 준정은 거리를 두고 대하려 했다.

"이번에 낭도들이 실전에 투입될 위험이 있다고 들었어요. 제가 왕궁군사 이백 명을 원화의 낭도로 보내겠습니다. 실전 경험이 있는 노련한 병사들이라 큰 힘이 될 것입니다."

"감사합니다, 공주님."

"원화와 선화께서 낭도들을 잘 훈련하였으니, 너무 걱정하지 않아도 될 것입니다."

"저야 한참 부족합니다. 부처님의 자비로움이 함께하고, 대장군인 이사부께서 잘 이끌어주시리라 믿습니다."

준정은 지소와 눈을 마주치며 담담하게 말했다.

낭도들이 금관군으로 떠나기 전날, 지소는 이사부를 뵙고자 청했다. 햇살이 기울 때쯤 지소는 몸을 씻고 화장을 했다. 서역에서 들여온 향수를 귀걸이 뒤에 살짝 뿌렸다. 사모가 이사부가 들었다고 아뢰었다.

이사부가 들어서자 푸른 물빛 기운이 방에 가득 찼다. 낭도들과 계곡에서 등목을 하고 오는 길인지 귀밑머리가 젖어 있었다.

"이번에 이사부께서 대장군이 되어 낭도들을 지휘하신다 들었습니다. 여태껏 이사부가 이끈 전투는 패한 적이 없지요. 저는 이사부만 믿습니다."

지소의 말에 이사부가 대답을 하려다 잠시 머뭇했다. 그리고는 눈빛이 부드러워지며 지소를 보고 웃었다.

"언젠가 청년 시절, 제가 선대왕의 명을 받아 왜를 치러 나갈 때, 어린 공주님이 제게 와서 하신 말씀이 생각납니다. 그때도, 저는 이사부만 믿습니다, 하셨지요."

"제게는 이사부가 가장 믿을 만한 분입니다. 그때나 지금이나, 그리고 앞으로 우리 삼맥종에게도 이사부께서 힘이 되어주시겠지요?"

"소신이 할 수 있는 일이라면 당연히 받들어 모시겠습니다."

이사부의 말이 시원했다.

"헌데, 입종공의 병환은 좀 어떠하십니까?"

"차도가 없습니다. 원래 병약한 분이셨지요."

사모한 적 없는 사내의 여인이 되어 왕자를 생산하는 것이 무슨 의미일까. 이제는 그 왕자를 지켜줄 사람이 필요했다.

"저는 궁에 의지할 사람이 없습니다. 입종공께선 자신의 아들조차 지켜주지 못할 형편이니까요."

지소는 안타까운 표정으로 이사부를 보았다.

"옥진이 비대공을 태자에 앉히려고 귀족들을 회유하고 있어요. 정통성이 없는 비대공이 태자가 된다면, 부왕께서 강화해오신 왕권이 하루아침에 무너집니다. 적통 성골은 저와 우리 삼맥종밖에 없습니다."

지소의 눈에 눈물이 맺혔다. 그 눈을 바라보는 이사부의 눈빛이 흔들렸다.

"이사부께서 제 기둥이 되어주셔야 합니다."

지소는 굵은 눈물을 흘리며 애처롭고 단호하게 말했다. 가만히 지소를 바라보던 이사부가 고개를 숙이고 말했다.

"소신 공주님께 힘이 되어 드리겠습니다. 염려 마십시오."

이사부는 입종공과 나이가 비슷했다. 흰머리가 희끗희끗 보이긴 했지만, 수련으로 단련된 몸은 낭도들 못지않은 젊음을 자랑했다.

이런 사내였다면, 어릴 때부터 그런 생각을 했었다. 이런 사내라면…… 지소는 이사부의 손을 꼭 잡았다. 변방에서 군사들을 지휘한 장수의 손이라 마디가 굵고 굳은살이 느껴졌다.

"저를 믿으십시오, 공주님."

지소의 처소를 나오던 이사부는 삼맥종과 마주쳤다. 이사부는 호탕하게 웃으며 삼맥종을 들어올렸다.

"왕자님! 검술 솜씨는 좀 느셨습니까?"

"네, 저와 또 검술놀이 해주세요."

어리광을 부리는 삼맥종을 이사부는 꼭 안았다. 작은 어깨가 애처로웠다.

국경의 하룻밤

낭도들의 출전 전날, 김무력과 남모는 왕의 특명을 받고 탁순국을 향해 출발했다. 금관군을 경유하여 탁순국으로 가 정황을 살펴야 했다. 유수가 낭도 몇을 데리고 호위를 맡았다.

"황산강 푸른 물을 다시 보니 반갑습니다."

남모의 말에 김무력은 감격스러운 표정을 지었다. 강을 바라보는 그의 눈빛이 아련했다. 가락국의 젖줄이었던 강이 이제는 신라의 것이 되었다. 유수도 처음 보는 황산강의 바람을 깊이 들이마셨다.

강을 건너자 금관군의 군주가 마중을 나왔다. 금관군의 행정을 책임지는 금관도사는 옛 구형왕의 친척인 가야 왕족이 맡았지만, 군사 책임자인 군주는 신라의 왕족이었다.

"왜가 자주 왜관을 침범한다고 들었소. 상황이 어떠하오?"

김무력의 말에 금관군주가 말했다.

"각간께서도 아시다시피 왜관은 옛 가락국 안에서도 가락국의 지배를 받지 않는 영역이었습니다. 가락국과 신라의 합병이 못마땅한 가야 소국들과 왜가 합세하여 계속 문제를 일으키고 있습니다. 특히 탁순국이 우리에게 적대적입니다."

금관군주의 자세한 설명을 듣은 뒤, 남모가 길을 재촉했다.

"탁순국이 백제의 침략을 받을 위기에 처해 있어요. 이때 신라가 그들을 도와 탁순국 스스로 우리에게 협력하게 만들어야 합니다. 국경까지 안내해주십시오."

"예, 국경까지 가면 이미 날이 어두워져 산을 넘기 힘들 것입니다. 국경의 역관에 숙소를 마련하였습니다. 그곳 역관은 탁순국와 안락국, 그리고 왜관을 드나드는 귀족과 상인들이 거쳐 가는 곳입니다. 이곳 왜관의 책임자 한 사람을 그곳에 보내 만반의 준비를 해두어라 일렀습니다."

말을 갈아타자 날이 저물었지만 길을 재촉했다. 탁순국과의 국경지에 닿았을 때는 저녁때가 되었다.

횃불을 밝히고 있는 집들이 낮은 산마루에 모여 있었다. 국경의 역관이었다. 국경을 오가는 부유한 상인들이 거쳐 가는 곳이라 집채가 크고 그 형상이 예사롭지 않았다.

역의 관리가 군사들을 데리고 마중을 나왔다. 그 옆에는 지방 귀족인가 싶은 남자가 흰옷을 입고 서 있었다.

"멀리서 오시느라 노고가 많으셨습니다. 이쪽은 왜관에서 상인들을 관리하는 책임자입니다."

흰옷은 입은 귀족이 공손히 고개를 숙였다.

"백아라 합니다. 안으로 드시지요."

말에서 내린 남모가 휘청거렸다. 유수가 얼른 남모의 팔을 붙들었다.

집들은 모두 땅에 나무기둥을 박아 그 위에 집은 얹힌 형식이었다. 상인들이 지내는 곳이라 하지만 방 안에 전시해 놓은 물건도 많아 제2의 왜관이라 불릴 만했다.

밝은 곳에서 보니 백아는 키가 크고 얼굴이 단아하여 귀족집안의 자제 같았다. 역관의 관리가 백아를 다시 소개했다.

“이쪽은 가락국의 귀족 출신으로 백아라고 합니다. 백제나 왜와 교역에 능하여 왜관의 실세라 할 수 있지요. 하하!”

“과찬의 말씀입니다. 그저 백제를 오가는 상인일뿐입니다.”

백아는 낮고도 굵직한 목소리로 인사를 하며 김무력과 남모, 그리고 유수에게 차례로 예를 갖추었다. 귀족다운 기품과 수려한 외모를 지닌데다 상술까지 좋은 모양이었다. 불탔던 왜관을 정비한 이야기를 하는데, 왜관에 애정이 남달라 보였다. 김무력은 고개를 저었다.

“예전에는 왜의 물건들도 왜관 입구에서 싸게 살 수 있었소. 가야의 철과 토기를 수출하는 것만 해도 그 물량이 많았고, 기술을 배우는 왜인들도 많았소. 지금은 왜의 공격을 받고 가야 소국들이 저리 비협조적이니 왜관이 제 역할을 못하지요.”

그러자 백아가 고개를 숙이며 대답했다.

“각간 어른의 말씀이 옳으십니다. 옛 가락국 때에는 왜선과 다른 나라 배들의 출입이 자유로웠지만 지금은 모든 상황이 좋지 않습니다. 무역을 하는 상인들도 많이 떠나가 버렸습니다.”

유수는 옆에 앉은 남모를 곁눈질로 보았다. 먼 길에 지친 탓인지 남모의 얼굴이 창백했다. 몸이 불편한지 속눈썹이 자주 떨렸다. 표정을 들키지 않으려 입술을 깨물더니 남모가 물었다.

“백아, 공께서는 백제에도 다녀오셨나요? 백제의 상황은 지금 어떠합니까?"

백아가 남모를 보았다가 눈을 곧 떨어뜨리고 대답했다.

"백제의 백성들은 십여 년의 노력 끝에 수도를 사비성으로 옮기고 희망에 부풀어 있습니다. 또한 주변 가야 소국들의 협력을 받기 위해 애쓰고 있다고 합니다."

백아는 가락국 사람이라 했지만 백제를 자랑스럽게 여기는 말투였다. 차와 떡이 담겨 나왔다. 백아는 백제의 찻잔이라고 하며 남모에게 먼저 차를 따랐다. 찻잔을 드는 남모의 손이 떨리고 있었다.

"내일 탁순국으로 가서 왕을 만나야 하오. 탁순국의 상황에 따라 우리 낭도들이 왜와 전투를 벌일지 백제와 전투를 할지 판단을 해야 합니다."

"꼭 전투를 하고자 하십니까? 제가 무지하여 잘은 모르나, 가야 소국들은 전쟁을 원하지 않는 걸로 알고 있습니다."

백아가 눈길을 꺾으며 물었다.

"우리 역시 전투를 하긴 싫소. 허나 적이 먼저 공격해 오면 막아야 하지 않겠소?"

김무력이 위엄 있게 말했다.

유수는 계속 남모가 걱정스러웠다. 방 앞에까지 따라온 유수를 보고 남모가 웃어보였다.

"괜찮으니 걱정하지 마세요."

남모의 숙소는 연못을 끼고 따로 마련된 집이었다. 남모가 방으로 들어간 후에도 유수는 연못가를 거닐었다. 월성을 떠나와 남모와 가까이 있게 된 꿈같은 시간이었다. 남모와 함께 연못가를 거닐고 싶었지만 남모는 피곤한지 힘들어하는 표정이었다. 남모의 방에 불이 꺼지지 않았다. 조용히 문을 두들겨볼까 하는 생각을 했다. 바람이 달빛을 끼고 유수의 가슴을 흔들었다. 남모의 호위무사를 하던 시절부터, 손닿는 곳에 남모가 있지만 한 번도 손을 내밀지 못한 그였다.

그때였다. 작은 소리가 가느다란 빛처럼 연못을 건너왔다. 바람에 흔들리며 그 소리는 점점 선명하고 부드러워졌다. 누군가가 피리를 불고 있었다. 물 위를 조심스럽게 거닐 듯 차분하던 음색이 점점 뜨거운 숨소리를 섞어 물 위에서 출렁거렸다. 누가 들어도 연정을 달래는 애틋한 이야기를 품은 소리였다.

피리 소리가 유수를 휘감았다. 유수의 가슴에 소용돌이가 치기 시작했다. 남모의 방 창문이 열리더니 하얀 남모의 얼굴이 창밖에 나와 잠시 주위를 살폈다. 남모도 저 소리에 끌려 창문을 열어본 것인지도 모른다. 유수는 그 창문 아래서 남모의 하얀 손을 잡고 싶었다.

피리 소리가 연못 아래로 스러지듯 끊겼다. 남모의 방에 불이 꺼졌다. 유수는 주위를 둘러본 후 남모의 방 쪽으로 걸음을 옮겼다. 방 앞에는 보초를 서는 군사들이 간혹 오가고 있었다. 뜨겁게 뛰는 심장이 이끄는 대로 그의 걸음이 바빠지고 있었다.

순간, 창문 앞에 검은 그림자가 나타났다. 유수는 허리에 찬 칼에 손을 가져갔다. 얼굴을 가린 의문의 그림자가 창문을 두들기는 듯했다. 그리고는 모퉁이를 돌아 방문 앞으로 다가갔다. 방문 앞에 보초가 보이지 않았다. 남모가 창밖으로 얼굴을 내밀었다. 남모는 주위를 둘러보고 팔을 내뻗어 창을 닫았다. 안으로 걸어

잠그는 소리가 들렸다. 유수는 칼을 빼들고 남모의 방 앞으로 다가섰다.

그때 방문이 소리 없이 열렸다. 검은 그림자가 방 안으로 들어가더니 방문이 닫혔다. 칼을 쥔 유수의 손이 떨렸다. 방문이 안에서 열렸으니 남모가 문을 열어준 것이다. 남모는 그 검은 그림자를 기다린 것일까.

아니다, 남모가 위험에 처한 것일지도 모른다.

유수는 고집스럽게 방문 앞에 섰다. 방 안의 동태를 살피며 소리에 귀를 기울였다. 목소리가 새어나왔다. 무슨 말을 하는지 알아들을 수 없지만 남모가 어떤 남자와 이야기를 주고받는 것 같았다.

"그 말을 믿으란 말인가요?"

남모의 목소리가 들렸다. 문을 열려던 유수의 손에 힘이 빠졌다. 그는 남모를 해하려 온 자가 아니라 남모를 은밀히 만나기 위해 방에 든 것인가.

몸을 움직일 수 없었다. 그는 누구일까. 방문을 사이에 두고 방 안에서 무엇을 하고 있을까 걱정이 되어 유수는 문을 당장 열고 싶었다. 다른 소리는 아무 것도 그의 귀에 들리지 않았다. 오직 방문으로 새어나올지도 모를 남모의 목소리만 고대했다. 뜨거웠던 심장이 새까맣게 타서 재가 되어 발 아래로 떨어지는 것 같았다. 그때 가느다란 울림이 새어나왔다.

"난 신라의 공주입니다."

슬픔과 분노를 억누르는 듯한 남모의 한 마디. 유수는 칼을 쥐었다. 한 마디만 더 들리면 문을 열고 뛰어들리라.

"얼마나 그리웠는지 모르오."

흐느끼는 남자의 목소리 끝에 무언가 부딪히는 소리. 격한 신음소리와 같은 숨소리. 달빛을 받은 그림자가 방문에 일렁이는가 싶은 순간, 방문에 무언가 와 부딪혔다. 유수는 숨을 멈추고 칼을 쥔 손에 힘을 주었다.

"잊으려 했지만, 잊을 수가 없었어요."

방문 앞에서 속삭이는 남모의 목소리. 유수는 온몸에 힘이 빠졌다. 남모가 방문 저쪽에 기대어 서 있었다.

"그대와 함께라면, 내 모든 걸 버리겠소."

남자의 커다란 그림자가 문 앞에 다가왔다. 유수는 숨을 쉬지도 뒤로 물러나지도 못한 채 방문 너머에서 들려오는 남녀의 뜨거운 숨소리를 고스란히 받아야 했다.

세상의 소리가 다 사라지고, 방문 저쪽만이 깨어 있는 세상이었다. 숨소리가 짙어지고 옷자락 스치는 소리가 들렸다. 무슨 일이 일어나고 있는 것일까. 숨소리가 엉키더니 둘의 그림자가 문 앞에서 멀어졌다. 침상에서 남녀가 꿈틀거리는 소리가 나는 듯하다가 이내 들리지 않기도 했다. 방 안에서는 오랫동안 회오리가 몰아쳤다. 유수는 그 회오리에 갇혀 꼼짝하지 못했다.

한참 후에야 유수는 방 앞에서 나와 나무 뒤에 몸을 숨긴 채 방문을 지켜보았다. 이윽고 검은 그림자가 방에서 나왔다. 유수는 발걸음 소리를 죽이고 그를 쫓았다. 남모의 처소 뒤쪽 숲으로 들어갔다. 그리곤 담을 훌쩍 뛰어넘는 그림자를 보았다.

다음 날 남모는 얼굴이 부어 있었다. 유수는 남모를 똑바로 볼 수 없었다.

"각간 어른, 큰일 났습니다."

금관군의 장수가 달려왔다.

"백제가 새벽에 안라국 주변의 걸탁성에까지 진군해 왔답니다. 탁순국을 치려는 의도가 분명합니다."

"군사가 얼마나 된다고 하는가?"

"잘은 모르나 백제의 성왕이 직접 군대를 끌고 왔다고 합니다. 걸탁성 주변엔 수천이고, 이천 정도의 군사가 탁순국 쪽으로 향했다고 합니다."

남모가 서둘렀다.

"속히 가서 탁순국 왕을 만나야 합니다. 우리 낭도들이 탁순국의 지원군이 되어야 해요."

유수는 눈썹을 세우며 걱정하는 남모의 손을 보았다. 늘 손에 차고 다니던 은팔찌가 없었다. 처소에 두고 온 것일까?

이사부에게 낭도들을 이끌고 탁순국 국경으로 바로 오라는 내용으로 전령을 보냈다. 김무력은 금관군 장수들을 호위군으로 정비하고 남모가 앞장서서 국경으로 향했다. 그때 멀리서 흰 말을 타고 달려오는 사람이 있었다. 백아였다.

"공주님, 만약 국경에서 들어가지 못하면, 이것을 내보이십시오."

남모가 말을 돌려 백아에게 다가갔다. 백아가 국경을 지나는 상인들의 징표를 주는 모양이었다. 남모가 백아와 몇 마디 나눈 뒤 돌아서 왔다.

남모 옆으로 말을 달리며 유수는 보았다. 남모의 팔에 은팔찌가 반짝이고 있었다. 유수는 저도 모르게 멈추어 섰다. 천천히 뒤를 돌아보았다. 백아가 탄 말은 흔적을 감추고 사라져갔다. 분명히 은팔찌가 없었는데. 백아가 주고 간 것인가. 은팔찌의 주인이 백아였던가.

유수는 앞서 가는 남모의 등을 바라보다 말고삐를 잡아당겼다. 남모를 향해 혼자 앓아온 수많은 날들이 세찬 말발굽 아래서 무참히 쓰러져갔다.

실전

낭도들은 황산강을 건너서야 전투가 임박해 오고 있음을 알았다. 처음에는 불안한 기색을 보였던 낭도들은 곧 평정심을 찾고 첫 출전에 대한 각오를 다졌다. 낭도들의 함성이 금관군의 들판에 울려 퍼졌다.

낭도들이 탁순국과의 국경에 닿았을 때는 이미 밤이 깊었다. 김무력과 유수 일행이 국경에서 그들을 맞았다.

"아니, 어찌된 일입니까? 탁순국의 왕을 만나고 계셔야지요."

준정이 놀라 물으며, 남모만 없다는 것을 알았다. 김무력이 분한 듯 말했다.

"탁순국 왕이, 폐하의 칙서를 가진 남모 공주님만 궁으로 데려오라 하였다오. 사신도 통과시킬 수가 없다 하였소."

유수가 자책하며 고개를 들지 못했다.

"남모 공주님을 혼자 위험한 곳에 보냈으니 모든 것이 제 잘못입니다."

"그것이 어찌 유수 랑의 잘못이겠소. 저들이 감히 폐하의 칙서를 가진 공주님을 함부로 하지는 못할 것이오."

이사부가 국경을 지키고 선 탁순국 장수들에게 호령했다.

"나는 신라의 대장군 이사부이다. 탁순국을 위협하는 백제군을 치러 왔으니 길을 비켜라."

탁순국의 장수들은 야심한 시간에 횃불을 밝히며 들이닥친 신라군에 당황해했다.

"신라에 원군을 요청했다는 말을 들은 적이 없소이다."

"지금 백제가 탁순국으로 쳐들어오고 있거늘, 지체하다가는 화를 면하기 어려울 것이오!"

국경의 장수와 군사들을 밀어붙이고 탁순국의 궁으로 진격할 수도 있었다. 그러나 자칫하다가는 남모 공주가 위험해지거나, 신라군이 먼저 전쟁을 일으켰다는 반감을 불러올 수도 있었다.

준정이 다가갔다. 말에서 내려 다가오는 준정을 보고 탁순국의 장수도 고개를 숙이며 예를 차렸다.

"나는 낭도들의 우두머리인 원화 준정이라고 하오. 신라의 남모 공주가 탁순국의 왕을 알현하고 신라 폐하의 뜻을 전했을 것이오. 전령을 시켜 탁순국의 왕께 신라의 원군이 왔음을 알려드리고, 백제군이 진을 치고 있는 곳으로 우리를 인도해주시오. 한시가 급하오."

장수들이 긴장하여 급히 의논을 하더니 길을 열어주었다. 백제군의 진영을 향해 가고 있을 때 맞은편에서 탁순군의 전령이 달려왔다.

"백제군이 궁을 향해 오고 있습니다! 이미 서문 앞에 진을 치고 있다고 합니다."

"신라의 원군이 왔다. 너는 이 길로 궁으로 가서 폐하께 이 사실을 전하라!"

탁순국의 전령이 급히 말을 몰았다.

"서문에서 궁궐이 가깝습니다. 신라군이 서문 앞에서 백제군을 막아야 승산이 있습니다."

탁순국의 장수가 이사부에게 간절하게 말했다.

이사부는 탁순국의 장수들과 의논하여 지형을 이용해 백제군을 치기로 했다. 낭도들은 횃불을 모두 끄고 조용히 산을 넘어 서문 앞으로 갔다.

불을 밝힌 백제의 진영이 눈앞에 드러났다.

"걸탁성의 전투가 끝나면 더 많은 백제군이 몰려올지 모르오. 그 전에 저들과 결판을 내야 하오."

이사부의 말에 준정이 고개를 끄덕였다.

"남모 공주님께 우리가 서문에 왔다는 것을 전하고 속히 탁순국 왕의 마음을 움직여야 합니다. 싸우지 않고 이기는 방법이 최선입니다."

유수와 미진부가 탁순국 장수를 따라 궁 안으로 가 남모를 만나기로 했다.

낭도들은 돌 벽으로 둘러싸인 곳에 진을 쳤다. 돌 벽을 방패삼아 몸을 숨기고 대열을 정비해 싸울 준비를 했다. 어둠 속에서 적을 내려다보며 주먹밥을 먹는 낭도들은 긴장을 감추기 위해 서로를 격려했다. 인가가 드문 국경지역이라 어둠이 깊게 내렸다. 불안한 낭도들의 머리 위로 별들은 더욱 빛을 발했다.

새벽이 밝아올 무렵이었다. 백제군의 진영이 눈에 보이기 시작했다. 횃불이 일렁이며 공격할 채비를 차리고 있었다. 저들이 성을 공격하기 전에 선제공격으로 기선제압을 해야 했다. 돌 벽 뒤에서 원화의 낭도들이 활을 쏠 준비를 했다. 원화는 적진의 막사를 향해 불화살을 당겼다.

정확하게 적의 본진 사이에 불화살이 떨어졌다. 그것을 신호로 낭도들이 불화살을 쏘기 시작했다. 예기치 않은 공격을 받은 백제군들은 불을 끄려 허우적거리며 방어벽을 치고 맞받아 활을 쏘기 시작했다.

"모두 돌 벽 뒤에 몸을 붙여라."

준정이 소리쳤다. 백제군에서 날아온 화살이 돌에 부딪히는 소리가 요란했다. 다시 낭도들이 일제히 불화살을 쏘았다. 낭도들이 순서를 바꾸어 적진을 향해 정확하게 활을 쏘았다. 화살이 뜸해진 틈을 타 이사부가 돌 벽 아래로 내려가 진격할 준비를 했다.

"방패를 든 낭도들이 앞줄에 대열을 맞추어라. 그 뒤론 창을 들고 돌진하되 명령이 있을 때까지 방패 앞으로 나서선 안 된다."

랑과 낭두들이 방패를 든 채 말을 달리고 낭도들이 창을 들고 빠르게 전진했다. 돌 벽 뒤의 낭도들은 모두 활을 겨냥했다. 백제군에서 움직임이 있으면 활을 쏘아 신라군의 전진을 도와야 했다.

언덕 아래에서 백제군이 전열을 갖추고 올라왔다. 이사부와 김무력의 낭도들이 백제군을 향해 화살을 쏘고, 전진하던 낭도들은 방패 뒤에 숨었다. 백제군에서 말을 탄 장수들이 앞으로 나왔다.

이사부가 칼을 빼 들고 적진을 향해 말을 달리자 백제 진영에서 장수 한 명이 달려 나왔다. 이사부와 몇 번 칼을 부딪치다가 백제의 장수는 말을 돌려 도망갔다. 이사부가 나서서 호령했다.

"우리는 신라의 원군이다. 금관군과 신라의 대군이 궁궐을 에워쌌으니, 백제군은 공격을 멈추고 돌아가길 바라노라!"

말을 탄 백제의 장수 몇 명이 앞에 나섰다.

"우리는 전쟁을 하러 온 것이 아니라 탁순국과 화친을 하러 왔다. 신라군은 쓸데없이 우리 앞을 막지 말고 그만 돌아가라!"

그러자 김무력이 앞으로 나섰다.

"나는 가야 왕족 김무력이다. 탁순국은 예부터 가야국과 형제국이었다. 이제 와서 백제와 화친할 일이 없으니 물러가라!"

그러자 백제의 장수 한 명이 앞으로 나오며 외쳤다.

"네가 바로 가락국을 신라에 바친 놈이구나! 그 비겁한 목숨을 오늘 내가 거두어 가겠다."

그는 칼을 뽑아 들고 달려왔다. 김무력의 얼굴이 바르르 떨리더니 칼을 높이 들었다.

"각간! 참으십시오."

준정이 칼을 뽑아 백제의 장수 앞으로 말을 달렸다. 양 진영의 군사들은 겨누었던 활을 내렸다. 백제의 장수는 준정이 여자임을 알아보고 놀라는 눈치였다. 준정 역시 그의 얼굴을 보고 속으로 짐짓 놀랐다. 날카롭고도 근엄해 보이는 눈매가 전장에서 잔뼈가 굵은 무장의 얼굴이 아니었다. 칼을 쓰는 사람이라 보기에는 갑옷을 입은 모습이 차분하고 여유로웠다. 준정은 칼을 내리고 고개를 숙임으로써 적군의 장수에게 예를 차렸다.

"나는 신라 낭도의 우두머리인 원화 준정이라 합니다."

백제의 장수도 칼을 내리고 낮은 목소리로 진중하게 말했다.

"나는 백제의 장군, 명농이라 하오. 저 부끄러운 가락국의 왕족 김무력과 담판을 짓고 싶으니 비키시오!"

"군사들의 목숨을 함부로 해하지 않는 것이 장수의 도리입니다. 지금 성 안에는 우리 신라군이 들어가 있습니다. 앞에는 탁순국, 뒤로는 신라군에 막혔으니 백제군은 이 싸움의 승산이 없습니다!"

준정은 기가 꺾이지 않는 목소리로 카랑카랑하게 말했다.

그때, 궁 안에서는 남모가 탁순국의 왕을 설득하고 있었다.

"왕께서 나가셔서 백제군은 물러가라고 호통을 치십시오. 저들은 감히 왕의 말씀을 무시하지 못합니다."

그러나 탁순국의 왕은 겁에 질린 표정으로 고개를 저었다.

"탁순국의 뜻과는 상관없이, 신라는 우리 탁순국을 병합하고자 군대를 이끌고 오고, 백제군이 지금 밖에서 북을 울리며 협박하고 있소이다. 침입자인 것은 백제나 신라나 마찬가지 아니오? 또한 신하들은 금관가야를 합병한 신라에 대한 반감이 크오."

왕은 탁순국이 이토록 황망한 처지를 겪고 있는 것에 비참해하고 있었다. 남모는 더욱 공손하게 고개를 숙였다.

"저희가 마음이 급하여 미처 예를 다하지 못했습니다. 저는 다만 신라 폐하의 마음을 전하고 이 전투를 막고자 하였고, 백제 앞에 위태로운 탁순국을 돕기 위해 낭도들이 왔을 뿐입니다."

남모를 보는 왕의 얼굴이 혼란스러워 보였다.

"신라군은 성 밖에서 백제군을 칠 계획을 이미 세워놓았습니다. 다만, 가능하면 전투를 피하고자 먼저 공격하지 않고 대기 중에 있습니다. 왕께서 저들 앞에 나서시어 신라군이 궁을 지키고 있으니 물러가라 하신다면, 저들이 함부로 공격하지 못할 것입니다."

"음, 나도 전쟁이 일어나는 것은 막고 싶소."

남모는 왕이 자신을 믿기 시작한 것을 느꼈다. 군사들의 외침소리가 높아지고 백제군의 북소리가 울려 퍼졌다. 탁순국의 장군이 급히 뛰어들어 왔다.

"신라의 장수들이 궐내로 들어왔습니다."

보고를 마치기도 전에 미진부가 유수와 함께 들어섰다. 탁순국의 왕이 당황하여 남모와 그들을 번갈아 보았다. 남모가 얼른 손을 들어 미진부를 저지했다.

"놀라지 마십시오. 저를 호위하러 온 장수들입니다. 궐내에서 아무런 기별이 없자 걱정이 되어 온 모양입니다."

그 말에 유수가 예를 갖추며 말했다.

"감히 왕께 결례를 용서하십시오. 신은 남모 공주님의 호위무사 유수 랑이라 합니다. 궐 밖에는 우리 신라의 대군이 백제군을 에워쌌으니 염려치 마시옵소서."

그 말에 왕이 다소 안심하는 눈치였다.

"허나, 탁순국의 왕이 백제군 앞에 나서서 신라군의 편을 들 수는 없는 일이오."

남모는 고개를 숙였다. 신라의 군대가 왔으니 굳이 탁순국의 왕이 나설 필요는 없었다.

"그럼 제가 탁순국의 장수들과 함께 성 위에 올라가, 백제군에게 물러가라고 호령하겠습니다. 허락해주시겠습니까?"

"그렇게 하시오."

남모와 미진부, 유수는 군사들을 이끌고 성 위로 올라갔다.

성 밖에서는 준정과 백제의 장수가 마주 서 있었다.

"성 위를 보십시오. 우리 신라군이 탁순국의 장수들과 함께 성을 지키고 있지 않습니까?"

준정의 말에 백제의 장수가 놀라 뒤를 돌아보았다. 그때 성 위에 신라와 금관군의 깃발이 올랐다. 남모와 미진부, 그리고 유수가 성 위에 서 있었다. 탁순국의 장수들도 깃발을 들고 서 있었다.

"탁순국의 왕께서 우리에게 군권을 위임했으니 백제군은 돌아가라!"

남모가 크게 외치자 성 위에서 군사들이 일제히 함성을 질렀다. 백제의 장수가 분위기를 눈치 채고 멈칫거렸다.

"정녕 신라의 군사력이 우리보다 우위라면 공격하면 된 터인데, 굳이 공격하지 않는 이유가 무엇이오?"

"불필요한 전쟁을 피하고자 함입니다."

장수가 준정을 뚫어지게 보았다. 한 순간이었으나 그 눈빛이 준정의 마음을 서늘하게 훑고 지나갔다.

"장수 대 장수로서 맞붙어 봐야겠소. 김무력에게 내가 진다면 깨끗하게 돌아서겠소."

그리고는 신라군 쪽을 향해 큰소리로 외쳤다.

"김무력은 나와라. 나와 담판을 짓자!"

준정이 말릴 틈도 없이 그는 말을 달렸다. 신라군에서도 김무력이 칼을 들고 달려 나왔다.

양쪽 장수가 무서운 기세로 달려 나왔다. 한 손은 고삐를 쥐고 오른손에 칼을 움켜쥔 채 상대방을 단숨에 내리치려 했다. 두 말이 마주치는 순간 칼날이 매섭게 부딪혔다. 두 장수 모두 몸을 휘청했으나 곧 말을 돌리며 상대를 바라보았다.

두 장수는 이번에는 끝장을 보고야 말겠다는 듯이 다시 말을 달렸다. 서로 검을 드는 순간, 두 장수 모두 말고삐를 놓고 두 손으로 검을 잡았다. 상대방을 정확하게 찌르려는 몸놀림이 위험해 보였다.

"챙!"

서로의 심장을 노린 검이 다시 맞부딪히고 장수들은 말에서 굴러떨어졌다. 다행히 말에서 떨어진 두 장수 모두 검을 쥐고 일어섰다.

"승부를 가리지 못했으니 백제군은 그만 물러나시오!"

준정이 큰 소리로 외쳤다. 백제의 장군은 분한 듯이 소리쳤다.

"군사를 돌리겠소. 허나 김무력은 잘 들어라! 백제에 등을 돌리고 가야연맹을 배신한 네놈의 목을 반드시 다시 가지러 오겠다!"

장군은 돌아서서 군사를 돌리라 명하였다. 김무력이 검을 쥐고 달려 나올 태세를 취했지만 준정이 만류했다.

낭도들이 탁순국 국경을 넘어 금관군에 들어서자 백성들이 나와 환호성으로 낭도들을 맞았다. 가벼운 상처를 입은 낭도들은 있었으나 다행히 중상을 입은 낭도는 없었다. 첫 출전의 두려움을 극복하고 승리한 낭도들의 얼굴에는 자신감이 넘쳤다.

그날 밤이었다.

낭도들은 금관군의 왜관에서 마련한 처소에서 하룻밤을 묵었다. 랑들이 늦게까지 회의를 하고 막 잠자리에 들었을 때였다.

"밖으로 나와보십시오!"

다급한 외침이 들렸다.

검은 바다에 배들이 떠 있었다. 일렁이는 횃불이 뱃머리에 높이 매달린 깃발들을 비추었다. 그 모습이 물에 비쳐 물 위에 떠 있는 배의 모습이 괴기스러웠다. 배는 점점 다가오며 그 모습을 드러냈다.

"왜선이다."

이사부가 낮게 부르짖었다.

"낭도들을 모으고 전투 준비를 하라. 금관군주에게 가서 수군을 출동시키라 전해라."

보초를 서고 있던 왕실 호위군사와 준정의 낭도들이 먼저 종장판 갑옷을 입고 투구를 쓰고 대열을 갖추었다. 이사부가 여름 동안 수련시킨 낭두들이 그 앞에 나섰다.

왜선 세 척이 점점 다가왔다. 해안에는 금관군의 목선 두 개가 정박해 있었다.

다가오는 배에서 화살이 날아왔다. 준비 없이 갑자기 당한 일이라 군사들이 그대로 쓰러졌다.

"모두 뒤로 피하라!"

왜선은 물이 얕아 더 이상 들어올 수 없는 곳에 서서 끝없이 화살을 쏘았다. 앞쪽에 있던 왕실 호위 군사들이 화살을 맞고 쓰러졌다. 군사들은 비명을 지르고 피를 쏟으며 죽어갔다. 준정은 순식간에 스러지는 목숨들을 보며 애가 끓고 피가 역류하는 듯했다. 낭도들이 바다를 향해 활을 마주 쏘았으나 숨어서 표적을 잃고 쏘는 화살은 멀리 가지 못했다.

이사부는 미진부와 유수에게, 신호를 보내면 적선을 공격하고 수군을 보내라는 작전을 지시했다. 그리고 이사부는 갑옷을 벗고 낭도들을 데리고 물로 들어갔다. 여름 동안 수련을 한 천관 등의 낭두들이 앞장섰다. 가까이 있는 왜선에 수중으로 침투할 작전이었다. 적에게 발각되면 왜선에 오르기 전에 죽은 목숨이었다.

금관군의 수군이 도착했다. 화살이 잠시 뜸한 틈을 타서 수군들이 배에 탔다. 이사부가 왜선에 도착한 후 신호를 보내면 일제히 공격하라고 했다. 준정과 남모도 배에 올랐다.

그때, 맨 앞에 있는 왜선에서 불길이 치솟았다. 적선에서 날아오던 화살이 끊어졌다. 미진부가 외쳤다.

"불이 붙은 왜선에 활을 쏘라!"

숨어 있던 낭도들이 일제히 나와 활을 쏘았다. 다른 배들이 뒤로 물러났다. 불이 붙은 왜선에서는 더 이상 공격을 하지 못했다. 그리고 얼마 후 그 배에서 북이 울렸다.

"활을 멈추라!"

미진부가 준정과 남모에게 급히 말했다.

"우리 낭도들이 왜선에 올라 북을 울리고 있습니다. 북이 울리면 배를 출발시키라 하셨습니다. 저는 뒷배에 타겠으니 조심하십시오."

불이 붙은 왜선에서는 왜군과 낭도들이 싸우고 있었다. 준정이 탄 배가 왜선에 닿았다. 준정은 낭도들과 함께 배에 올라 칼을 휘두르며 결사적으로 싸웠다. 검으로 사람을 직접 베게 될 줄 몰랐다. 하지만 낭도들을 살리기 위해 적을 벨 수밖에 없었다. 가슴속에서 알 수 없는 피의 회오리가 울분이 되어 솟구쳐 올랐다.

남모의 칼끝도 예리하고 차가웠다. 눈앞에서 죽어간 신라군의 얼굴을 뜨겁게 삼키고 한 치의 오차도 없이 칼을 휘둘렀다. 배를 빼앗겨 전의를 상실한 왜의 병사들은 물로 뛰어들거나 칼 앞에 힘없이 스러졌다.

배에 불은 끄고, 살아남은 사람들은 갑판에 모였다. 옷에는 피가 튀고 눈에는 살기가 돌았다.

"배 위의 낭도들은 모두 무사합니다. 부상을 입은 낭도들이 있으나 위급한 상황은 아닙니다."

천관이 두려움에 굳은 목소리로 이사부에게 보고했다. 이사부는 고개를 끄덕이며 피 묻은 천관의 어깨를 두들겨주었다. 살아남은 왜의 장수들을 포박하여 꿇어앉혔다. 우두머리로 보이는 자에게 이사부가 칼을 겨누었다.

다른 왜인들은 머리를 밀었으나 그는 긴 머리를 뒤로 묶고 있었다. 이사부가 칼등으로 그의 턱을 높이 들었다. 고개를 든 그의 얼굴 한쪽에 횃불이 일렁이자 긴 칼자국이 보였다.

"료헤이!"

김무력이 놀라 부르짖었다. 료헤이가 날카롭게 김무력을 쳐다보았다. 그리고는 남모를 보고는 한쪽 입술을 올리며 비웃는 웃음을 지었다. 이사부가 물었다.

"아는 자입니까?"

남모의 눈빛이 절망에 빠진 것을 준정은 보았다. 김무력이 료헤이의 멱살을 잡았다.

"가락국의 왜관에 있던 자요! 네가 왜관에 있을 때부터 첩자 노릇을 했구나!"

그러자 료헤이는 김무력을 비웃었다.

"첩자라니. 가락국의 왜관은 왜인과 백제인이 자유롭게 다니며 교역하던 곳인데, 너희가 신라에 팔아먹었지 않느냐!"

김무력의 눈에 핏발이 굵어졌다. 가락국 이야기를 함부로 하는 소리를 들을 때마다 그는 회한과 분노를 드러냈다.

"가야의 모든 나라를 하나씩 집어삼키려는 신라를 어찌 믿는단 말이냐."

료헤이의 목소리는 원망과 분노로 가득 차 있었다.

그때 왜관 쪽에서 불길이 치솟았다. 비명인지 함성인지 모를 소리가 높아졌다.

"아니, 저긴 우리 신라군밖에 없지 않소?"

이사부의 말에 료헤이가 서늘하게 웃으며 말했다.

"흐흐흐, 왜관 마을에 사는 이들 절반은 왜인이다! 신라군이 왜의 병사들을 죽이니 왜인들이 분노해서 왜관에 불을 지른 것이다."

왜관의 상황을 보느라 잠시 틈을 준 때였다. 뒤에서 날카로운 음성이 들려왔다.

"칼을 버리시오!"

복면을 한 자 둘이서 준정의 목에 칼을 겨누고 있었다. 키가 큰 자가 준정의 손에서 칼을 빼앗았다. 다른 자가 얼른 묶여 있는 왜장들을 풀어주었다.

"감히 네놈들이 원화를 겁박하다니!"

미진부가 칼을 빼 들고 다가갔다. 왜장들이 검을 들고 복면을 한 자들을 보호했다. 랑들이 왜장들과 검을 마주하고 대치했다. 남모만이 뒤에서 칼을 쥔 손을 떨고 있었다. 큰 키에 검은 옷을 입은 사내, 그 모습이 유수는 왠지 눈에 익었다.

"내 칼이 원화의 목을 베는 게 더 빠를 테니 조심하시오!"

키가 큰 자가 한 팔로 준정의 어깨를 끌어안고 다른 팔로 칼끝을 준정의 목에 대었다. 억양이 독특한 그 목소리도 유수는 귀에 익은 듯했다.

서서히 새벽이 다가오고 있었다. 해가 뜨려면 아직 멀었으나 어둠에 익숙한 사람들은 어둠 속에서 또렷이 사물을 분간할 수 있었다.

왜관에 난 불은 곧 꺼졌다. 낭도들이 대열을 정비하고, 옛 가락국의 옷을 입은 사람들이 꿇어앉아 있었다.

"불을 지른 왜인들이 모두 잡혔군. 너희 몇 명이 우리를 상대할 수는 없다. 칼을 내려라."

유수의 분노한 칼끝이 준정을 겨눈 남자의 얼굴로 다가갔다. 칼을 쥔 손을 떨고 있던 남모가 찌를 듯이 남자의 얼굴을 겨냥했다.

"넌 누구냐!"

유수가 복면을 벗길 듯이 손을 내밀자 남모가 칼끝을 남자의 얼굴에 대었다. 유수는 복면을 벗길 수 없었다. 남모의 눈빛은 불안과 분노로 타오르고 있었다. 유수는 그 남자가 누군지 알아챘다.

"너는 백아가 아니냐!"

유수의 말에 준정이 자신에게 칼을 겨눈 자를 돌아보려고 했다. 복면의 사내가 준정의 목에 칼을 더 바짝 갖다 댔다.

"대장군! 저길 보십시오. 배입니다."

서쪽에서 새로운 배가 나타났다. 왜선은 아니고 금관군의 배도 아니었다.

"백제군의 배입니다."

백제의 깃발이 뚜렷하게 보였다.

이사부는 전투태세를 갖추도록 했다. 밤새 지친 낭도들의 얼굴에 두려움이 깊어졌다.

"대장군! 싸워서는 안 됩니다. 차라리 물러나더라도 낭도들의 생명을 지켜야 합니다."

준정이 진중하게 말했다. 백제의 배는 뱃머리에 선 장수들의 얼굴이 보일 만큼 가까이 왔다.

"탁순국의 궁 앞에서 보았던 신라의 여장부들 아니오?"

백제의 장수 얼굴을 준정은 알아보았다. 탁순국의 궁궐 앞에서 대치했던 백제군이었다. 이사부가 소리쳤다.

"왜와의 싸움에 백제가 끼어들지 않기 바라오."

"우리도 피를 보는 것은 싫소! 그 배에 있는 백제인과 살아남은 왜장들을 돌려보내시오. 그러면 왜선들도 돌아간다고 했소."

복면을 한 자들은 백제인이었다. 작은 배를 내릴 테니 백제인과 왜장들을 보내라고 했다. 더 이상 피를 흘리지 않기 위해서는 그들을 보내주는 방법밖에 없었다.

왜장들이 먼저 소선으로 옮겨 탔다. 복면을 한 남자가 배에서 내리기 위해 료헤이를 부축했다.

"나는 신라에 남겠소. 신라에서 할 일이 있소."

"무슨 소리냐! 함께 가야 한다."

그러자 미진부가 복면 사내를 저지했다.

"이놈은 남겠다고 하니 두고 가라!"

료헤이는 미진부를 올려다보며 얼굴의 상처를 실룩이며 웃었다.

"나를 신라로 데리고 가서 잘 대우해주시오. 그럼 저 복면 사내에 대해 말을 해주지."

유수가 칼등으로 료헤이의 어깨를 내리쳤다.

"그 입을 한 번만 더 놀리면 가차 없이 목을 치겠다."

복면의 남자가 배에서 내리며 료헤이에게 왜의 언어로 말을 건넸다. 료헤이도 왜의 말로 대답했다. 준정을 위협했던 복면의 남자는 똑바로 서서 남모를 쳐다보았다. 남모는 그 눈길을 외면한 채 입술을 깨물었다.

료헤이가 멀어져가는 배를 보며 혼잣말처럼 중얼거렸다.

"당신은 나의 우상이었어. 그런데 여자한테 마음을 뺏겨 이번 거사를 망치고 말았어. 왜관에서 먼저 일을 벌이면 왜선이 왔을 때 전멸시킬 수 있었는데. 여자 때문에!"

료헤이는 벌떡 일어나 백제의 배를 향해 큰소리로 외쳤다.

"잘 가시오. 나는 당신이 못한 일을 대신 하겠소."

그러고는 남모를 쳐다보며 비굴하게 웃었다.

"이번 싸움에서 이기려면 공주를 이용했어야 했어! 앞으로도 공주가 걸림돌이야. 내가 대신 처리해주지."

료헤이는 숨기고 있던 단도를 꺼내 순식간에 남모에게 달려들었다. 료헤이가 남모를 붙잡는 순간, 유수의 칼이 료헤이를 베었다. 료헤이는 피를 뿌리며 옆으로 푹 쓰러져 일어나지 못했다.

왜선들이 사라진 쪽에서 붉은 해가 떠오르고 있었다. 남모의 눈에서 붉은 바다가 어지럽게 일렁거렸다. 김무력이 말했다.

"그 백제군 장수가 나와 옛 가락국을 능멸하였소. 내가 꼭 복수하겠소."

준정은 가까이서 보았던 그의 얼굴과 이름이 또렷하게 떠올랐다.

"명농이라는 장수입니다."

그러자 김무력이 깜짝 놀랐다. 이사부도 그 이름을 되물었다.

"진정 명농이라 하였소?"

김무력은 사라져가는 백제의 배를 향해 주먹을 불끈 쥐었다.

"명농은 백제 성왕의 이름이오. 그는 백제의 왕이었소."

모두들 떠오른 태양을 바라보며 불안과 분노의 마음을 천천히 내려놓았다. 남모는 해를 차마 보지 못하고 두 눈을 감았다. 유수만이 해를 등지고 섰다. 그의 얼굴에 일렁이던 분노는 슬픔이 되어 무겁게 가라앉고 있었다.

천관의 난

"작은 나라들을 왜 가만히 내버려두지 않는지 모르겠구나. 평화롭게 사는 소국들을 큰 나라가 침범하는 전쟁은 부처님의 도리에 반하지 않느냐?"

요가 수련을 마친 후 준정에게 말했다. 요는 이번에 낭두들의 출전을 못마땅해했다. 부처님의 뜻에 어긋나는 일이라며 고개를 저었다.

준정 역시 살생을 거스를 수 없었던 자신의 업을 생각하며 가혹한 수련을 하고 있었다. 또한 왜와의 전투에서 죽어간 낭도들을 위해 기도를 쉬지 않았다. 남모 또한 낭도들의 수련에 나오지 않고 혹독한 자기 수련만 하고 있었다. 준정은 남모에게 뭔가 사연이 있을 거라 짐작할 뿐이었다.

"원화! 원화! 뵙기를 청합니다."

낭두 이랑이 자추사에 들어 준정을 다급히 불렀다. 이랑은 몸이 흠뻑 젖은 채였다.

"동도들이 수련을 하다 물에 빠져서, 우선 가까운 신당으로 옮겼습니다."

이랑의 설명을 들으며 준정은 신당으로 향했다. 오도 부인이 물에 젖은 동도들의 옷을 갈아입히고 몸을 덥히고 있었다. 대여섯 명의 동도들이 오들오들 떨면서 기침을 해댔다.

"어찌된 일이냐? 동도에 들어온 지 불과 며칠이 되지 않은 어린 낭도들이거늘!"

"죄송하옵니다. 실력이 미비한 낭도들에게 벌을 준다 하여 천관이 동도들을 물에 넣는 바람에……"

천관은 왜와의 전투에서 공을 세워 정식 낭두가 되었다. 당장 천관을 불러오라고 했다. 그때 미진부가 업고 온 한 낭도를 보고는 오도 부인이 기겁을 했다.

"아니, 왕자님! 누가 우리 왕자님을!"

비대공은 물에 젖은 채 온몸에서 열이 났다. 오도 부인은 옥진의 어미니, 비대공에겐 외할머니가 되었다. 왕자의 모습에 오도 부인은 당황하고 분노한 기색이 뚜렷했다.

"안 되겠어요. 제가 업고 옥진 궁주께 가야겠습니다."

"수련을 하다 보면 간혹 있는 일이니 너무 상심 마십시오."

비대공은 동도들 중에서 가장 어렸다. 너무 이르다고 준정이 말렸지만, 비대공이 간절히 원하여 동도에 들어 수련을 시작한 지 얼마 되지 않았다. 내의가 드는 것을 보고 준정은 자추사로 왔다.

"원화, 제가 잘못했습니다……."

천관이 무릎을 꿇고 고개를 떨어뜨렸다.

"벌에도 정도가 있는 법! 어린 낭도들에게 이 무슨 처사인가!"

"늘 하던 대로 하고, 실력이 모자란 낭도들을 뽑아 보충훈련을 시켰을 뿐입니다."

천관의 목소리가 작았지만 주눅 들지는 않았다.

"신당에서 떨고 있는 동도들이 모두 진골 귀족 출신들이더군."

천관이 뭐라고 대답을 하려다고 고개를 떨어뜨렸다.

"나는 자네를 다른 낭도들과 똑같이 생각했네. 낭도들은 귀족과 서민의 차별 없이 평등하게 대우받아야 하네. 그런데 자네는 귀족 자제에 대한 열등감을 지우지 못하고 있어."

"평등하게 대우받다니요. 낭두들 사이에서도 저는 언제나 평민 출신이라고 괄시받고 지냈습니다."

"그래서 어린 귀족 자제들을 벌줌으로써 복수를 하려 했는가?"

"차별은 아니었습니다. 엄격하게 실력대로 한 것인데……"

"실력을 따질 자리도 아닌데 실력을 핑계 삼는 일은 차별보다 더한 짓이네. 자넨 낭두로서의 자격을 팽개쳤어!"

천관이 억울한 듯 몇 마디 웅얼거렸으나 원화가 날카롭게 말했다.

"한 번 더 이런 일이 있을 경우, 내가 용서하지 않겠네. 그만 나가보게."

천관은 무예 실력으로 본다면 랑의 자질이 있었다. 준정은 평민 중에서도 랑이 될 수 있다는 모범을 그가 보여주기를 바랐다. 그런데 천관은 아직 자신이 차별받는다는 억울함을 지우지 못했다.

그날 오후, 동도 중 한 명이 심하게 앓아 사가에서도 깨어나지 못해 위험하다는 연락이 왔다. 진골 왕족의 자제인데, 심한 열병이 와서 낭도수련을 할 수 없을 정도였다. 결국 천관은 그 책임을 물어 옥에 가두어졌다.

준정이 옥에 갇힌 천관을 보러 갔으나, 지소와 옥진의 지엄한 명으로 원화라 할지라도 천관을 볼 수 없다고 했다. 이사부가 동해 순시를 갈 때, 천관을 데려간다고 했다. 랑이 되고 싶어 하는 천관에게는 가혹한 결정이었다. 준정은 천관의 잘못도 있으나, 왕족에게 밉보여 천관이 부당한 대우를 받는가 싶어 잠을 이루지 못했다.

다음 날, 이른 아침이었다. 멀리서 함성이 들려오는 듯했다. 이제 막 성문이 열릴 시간, 낭도들이 모이기에는 이른 시간이었다. 준정은 불안한 예감에 휩싸여 뛰어나갔다.

낭도 수련장에 천관이 서 있었다. 그 뒤에 낭도들이 서서 무어라고 함성을 지르고 있었다. 준정에게는 천관만 보였다. 그의 몸이 분노의 덩어리가 되어 큰소리로 외치고 있었다.

"우리는 신라의 자랑스러운 낭도요! 귀족 자제들에게 벌을 줬단 이유로 낭도에서 몰아내고 변방의 군사로 보낸단 말이오? 평민도 랑이 될 수 있다고 해놓고 이것이 차별이 아니고 무엇입니까? 폐하께 가서 고변을 하고 싶습니다. 폐하를 알현하게 해주십시오!"

천관의 외침에 낭도들이 함께 외치기 시작했다. 준정이 뛰어가 천관의 앞을 막았다.

"이 무슨 짓이냐! 너를 따르는 모든 낭도들까지 폭도로 만들 셈이냐!"

준정은 뒤에 선 낭도들에게 외쳤다.

"너희들이 신라의 낭도라면 원화의 말을 들어라! 억울함을 이렇게 고변하는 것은 낭도의 지위를 잃는 것이다. 당장 멈추어라!"

원화의 등장에 낭도들은 멈추어 섰다. 천관과 달리 그들의 표정에는 두려움과 망설임이 섞여 있었다.

"천관! 네 억울함을 살펴주지 못한 점 미안하구나. 이번 일을 명확하게 조사하도록 내가 폐하께 고하겠다. 그러니 더 이상의 행동은 삼가라!"

준정의 말에 천관의 표정에 변화가 일어났다. 분노가 멈칫거리고 원망이 흔들렸다.

"원화! 평민 출신들은 다른 낭도들보다 더 열심히 수련을 해왔습니다. 제가 낭두가 되기 위해 험한 일을 마다하지 않았다는 거, 원화도 아실 겁니다. 그런데 제 불찰을 빌미로 아예 내치려 하다니, 이것은 애초의 약속과 다릅니다."

천관의 말이 분노에서 하소연으로 바뀌어 있었다. 준정은 이들의 울분을 다독여야 한다고 생각했다.

"내가 직접 나서서 여러 낭도들의 입장을 항변하겠다. 그러니 나를 믿고 낭도들은 평심으로 돌아가라."

그때 말발굽 소리가 들려왔다. 고개를 돌린 천관이 다시 이를 악무는 것을 보고 준정은 일이 커졌음을 알았다. 남모와 미진부가 달려오고 그 뒤로 무장을 한 군사들이 따르고 있었다.

"천관! 네 잘못을 모르고 순진한 낭도들을 선동하여 역적질을 하느냐!"

남모가 호통을 쳤다. 낭도들은 랑들이 나타나자 동요하기 시작했다. 남모가 말에서 내려 천관에게 다가갔다. 지독한 수련만 하던 남모는, 복스럽던 얼굴선이 날렵하고 그 눈길은 냉정했다.

"천관. 네 잘못을 뉘우치지 못하고 낭도들을 선동하다니!"

천관이 비통한 목소리로 말했다.

"저는 왕족과 귀족 자제에게 일부러 벌을 주지 않았습니다. 동도가 아픈 것은 제 불찰이오나, 결코 고의가 아니었습니다."

"하여 이런 짓을 벌인단 말이냐! 랑을 거역하고 원화의 가르침을 거부하는 행동은 반역이나 마찬가지다!"

"비켜주십시오. 저는 폐하께 고변을 하러 가는 길입니다."

"그만두지 못할까!"

수련복을 입은 위화랑이 호령을 하며 다가왔다. 낭도들이 일제히 위화랑에게 예를 갖추었다. 천관은 위화랑에게 고개를 숙였다.

"그동안의 수련이 헛것이었단 말이냐! 모두 낭도에서 쫓겨나고 싶으냐!"

위화랑의 호령에 낭도들이 겁을 먹은 표정이 역력했다. 준정이 위화랑에게 다가갔다.

"선화, 낭도들은 폐하께 고변을 하고 싶어 합니다. 비록 방법은 어리석었지만 천관의 잘잘못을 명백히 가리고, 낭도들의 원성에 귀를 기울여야 합니다."

그러나 남모가 날카롭게 외쳤다.

"이미 천관의 죄를 밝혀 그 처분을 결정하였는데, 무슨 말을 또 듣는다고 합니까?"

준정이 원화로서 엄격하게 말했다.

"낭도의 일은 폐하와 선화만이 죄를 묻고 판단할 수 있습니다."

그러나 남모도 지지 않았다.

"나는 랑으로서뿐만 아니라 폐하께 위임받은 공주의 자격으로 천관의 죄를 물었습니다. 천관뿐만 아니라 여기 있는 낭도들 중 누가 천관과 공모했는지 밝혀야 합니다."

위화랑이 낭도들에게 물었다.

“낭도는 신라의 자랑이고 자부심이다. 정녕 역적이 되고 싶은 것이냐? 누가 천관과 공모하였는가? 지금 나오면 용서해주겠으나 거짓이 있을 시에는 목숨을 내놓아야 한다!”

근엄하게 외치자 낭도들은 고개를 저을 뿐이었다. 천관이 위화랑을 향해 자신의 심정을 알아달라는 듯 애절한 목소리로 말했다.

“저의 억울함을 보고 평민 낭도들이 동참하였을 뿐, 그 어떤 공모도 없었습니다.”

그러자 남모가 천관에게 한 걸음 더 다가섰다.

“공모가 없었다고? 옥에 갇힌 너를 풀어준 사람이 누구냐? 그 자를 밝혀라.”

천관이 깜짝 놀라며 머뭇거렸다.

“누가 널 풀어주었느냐?”

“그건, 제가, 스스로 탈출한 겁니다.”

남모가 천관을 노려보더니 낭도들을 향해 외치며 칼을 뽑았다.

“그 자가 누군지 말하지 않는다면 이 낭도들을 모두 문초하는 수밖에 없다.”

“안 됩니다!”

준정이 남모의 앞을 막았다.

“천관이 주장하는 신분 차별에 대한 문제를 살피고 억울한 점이 없는지 확인할 필요가 있습니다. 또, 죄 없는 낭도들에게 칼을 들이댈 순 없습니다.”

남모가 준정 앞에 바짝 서며 낮은 소리로 말했다.

"차별이 어디 있었습니까? 원화께서 그리 말씀하시면 안 됩니다. 또한 자신의 무책임함으로 낭도들이 어떤 고통을 겪는지 천관이 눈으로 보게 해야 합니다."

남모는 서늘하게 말하고는 칼을 내민 채 낭도들에게 다가갔다. 그러자 한 낭도가 달려나와 남모 앞에 무릎을 꿇었다.

"살려주십시오. 천관을 살려주십시오!"

그리고는 천관을 돌아보며 겁에 질린 목소리로 말했다.

"낭두! 잘못했다고 비세요. 빨리 잘못했다고 비세요!"

동도 중 무예가 뛰어나 천관이 특별히 아끼던 평민 낭도 가람이었다. 남모가 가람에게 물었다.

"네가 천관과 공모하였느냐?"

가람은 고개를 흔들며 울음 섞인 목소리로 말했다.

"아니에요! 아무도 공모하지 않았어요, 아무도. 제발 천관을 살려주세요."

"네가 천관과 공모한 것이 분명하구나!"

남모가 칼을 높이 쳐들었다. 가람을 벨 듯이 칼을 휘두르자, 천관이 날렵하게 칼을 뽑아 남모의 검을 막았다. 준정이 소리쳤다.

"천관! 무슨 짓이냐? 랑에게 칼을 겨누다니!"

"제 스스로 탈출한 것입니다. 죄 없는 가람 낭도에게 칼을 겨누지 마십시오!"

남모가 칼을 잡은 손에 힘을 주었다. 두 사람의 칼이 팽팽하게 맞섰다.

"감히 랑에게 칼을 들었다는 것만으로 목숨을 내놓아야 할 것이다."

"아니옵니다. 감히 어찌 맞서겠습니까? 가람을 향한 칼을 막고자 했을 뿐입니다. 폐하를 뵙고 다 말씀드리겠습니다."

"내게 칼로 맞서면서 폐하를 뵙고자 한단 말이 나오느냐?"

"제가 동도들에게 과한 벌을 준 것은 사죄하겠습니다. 허나 저 때문에 아픈 동도가 평민의 아이였다면, 제가 옥에 갇히진 않았을 것입니다. 이렇게 랑을 막아서 칼을 드는 일도 없었겠지요!"

천관의 울부짖음이 끝나기 전에 남모가 칼을 휘둘렀다. 천관과 남모의 칼이 부딪혔다. 낭도들은 자신들이 무슨 짓을 했는지 이제야 깨달은 듯 뒤로 물러섰다. 남모는 노련하게 천관을 밀어붙였다. 그러나 천관도 만만치 않았다. 남모를 힘으로 밀어붙이며 전진할 때 가람이 그의 발목을 붙들었다.

"천관 낭두! 그만하세요. 칼을 놓으세요. 흐흑!"

가람은 천관의 발을 붙들고 울면서 애걸했다.

"낭두, 랑들이 다들 보고 계세요. 용서를 비세요. 그래야 살 수 있어요."

"놔라! 얼른 놔!"

천관이 뿌리치려고 했으나 가람은, 자신의 목숨이라도 내놓겠다는 듯 천관에게 매달렸다. 남모가 가람에게 다시 칼을 겨누었다.

"네가 내궁에 갇힌 천관을 풀어준 것이냐?"

남모의 칼 앞에서 가람은 벌벌 떨며 겁에 질린 눈으로 천관을 쳐다보았다. 천관이 당황하여 소리쳤다.

"아니오! 아니오! 이 아이는 아무 상관이 없습니다!"

"그러면 누구냐?"

지켜보는 낭도들의 얼굴에 두려움과 후회의 빛이 깊어졌다. 천관은 가람을 안타깝게 바라보며 소리쳤다.

"제발, 가람 낭도는 아무 상관없습니다."

그러나 남모는 가람의 목에 바짝 칼을 갖다 대며 날카롭게 외쳤다.

"그럼 누구냐? 그놈을 대지 않으면 네 목을 치겠다!"

천관은 흥분하여 남모에게 칼을 휘둘렀다. 순간, 꿇어앉아 있던 가람이 일어나 두 팔을 벌려 남모 앞을 가로 막았다.

"안 돼요, 낭두!"

남모를 겨냥했던 천관의 칼이 가람의 왼쪽 어깨를 베었다. 가람이 피를 흘리며 쓰러졌다. 낭도들 사이에서 짧은 비명이 터져 나왔다. 천관은 칼을 떨어뜨리고 가람에게 달려들어 부둥켜안았다. 그때 남모가 검을 들어 천관의 목을 내리쳤다.

천관이 쓰러졌다. 낭도들은 비명조차 지르지 못하고 굳어버렸다. 천관의 목에서 피는 흐르지 않았다. 남모가 칼등으로 천관을 기절시킨 것이었다.

준정은 낭도들에게 가람을 내의에게 데려가도록 하였다.

"차마 목숨을 거둘 수는 없어 살려주었습니다."

남모는 냉정하게 말한 후 돌아섰다. 천관은 군사들에게 끌려갔다.

천관은 쉽게 깨어나지 못했다. 시간이 가슴을 졸이며 더디게 흘렀다. 낭도들은 그 일을 입 밖에 내지 않고 수련을 했다. 천관의 칼을 맞고 쓰러진 가람은 피를 많이 흘리긴 했으나 다행히 의식을 회복했다.

천관이 정신을 차렸다는 말을 듣고 준정이 찾아갔다. 몸의 일부가 마비되어 내의가 천관의 몸을 살피고 있었다. 몸을 일으키지도 못한 채 비스듬히 누운 그의 절망과 비통함이 준정에게 고스란히 전해졌다.

"천관. 정신을 차리거라. 내일 폐하께 너를 데려가겠다. 폐하께서 너의 고변을 들어주시겠다고 했다."

"가, 가람 낭도는, 어찌 되었습니까?"

"다행히 목숨은 건졌다. 잊지 마라. 낭도들이 너를 바라보고 있다. 부끄럽지 않은 낭두가 되어야 한다."

천관이 일어나 꿇어앉으려 했으나 준정은 몸을 돌보라고 하고 돌아섰다.

그믐이라 어둠이 깊었다. 천관이 갇힌 옥을 지키던 병사가 교대를 하였다. 삿갓을 쓴 스님이 옥문 앞에 나타났다.

"죄인에게 마지막 길이 될지 모르니 부처님의 말씀 한 마디를 전하러 왔소. 내궁에서 허락하셨소."

병사가 잠시 자리를 비켜주었다. 천관이 고개를 번쩍 들었다.

"스님!"

입속에서 낮게 부르짖었다. 천관은 필사적으로 기어서 다가갔다.

"어리석기는. 후일을 도모하라 했거늘!"

"부끄럽습니다. 제가 생각이 짧았습니다."

후회와 수치심으로 천관은 고개를 떨어뜨렸다.

"내일 왕과 독대하면 목숨만 살려달라 빌어라. 운이 좋으면 동해의 병사로 따라가게 될 것이다. 이사부는 출발하여 닷새 뒤에 실직군의 수군을 돌아볼 것이다. 실직군의 바닷가는 지형이 험악하여 낭떠러지가 많다. 그때 너를 도와줄 사람이 있을 것이니 경거망동하지 말거라."

천관의 얼굴에 가느다란 희망이 보였다.

"감사합니다, 스님! 이 은혜, 목숨을 바쳐 갚겠습니다."

"말을 아껴라."

검은 그림자는 조용히 일어나 나갔다. 천관은 그 뒷모습을 바라보며 입술을 깨물었다.

천관을 만난 후 삿갓을 쓴 스님은 신당 앞에서 뒤를 돌아보았다. 깜깜한 어둠을 확인한 그림자는 대나무 숲속으로 사라졌다.

천관이 이사부를 따라 동해로 떠난 후, 랑들이 남당에 불려왔다. 왕과의 회의를 마칠 즈음 지소가 말했다.

"낭도의 수가 늘어나다 보면 이처럼 예기치 않은 문제가 또 발생할 수 있습니다. 앞으로 랑들께서 잘 단속해주시리라 믿지만, 이번 일을 계기로 제가 한 가지 제안을 드릴까 합니다."

지소가 웃으며 말하자 왕도 근심을 내려놓는 표정이 되었다.

"무슨 제안이냐?"

"이번 천관의 일을 제대로 처리한 데에는 남모 랑의 공이 큽니다. 준정 원화께선 공평하고 자애로우나, 이번 천관의 사태에 대한 책임이 크다고 봅니다. 낭도들을 단속하지 못하였으니, 준정 원화에게 그 책임을 물어야 한다는 말들이 있습니다."

의외의 이야기에 모두 얼굴이 굳어졌지만 준정은 차분히 대답했다.

"책임을 깊이 통감합니다."

지소는 거침이 없었다.

"이번에 천관의 죄를 물어 단호하게 대처한 것은 남모 랑입니다. 공주로서 왕권의 위엄을 보이며 낭도들을 이끄는 지도력이 탁월합니다. 또한 탁순국에서의 전투에서도 홀로 탁순국 왕을 설득한 공이 큽니다. 하여, 남모를 원화로 임명하는 것이 마땅하다 아뢰옵니다."

남모는 어깨를 꼿꼿이 세우고 앉아 눈을 내리깔고 있었다. 남모는 왜와의 전투에서 돌아온 후 달라져 있었다. 아직 마음의 정리가 다 되지는 않았고 무엇을 해야 할지 마음이 서지 않았다. 나약한 공주로 살기보다는 당당히 자신의 길을 개척하고 싶었다. 그 생각에 이르러 남모는 눈을 들었다.

왕은 당황한 기색이 분명했다. 준정에 대한 믿음이 남다른 왕이었다. 위화랑이 어렵게 입을 열었다.

"그렇다면, 준정 원화를 폐하자는 의견입니까?"

지소는 좌중의 표정을 얼른 살폈다. 무리하여 자신의 의견을 관철시키기보다는 한 발자국 물러나야 한다고 생각했다.

"원화가 꼭 한 명이라야 합니까? 남모도 함께 원화로 세우자는 말씀입니다. 준정 원화께선 어떻게 생각하십니까?"

"어허! 네가 성급하게 관여할 일이 아니거늘!"

왕의 음성이 높아졌다. 랑들은 차마 준정을 볼 수 없어 고개를 숙였으나 준정의 표정에는 미동이 없었다.

"저는 책임을 지고 원화 자리를 내려놓을까 합니다. 남모 랑께선 여러 모로 원화가 되시기에 충분하다고 생각합니다."

준정의 대답에 지소가 왕의 눈치를 한 번 보고 말했다.

"애초에 선도 시절에 공주들이 자기의 군사들을 수련시키고 위화랑이 귀족 자제들을 모아 낭도의 바탕을 이루었습니다. 준정과 남모, 두 원화가 낭도들을 이끈다면 낭도들도 불만이 없지 않겠습니까? 준정께서 한사코 원화 자리에서 내려오겠다면 어쩔 수 없지만요."

지소는 위화랑을 쳐다보며 동의를 구하는 표정을 지었다. 위화랑은 입가에 주름을 잡은 채 깊은 숨을 내쉬었다.

"원화의 역할과 의미를 고려해서 좀 더 논의해봐야 할 문제입니다."

지소는 귀족들을 만나 원화에 대한 내용을 건의하도록 설득했다. 귀족들은 준정보다 신분이 높은 남모가 원화가 되면, 그 위상이 더 높아질 수 있다고 판단했다.

538년, 법흥왕 25년 남모는 준정과 함께 원화에 봉해졌다. 그리고 남모와 미진부는 혼인을 하였다. 그해가 가기 전 탁순국은 신라에 병합되었다.

3
월궁

여인도 왕이 되어야 합니다

왕은 긴 회의를 끝내고 내궁에 들었다. 상대등으로 하여금 귀족들의 호화로운 생활을 금하라고 명했으나 지켜지지 않았다. 가난한 백성들의 사정을 외면하고 온갖 가재도구에 금박 장식이나 하려고 하는 귀족들에게 왕은 분노했다. 곧 있을 가배 행사 때에 가난한 백성들을 잘 돌보라 당부하고 남당을 나왔다.

옥진은 마침 비대공과 함께 산보를 나서는 길이었다.

"어디로 가는 길인고?"

왕은 비대공의 하얀 볼을 두 손으로 쓰다듬었다. 어린 자식이 주는 따스함에 왕은 마음이 편안해졌다.

"어머님과 후원을 둘러보려고 했지만 아버님께서 함께하신다면, 낭도들의 검술과 궁술 시합을 보러 가고 싶습니다."

비대공은 성정이 순수하고 마음이 여려 왕이 보기엔 애틋할 때가 많았다. 그런 비대공이 자랑스럽다는 듯 옥진이 비대공의 머리를 쓰다듬었다.

"우리 왕자는 얼른 랑이 되고 싶답니다. 암, 그래야지요. 태자도 랑이 되어 자랑스러운 신라인의 경험을 쌓아야 하지 않겠어요?"

말을 타고 돌고 있던 두 원화가 왕의 행차를 보고 말에서 내려 다가왔다. 왕이 준정을 향해 느긋하게 말했다.

"우리 비대공이 낭도들의 시합을 보고 싶다고 해서 왔네."

준정이 예를 갖추자 비대공이 준정에게 다가왔다.

"원화, 어제도 들렀다가 수련 중이시라 그냥 돌아갔습니다. 얼굴이 야위셨습니다."

비대공의 키가 부쩍 자라 이젠 준정과 나란히 섰다. 위화랑이 내어준 자리에 앉아 옥진이 준정을 바라보며 넌지시 웃었다.

"우리 비대공이 준정 원화를 제 벗이라 하며 얼마나 끔찍이 위하는지 모른답니다."

"벗이라, 허헛!"

왕도 만족스러운 듯 고개를 끄덕였다.

"모두들 여기 나와 계시군요. 제가 한발 늦었나 봅니다."

지소였다. 지난 봄, 지소의 남편인 입종공이 죽었다. 지소는 백일 동안 흥륜사에서 입종공의 극락왕생을 빌었다. 월궁에 돌아와 오랜만에 지소가 삼맥종의 손을 잡고 나선 것이었다.

지소의 얼굴엔 생의 고비를 겪어낸 사람의 연륜의 묻어났다. 슬픔도 공허함도 다 비운 표정이었다. 오히려 새로운 길을 나서려는 의지가 담담하게 드러났다.

"오, 삼맥종! 이리 오너라."

삼맥종을 안아주는 왕을 바라보는 옥진의 얼굴에서 웃음이 걷혔다.

"남모 원화의 검술 시범 잘 보았습니다. 가히 따를 자가 없겠습니다."

지소의 말에 남모가 고개를 숙였다.

"우리 비대공은 벌써부터 랑이 되고 싶어 한답니다. 태자가 낭도들과 함께 수련을 한다면 낭도들의 사기가 높아지지 않겠어요?"

옥진이 지소를 똑바로 쳐다보며 말했다. 지소는 보일 듯 말 듯한 쓴웃음을 지으며 고개를 돌렸다.

낭도들은 대열을 정비하여 물러가고 원화를 위시한 랑들이 왕에게 예를 차렸다. 왕은 랑들을 둘러보며 말했다.

"우리 신라의 앞날은 낭도들에게 달려 있네. 지금은 백제와 고구려보다 힘이 미약하나 가야국들을 하나씩 합병해 힘을 키우면, 언젠가 백제와 고구려의 힘을 넘어설 수 있겠지."

원화와 랑들은 왕 앞에 충정을 다할 것을 맹세했다. 그때 한 발자국 뒤에 서 있던 지소가 나섰다.

"랑들의 맹세를 들으니 마음이 놓입니다. 랑들은 폐하뿐만 아니라 후대 왕에게도 통일의 꿈을 위해 충성을 다해야 할 것입니다."

지소는 랑들을 한 사람씩 쳐다보며 확인하듯 말했다.

"그리고 그 후대, 폐하의 혈통을 이을 왕은 성골 왕족 중에서 나와야 합니다."

위화랑을 비롯한 모든 랑들이 흠칫하며 고개를 숙였다. 왕의 노한 눈길을 지소는 피하지 않았다. 여러 랑들 앞에서 작정을 하고 한 말이었다. 자신을 노려보는 옥진을 지소는 신경도 쓰지 않았다. 햇살이 증발한 듯 마른 침묵이 흘렀다.

"하하, 삼맥종. 이리 와봐. 내가 검술을 가르쳐줄게."

저만치 떨어져서 들리는 비대공과 삼맥종의 웃음소리가 다른 세상의 소리처럼 퍼졌다.

"원화들은 낭도들을 격려해주고 새로이 낭두로 뽑힌 청년들의 사가에는 선물을 보내도록 하시오."

왕은 자리를 뜨며 지소에게 나지막이 일렀다.

"따라오너라."

사모들은 멀찌감치 떨어져 숨을 죽이며 따랐다. 왕은 남당 뒤편에 있는 정자에 올랐다. 월궁이 한눈에 내려다보였다. 지소는 고개를 숙이고 왕의 말을 기다렸다.

"공주가 부군의 자리를 비워놓을 순 없지. 마음에 정해둔 사람이라도 있느냐?"

의외의 물음에 지소는 머뭇거렸다.

"내가 마음에 둔 사람이 있다."

지소도 마음에 둔 사람이 있었다. 왕이 먼저 말했다.

"박영실은 어떠냐?"

박영실! 지소는 치맛자락을 움켜쥐었다. 박영실은 옥진이 후궁이 되기 전 사가의 남편이었다. 성품이 어질고 왕과 마음이 잘 통하는 사람이었다.

"옥진 궁주의 남편이었던 사람이 우리 삼맥종에게 아비 노릇을 제대로 할 수 있겠습니까? 싫습니다."

왕은 긴 숨을 내쉬었다.

"너도 알다시피, 귀족들이 돌아가며 마립간에 오르다가 선대인 지증왕께서 내게 왕위를 물려줌으로써 비로소 왕권이라는 것이 만들어졌다. 그러니 나도 장자인 비대공에게 물려주어야 정통성을 인정받고 왕권을 강화할 수 있다. 어렵게 만들어가고 있는 왕의 권위를 또다시 흔들리게 할 수는 없다. 공주인 네가 정녕 이것을 모른다고 해서는 안 된다."

왕은 진심을 담아 호소하였다. 지소가 왕에게 다가서며 간절히 말했다.

"왕권은 성골이 왕이 되어야 정당성을 인정받습니다. 옥진 궁주는 오도 부인의 딸로 귀족도 아닌데, 비대공을 태자로 삼는다면 귀족들 앞에서 권위가 서겠습니까? 자기들보다 신분이 낮은 왕을 귀족들이 받들겠습니까?"

"정녕 나의 뜻을 네가 모르고 하는 소리냐!"

왕의 음성이 굵어졌다. 지소가 왕 앞에 무릎을 꿇었다.

"한 번만 더 생각해주십시오. 아버님껜 저와 삼맥종이 있습니다."

지소를 내려다보는 왕의 눈에서 힘이 풀어지더니 탄식하듯 말했다.

"지소야. 너는 내게 아들 같은 딸이다. 왕권이 좀 더 튼튼했더라면 너에게 왕위를 물려주어도 된다. 그러나 힘 있는 장자에 왕위가 이어지지 않으면 아직도 위협받고 불안한 왕위이다. 비대공은 천성이 착하고 너그러워 신하들이 따르고 있다. 게다가 나는 이미 나이가 많아 삼맥종이 내 뒤를 잇기에는 너무 어리다."

지소는 울컥했다.

'왕권이 튼튼했더라면 너에게 왕위를 물려주어도 된다.'

왕의 그 말이 자신을 회유하기 위한 감언이 아닌 줄 지소도 알고 있었다. 오래전부터 지소의 마음에서 품고 살았던 말이 고개를 들었다. 가슴속에서 그 말이 솟구쳐 올라오려 했다.

'제가 아버님의 뒤를 잇겠나이다. 제게 왕위를 물려주십시오.'

지소는 입술을 깨물었다.

'부처님, 그 말을 할 수 있는 힘을 주십시오.'

여인은 왕이 되어서는 아니 되옵니까, 그 말이 입에서 맴돌았다. 그때 정자 밑에서 조심스럽게 들리는 소리가 있었다.

"폐하. 상대등이 남당에 다시 들어 뵙고자 청하옵니다."

"음……."

왕은 머리를 손으로 감싸 쥐었다. 지소가 아래를 내려다보고 조용히 일렀다.

"오늘은 회의도 있었고 폐하께서 피로하시니, 내일 뵙자 하시오."

"아니다, 내가 곧 남당에 들르겠노라."

왕이 손을 들어 지소를 말렸다.

지금이 아니면 왕에게 말을 할 기회가 없을 것이다. 올라오는 말을 또 억누르고 나면 두고두고 후회할 것이다. 지소는 돌아서는 왕을 불러 세웠다.

"아버님!"

왕이 돌아보았다. 지소는 왕의 눈길을 피하지 않고 떨리는 목소리로 말했다.

"아버님께서 이루고자 하시는 개혁을 가장 잘 이해하고 완성할 수 있는 사람은 저입니다. 저는 결코 아버님을 실망시키지 않을 자신이 있습니다."

담담히 지소를 바라보던 왕의 눈에 힘이 들어갔다.

"그래서, 태자가 삼맥종이어야 한단 말이냐?"

"제가…… 제가, 아버님의 뒤를 잇고 싶습니다. 제가, 왕위를 물려받아 아버님께서 원하시는 신라의 모습을 만들겠나이다!"

왕의 눈이 커다래지고 핏발이 서더니 눈을 꼭 감았다. 지소는 떨리는 심장을 억누르고 말을 이었다.

"우리 신라는 여인네도 말을 타고 활을 쏘며, 어머니의 신분이 세습되는 나라입니다. 낭도들의 우두머리인 원화도 여인입니다. 아버님, 정녕 여인은 왕이 되어서는 아니 됩니까?"

"지소야!"

"저에게 왕위를 물려주십시오. 제가 아버님의 뜻을 받들겠습니다. 그리고 우리 삼맥종에게 물려주어 성골 왕족의 혈통을 지킬 것입니다."

왕은 이마를 짚고 비틀거렸다. 지소가 무릎을 꿇었다.

"제가 아버님의 뒤를 있겠습니다. 아버님께서 생각하시는 과업, 가야국들을 병합하여 강건한 신라를 이룩하겠습니다!"

"지소야!"

"그리하여! 삼맥종에게 왕위를 물려주어 그 과업을 완성하겠나이다. 제가 그 일을……"

지소는 왕을 올려다보았다.

"제가 그 일을 하겠나이다. 저와 삼맥종만이 왕권을 바로 세울 수 있습니다!"

왕의 눈동자가 붉어졌다. 난간을 붙들며 비틀거렸다. 지소가 얼른 일어나 팔을 붙들었으나 왕이 뿌리쳤다. 호위무사들이 급히 올라와 양쪽에서 왕을 부축했다. 왕은 천천히 정자에서 내려가며 뒤를 돌아다보았다. 뜨거운 눈물을 쏟는 지소와 눈이 마주치자 왕은 긴 숨을 내쉬며 애써 눈길을 외면했다.

바람이 지소의 어깨를 흔들었다. 지소는 가슴속에서 끊임없이 기어 나오는 탄식과 울분에 입술을 깨물었다. 노을이 정자를 삼킬 듯 빠르게 번져왔다. 정자에서 내려오는 지소의 다리가 후들거렸다. 부축하러 다가오는 사모를 물리치고 지소는 혼자 걸었다.

낭도 수련장을 지날 무렵 말발굽 소리가 들렸다. 넓은 수련장을 말을 타고 도는 사람이 있었다. 흑마를 탄 준정이 앞서 달리고 백마를 탄 비대공이 뒤따라 달리고 있었다. 많은 신하가 비대공을 따른다고 했다. 원화가 비대공을 지지한다면 원화를 믿는 이들이 비대공을 따를 것이다.

준정, 그대를 내 사람으로 만들 수 없다면 차라리 그대를 버리겠다.

지소가 처소로 들 무렵에야 뒤따르던 사모가 다가와 머뭇거리다 고했다.

"저, 폐하께옵서……."

사모는 속삭이듯 운을 떼더니 뒷말을 잇지 못하고 눈치를 살폈다.

"무엇인가? 고하게."

사모는 지소에게 바짝 다가와 귓속말을 하듯이 말했다.

"폐하께서 오늘 밤…… 공주님을 박영실 공의 처소로 모시라 하셨습니다."

지소는 사모를 노려보았다. 사모는 죽을죄를 지은 듯이 몸을 움츠렸다. 지소는 주먹을 불끈 쥐며 몸을 떨었다.

그럴 수는 없습니다. 제가 따로 선택한 사람이 있습니다, 아버님.

밤이 깊어갈수록 달빛이 요요해졌다.

구름에 싸였던 달이 허물을 벗고 본색을 드러냈다. 창에 비친 달빛이 어깨 위로 흘러내렸다. 지소는 달빛이 비친 자신의 맨살을 처음 보는 듯했다. 달빛에 고요히 드러난 팔을 이사부의 손이 부드럽게 감싸 안았다. 그의 투박한 손끝이 세세하게 떨고 있었다. 거친 숨결이 지소의 귀에 와 닿았다. 닫혀 있던 지소의 몸이 서서히 열리고 있었다. 가슴속에서 불꽃이 붉게 터져 나왔다. 숨구멍이 활짝 열린 살결에 땀이 맺혔다. 지소는 돌아서서 이사부를 껴안았다. 옷이 흘러내리고 맨 등에 그의 손길이 와 닿는 순간, 지소는 멈칫했다.

"약조를 해주세요."

이사부가 지소를 사랑스러운 눈길로 바라보았다.

"나를 그대의 왕으로 여겨주세요. 나는 천하를 그대의 세상으로 여기겠습니다."

이사부는 지소의 허리를 힘껏 껴안았다. 그리고 지소의 귓가에 뜨거운 숨결로 대답했다.

"이 순간부터 죽을 때까지 지소 당신만이 나의 왕이오."

외롭고 서늘하기만 하던 지소의 등을 뜨거운 손이 어루만지며 협곡을 따라 아래로 미끄러져 내렸다.

온전히 나의 남자를 가진다…….

지소의 눈에서 눈물이 흘렀다. 이사부는 지소의 감은 두 눈에 입을 맞추었다.

운명의 갈림길

지소가 자추사에 들어 향을 피우고 부처님 앞에 절을 올렸다.

"입종공은 이생의 업을 다하셨습니다. 욕심 없이 사셨으니 윤회의 고리에서 벗어나 열반에 드실 것입니다."

요가 지소를 향해 합장하며 말했다.

"스님, 제가 어찌해야 할지 부처님께 여쭙고 싶습니다. 제 운명이 무엇인지, 어찌해야 지혜를 얻을 수 있을지 모르겠습니다."

지소의 말에 요가 담담한 표정으로 말했다.

"선과 악의 사유를 알고 은혜로움을 아는 것이 지혜라 했습니다. 공주님은 이미 사유가 많고 깊으시니, 소승이 어찌 짧은 말로 지혜를 전할 수 있겠습니까? 다만, 모든 것의 실상이 공이요 무상임을 분명히 알아야 하니, 욕망을 벗지 못하면 어찌 지혜를 안다 하겠습니까?"

지소의 눈빛이 잠시 흔들리다 요에게 다그치듯 물었다.

"스님께서는, 정녕 그 지혜에 다가가셨나요? 사유의 선과 악을 알아 선한대로만 행하며, 욕망은 모두 버리셨나요?"

요가 문득 지소의 얼굴을 가만히 보았다. 요의 입가에 잠시 수심이 어리는 듯했다.

"저 역시 도달하지 못하였습니다. 저는 어리석음의 어둠을 멸해 지혜의 밝음을 얻으려고 하지요. 부처님께선 어둠까지 관조할 줄 알아야 비로소 지혜를 얻는다고 하셨는데, 저는 지금 어둠과 싸우고 있습니다."

지소가 눈길을 떨어뜨리며 자조의 웃음을 지었다.

"무슨 말씀인지 다는 알 수 없으나, 스님께도 번뇌가 있음이 느껴집니다. 처음으로 스님이 인간적으로 느껴집니다."

준정은 두 사람의 대화를 들으며 아무 말도 하지 않았다. 지소는 준정에게 무슨 말인가를 하려다가 입을 다물고 돌아섰다. 요가 그 뒷모습을 보고 말했다.

"욕망으로 가득 차 있으니 어찌 번뇌에서 벗어나겠느냐? 하기야 왕의 자식이니, 욕망도 클 수밖에."

"공주님은 자신의 운명에 대해 고민하고 계신 듯했습니다."

운명이라……. 요는 혼잣말처럼 중얼거렸다.

"너와 나의 인연 또한 운명이 아니겠느냐? 부처님께서 이 인연을 주셨을까?"

준정이 웃음을 지어 보였다.

"죽으려는 저를 살리셨으니, 운명이 아니라고는 못하겠지요. 부처님의 은혜입니다."

요가 그런 준정을 가만히 보다가 멀리 허공에 눈을 두고 물었다.

"준정아, 혹시 네 어머니에 대한 기억이 있느냐?"

어머니라니, 한순간에 준정의 가슴이 먹먹해졌다.

"아, 아닙니다. 저를 낳으신 지 얼마 후에 돌아가셨다 들었습니다. 그런데 왜 물으십니까?"

"너처럼 고운 딸을 가진 어머니가 지금 계신다면 네가 참으로 자랑스럽지 않겠느냐, 문득 그런 생각이 들었다."

준정은 요와 자신의 인연을 생각했다. 이차돈의 묘 앞에서 죽고자 했을 때 만났던 비구니 스님, 삼산공의 장례식 때도 누군가 어머니에 대해 물었었다. 준정은 이제야 다시 물었다.

"제 아버지의 장례식 때 한 비구니 스님께서 제게 어머니에 대해 물으셨지요. 그분이 스승님이셨지요?"

요는 엷은 미소를 보였다.

"준정아, 나는 네가 원화를 그만했으면 좋겠다. 지소는 너를 원화 자리에서 몰아내고 남모를 올리고 싶었을 게야. 삼맥종을 위해 남모를 자기 사람으로 만들어야 했겠지."

준정도 모르는 바가 아니었다.

"귀족 자제들과 회합도 자주 하고. 저러다간 또 천관 같은 낭도가 나오지 말란 법이 없다. 백성이 누구나 평등하게 잘 사는 세상이 올 것 같으냐? 신분이라는 것이 있는 한, 결코 평등한 세상은 오지 않는다."

오늘 요의 음성은 깊이를 알 수 없는 강이었다.

"신분이란 걸 누가 만들었느냐? 이 나라의 신분제는 왕이 만들지 않았느냐?"

준정은 왕을 언급하는 요의 단호한 말투에 놀랐다.

"천관은 공을 세운 낭도임에도 불구하고 신분이 천하다 하여 쉽게 버렸지. 신라의 귀족들은 결코 평민을 동등하게 대우해주지 않을 것이다."

천관을 떠올리자 준정도 그를 지켜주지 못한 죄책감에 마음이 아렸다.

"결국 너도 화를 입을까 심히 염려스럽다. 나와 같이 월궁을 떠나 부처님만 바라보며 사는 것이 어떠하냐?"

"어디로 떠나고자 하십니까?

준정은 깜짝 놀라 물었다.

"불도에 정진하여 생을 공으로 만들어야 하거늘, 나에겐 불도로는 이룰 수 없는 꿈이 있구나. 중생을 구제하지 못하고 오히려 중생의 번뇌를 내가 짊어져야 한다. 그것이 나의 번뇌이다."

"스승님, 불도 외에 무슨 다른 뜻이 있단 말씀입니까?"

요의 목소리가 부드러워졌다.

"반파소국(伴跛小國)*이란 나라를 아느냐?"

"반파소국이라면, 대가야 옆에 있다는 작은 나라가 아닙니까? 들은 적이 있습니다."

"그 나라에 가면 욕심 없이 사는 사람들이 있지. 나와 친했던 벗도 반파소국 사람이었어. 그런데 신라에 오더니 마음이 변해버렸지."

의외의 말에 준정은 어안이 벙벙할 뿐이었다.

"너의 사가가 연화향도라 하였지?"

"예. 어인 일로 물으십니까?"

"내, 손님을 맞을 일이 있는데, 연화향도로 오라고 했다. 나갔다 오마."

* 대가야에 인접한 가야 소국

요는 월궁에서 나와 인가가 드문 쪽으로 말을 몰았다. 준정의 집으로 가는 길을 비켜 남천으로 향했다. 햇볕이 뜨거울수록 초록빛 잎들은 짙은 그늘을 만들어주었다. 언덕에 올라 삼산공의 묘지 앞에 섰다. 그 옆에 나란히 앉은, 비석도 없는 작은 묘가 벗의 뼈를 묻은 곳이었다. 요는 묘 앞에서 합장을 한 후 강을 내려다보았다. 강은 햇빛을 받아 반짝이며 피어올랐다. 강물을 빠져나온 빛은 물빛을 머금고 더 영롱하게 빛났다.

요가 월궁으로 돌아온 것은 날이 어두워진 후였다.

비가 세차게 내렸다. 한낮이 품었던 초록빛은 짙은 안개가 되어 쌓였다. 빗방울이 처마에 떨어지는 소리가 억세게 들렸다.

선화당에 든 위화랑은 깜짝 놀랐다. 여인이 서 있었다. 모시옷이 흠뻑 젖어 여인의 어깨와 가는 허리와 둔부의 선이 드러났다. 비로소 여인의 머리를 보았다. 요였다.

요는 양나라의 명필이 쓴 글씨를 보고 있었다.

"스님."

요가 고개를 돌리는 순간, 머리에 매달렸던 물방울이 바닥으로 툭 하고 떨어졌다. 그 모습이 늦은 여름 피었다가 떨어지는 한 떨기 부용 같았다. 연분홍 살결이 그대로 보이고 한가운데의 단심은 붉은 입술이었다. 평소의 요와는 다른 모습이었다.

"스, 스님."

요의 얼굴을 보고 위화랑은 잠시 숨이 막힐 듯 놀랐다. 비를 맞는 잎들이 꿈틀거리는 소리를 내는 밤, 비에 젖은 부용 한 송이가 그의 가슴을 흔들었다.

"늦은 시간 예의가 아닌 줄 알면서 찾아뵈었습니다."

젖어드는 목소리였다. 위화랑은 눈길을 거두어 의자에 앉기를 권했다.

"사가에 일이 있어 나갔다가 돌아오는 길에 들렀습니다."

요의 사가가 서라벌에 있었던가. 사가가 어디를 말하는지 알 수 없었으나 흰 모시옷을 입은 것으로 보아 사가에 들르기는 했던 모양이다. 위화랑이 흰 수건을 내밀자 요는 그것을 받아 얼굴의 물기만 닦았다.

의자에 앉은 요는 무슨 이야기를 꺼내려 하는지 깊은 한숨을 내쉬었다. 숨을 쉴 때마다 가슴이 솟았다가 가라앉기를 반복했다. 크게 부푼 가슴은 아니었지만, 비밀을 감춘 듯한 오목한 가슴골을 훔쳐보고 위화랑은 그만 아득해졌다. 요의 몸에선 물속에서 갓 끄집어 올린 해초 냄새가 났다.

"지난날, 뜻을 같이한 벗이 있었지요. 그런데 벗이 마음이 변하여 한 남자의 여인이 되고 아이를 낳더니, 그만 죽었습니다. 저는 그 벗이 변심하였다고 섭섭했는데, 오늘 문득 그리워졌습니다. 벗이 영면한 곳에 서서 벗이 좋아했다는 남천을 바라보는데, 그 벗이 오늘은 부러웠습니다. 나도, 사내의 품이 있었더라면 어쩌면 나도……."

요는 자조의 웃음을 지었다.

"제가 왜 위화랑께 이런 말을 하는지 아실지 모르겠습니다."

눈을 내리깐 채 말하던 요가 천천히 눈을 들어 위화랑을 바라보았다. 무언가 갈구하는 눈빛과 애틋한 목소리는 평소의 요가 아니었다.

"저는 이제 더 이상 자추사의 주지승이 될 수 없습니다. 제 길을 가야 할 때가 왔습니다. 허나 그 길이 한 번 가면 돌아올 수 없는 영원의 길이라, 월궁에서의 인연에 미련이 남는군요."

"월궁을 떠나겠다는 말씀입니까? 스님의 길을 가시겠다면, 월궁을 떠나 수행만 하시겠단 말씀입니까?"

요는 위화랑의 다급한 질문이 들리지 않는 표정이었다.

"누가 나의 미련을 붙들어주었으면 하는 생각이 듭니다. 쓸쓸함을 누가 녹여주었더라면 이 길을 가지 않았을 텐데, 하고요."

요의 눈빛이 뜨거워지고 있었다. 요는 위화랑의 두 눈을 바라보며 자리에서 일어났다. 그리고 그의 앞에 바짝 다가섰다. 위화랑의 몸이 요의 젖은 가슴에 닿을락 말락 했다.

"그대 같은 사내라면, 하나만 생각하고 살아온 내 인생을 바꿀 수도 있을 텐데. 제 속을 눈치 채지 못했나요? 어찌 단 한 번도 나를 돌아봐주지 않았습니까?"

요가 더 다가섰다. 위화랑의 가슴팍에 요의 젖은 가슴이 닿았다. 차가운 물기 너머에서 뛰는 심장 소리는 뜨거워질 채비를 끝낸 듯 가득 부풀어 있었다. 위화랑의 심장도 요동치기 시작했다.

"남녀가 화합하는 그 열락의 즐거움을 바라기엔, 내가 너무 늙었나요?"

요의 눈동자에 인내하는 위화랑의 모습이 비쳤다. 위화랑의 입술이 달싹거리다가 말했다.

"나는 당신을 안을 자격이 없소. 당신에게 흔들린 적이 많았고 지금도 가슴이 뛰지만 그래서는 아니 되오. 당신은 뜨거워지고 싶은 여인이오."

그러자 요가 위화랑의 목에 팔의 감았다.

"날 허물어보세요. 저도 사내의 품에 모든 걸 걸어보고 싶어요. 그래야 내 선택에 후회가 없겠기에."

요는 천천히 위화랑의 얼굴에 자신의 입술을 갖다 댔다. 해초 냄새가 나던 요의 몸이 요동치며 숨이 넘어갈 듯했다. 부드럽게 밀착해 오는 여인의 입술, 위화랑은 그것을 느낀 듯 온몸이 부르르 떨렸다. 여인의 뜨거운 기운이 온몸에 퍼져 몸 전체가 단단해지고 있었다. 참지 못하고 두 팔로 요의 어깨를 끌어안았다. 요는 바들바들 떨면서 미친 듯이 위화랑의 품을 파고들었다. 터져 나오는 열기를 견디지 못한 위화랑은 몸부림을 치며 요의 어깨를 꽉 쥐었다. 그러나 그것도 잠시, 곧 밀어내고 말았다.

요는 온몸의 핏줄이 터져나가는 듯했다. 처음 느껴보는 사내의 억센 팔이 자신을 놓아주지 않았으면 싶었다. 다시 위화랑에게 안겨드는 요의 얼굴을 위화랑이 두 손으로 꽉 잡았다. 참을 수 없는 욕정을 참아내려고 그의 얼굴은 벌겋게 달아올랐다.

"안 되오! 나는, 나는 당신을 안을 수 없소!"

위화랑의 부르짖음에 요는 굳어버렸다. 황홀하게 그를 보던 요의 눈빛이 잠시 흔들렸다.

"폐하께서, 낭도들을 위해 사력을 다하라 하셨고, 나는 사가에 아내와 자식이 있소."

"저와는 크게 상관없는 일입니다."

"요, 나는 당신을 감내할 자신이 없소."

요의 얼굴에 원망과 절망이 어렸다. 달아올랐던 요의 몸이 식어가는 걸 위화랑은 똑똑히 보았다. 요의 반쯤 벌린 입술에서 조소가 튀어나왔다.

"나를 감당할 수 없단 말입니까?"

위화랑은 자신이 위선적이고 비굴하다고 느꼈지만 요를 다시 안을 순 없었다. 요에게 빠지면, 미치도록 빠져들었다가 결국 모든 걸 잃어버릴 것이다.

"내 가치의 전부를 걸어보고 싶었는데……."

요는 벗어 놓은 삿갓을 쓰고 돌아섰다. 젖어 있던 요의 어깨는 식은 김이 피어올랐지만, 요의 뒷모습은 만지면 부서질 듯 말라 있었다.

세차게 내리던 비가 그쳤다. 비에 젖은 나무들이 뿜어내는 냄새가 연못에 가득 찼다.

남모는 월하정에서 한참 동안 비가 그치기를 기다렸다. 세찬 빗소리는 상념을 가리기에 좋았다.

탁순국의 국경에서 그와 보낸 하룻밤이 남모의 마음에서 떠나지 않았다. 남모는 자신의 방에 숨어 든 백아에게 물었다. 왜관에서 칼로 맞섰던 일, 김휘의 음모에 백아도 관련된 것인지 물었다.

"나는 신라의 공주입니다. 신라를 위험에 빠뜨리게 하는 일은 용서할 수 없습니다."

"왜관에서 사신을 죽이려 하기에, 당신을 보호하기 위해 내가 나설 수밖에 없었소. 김휘가 우리에게 도움을 청하여 금오산에 갔으나, 이 역시 더 큰 살상을 막기 위함이었소. 당신을 만난 후 나는, 모든 결정에서 당신이 최우선이 되었소."

사아는 백아란 이름으로 왜와 가야를 오가고 있었다. 주변국의 상인들이 자유롭게 오가는 왜관의 특성상 그의 신분을 숨길 수 있었던 것이다. 그러나 신라의 입장에서 본다면 그는 백제의 첩자나 다름없었다.

"모든 일을 지금 다 설명할 수 없지만, 나를 믿어주시오. 앞으로 벌어지는 모든 일을 내가 다 막을 수는 없지만, 내 가슴은 이미 당신에게 가 있소. 내가 당신 앞에서 또다시 칼을 드는 일이 있다면 그건 당신을 보호하기 위해서요."

불안 속에서도 남모는 그에게 기대고 싶었다. 오랫동안 그날 밤을 기다려온 것처럼 그에게 안겼다. 자신의 이중성에 놀라면서도 남모는 그에게 안겨 마음이 가득 차는 만족감으로 눈물을 흘렸다. 그러나 그것도 잠시, 다음 날 왜와의 전투에서 그와 또 칼을 겨누어야 했다.

유수가 그의 복면을 벗기려고 할 때, 남모는 막을 수밖에 없었다. 백아의 얼굴을 차마 그렇게 마주할 순 없었다. 그날 왜선에 나타난 상황도 나를 보호하기 위해서였단 말인가. 아니면 그에게 느꼈던 감정들이 처음부터 품어서는 안 되는 것들인가. 그를 사모하는 사실만으로 신라를 배신하는 일인지, 그것도 운명인지 알 수가 없었다. 그를 잊기 위해 왕명에 따라 미진부와 혼인을 했다. 그러나 미진부 역시 자신과의 혼인에 뜻이 없었음을 남모는 알고 있었다.

비가 그쳐 있었다.

"남모 원화님."

월하정 아래에 삿갓을 쓰고 승복을 입은 사람이 서 있었다. 오늘 자추사의 법회에 참여했던 스님 몇 분이 월궁에 머물고 있었다. 그 스님들 중 한 분인가 싶어 남모는 얼른 정자에서 내려가 합장했다.

삿갓을 쓴 이도 마주 보고 합장을 하더니, 소매 속에서 무언가를 꺼냈다. 비단주머니였다.

"궐 밖의 절에서 누군가 저에게 이것을 남모 원화님께 전해 달라 간곡히 부탁하였습니다. 원화님 휘하의 낭도의 가족이라 하기에 위험한 물건은 아닌 것으로 보여, 감히 제가 전해드립니다."

목소리가 맑은 젊은 스님은 합장을 하고 물러났다. 남모는 손에 받아든 비단주머니가 묵직하게 느껴졌다. 남모는 비단주머니를 품에 넣고 처소로 왔다.

비단주머니를 열었다. 백아에게서 받은 은팔찌와 똑같은 것이었다. 남모는 가슴이 두근거리기 시작했다. 방문을 잠근 후, 서랍 깊숙이 숨겨둔 하얀 비단주머니를 꺼냈다. 비단을 벗기자 백아에게서 받은 은팔찌가 나왔다. 왜와의 전투 이후 남모는 팔찌를 빼서 서랍 속에 두었다. 똑같은 팔찌 두 개를 나란히 놓고 보자 백아와 나란히 앉아 있는 것만 같았다. 백아를 잊으려고 했지만 오히려 이렇게 기별이 오기를 기다리고 있었다는 걸, 팔찌를 보며 깨달았다.

젊은 스님에게서 받은 은팔찌를 들어 용의 머리를 돌려보았다. 손바닥 안에 들어올 만큼 작은 비단조각이 동그랗게 말려 있었다. 돌돌 말린 비단을 조심스럽게 펼쳐보았다.

가배의 마지막 날 환도 행사가 끝난 뒤, 스님을 따라 오십시오. 뵙고 우리의 앞날을 의논하고 싶습니다.

세필로 가지런히 쓴 글씨, 백아의 글씨체였다.

우리의 앞날을 의논하고 싶습니다, 그 말이 남모를 흔들었다. 우리에게 함께 할 앞날이 있다는 것이었다.

온몸을 남김없이 태워 아스라이 재만 남을 만큼 격렬했던 그 밤이 다시 떠올랐다. 신라의 공주이기 이전에 한 여인이고 싶은가. 이 사내를 품는 것이 처음부터 허락되지 않는 신라의 원화이어야 하는가. 운명의 갈림길에서 결국 선택을 해야 할 순간이 다가오고 있음을 남모는 알고 있었다.

폐하를 지켜라

가배의 마지막 날이 밝았다. 낭도들의 행사를 시작하기 전, 낭도 수련장에는 승복을 입은 젊은이들이 스무 명 남짓 모였다. 요가 아는 노스님의 제자들인데 그들의 무술 실력이 뛰어나다고 했다.

궁술과 검술, 말 타기 외에도 무술 시범을 보였는데, 과연 일찍이 보지 못한 솜씨들이었다. 중국 연나라 스님들의 무술을 배우고 연마해서 제대로 실력을 키운 것이라 했다.

왕이 직접 참석하여 무술 시범을 본 뒤 크게 만족해하며 요에게 말했다.

"우리 낭도들만 최고인 줄 알았는데, 숨은 실력자들이 있었군요. 음, 승려가 될 인재들이라……. 낭도가 된다면 신라에 큰 힘이 될 것 같소. 탐나는 젊은이들이오."

"산중에서 불법을 배우고 수련만 한 젊은이들입니다. 여러 스님들과 의논하여 본인이 원하면 낭도의 길을 열어주겠습니다."

"꼭 그렇게 해주시오. 스님이 곧 자추사를 떠난다 하여 서운하였는데, 좋은 인재들을 남기고 가신다면 감사할 따름이오."

"젊은이들이 검무 실력 또한 뛰어나다고 합니다. 허락하신다면 오늘 밤 연회에 참석하여 검술시범과 검무를 선보이는 것이 어떠하겠습니까?"

"좋소이다. 실력을 한 번 더 선보여주시오."

왕은 크게 고개를 끄덕였다.

요는 월궁에서 벗어나 명산대천을 찾아 수련을 하고, 산중 절에 파묻혀 수양만 하며 살고 싶다고 했다. 또 불심으로는 이룰 수 없는 중요한 일이 있다고도 했다. 가배가 끝난 후 새 주지스님이 오면 요는 자추사를 떠나기로 했다. 왕은 두 원화에게 명하여 젊은이들이 낭도생활을 경험할 수 있도록 배려해서 살피도록 하였다.

길쌈대회가 끝이 나고, 환도 행사가 시작될 차례였다. 화려한 원화복을 차려입고 궁을 나서려는 준정을 요가 찾아왔다.

"준정아. 네가 원화복을 입은 모습을 보는 것이 마지막이겠구나."

요가 준정을 애틋한 눈길로 보았다. 준정 역시 자신을 바라보는 요의 심정을 짐작할 수 있었다. 오랜 시간을 함께해온 스승이자 어머니였던 요였다.

"나는 오늘 밤 월궁을 나갈 것이다."

"예? 새 주지스님이 오신 후에 가신다고 하지 않으셨습니까? 오늘은 안 됩니다!"

놀란 준정이 요의 손을 붙들었다. 가배가 끝난 후 요가 월궁을 떠나기 전까지 준정은 며칠만이라도 스승에게 예와 정성을 다할 것이라 마음먹고 있었다.

"아니다. 모든 일엔 때가 있는 법, 오늘로 내가 월궁에서 할 일은 끝난다. 오늘이 지나면 여기 있을 수도 없다. 연회에서 검무를 선보인 다음 조용히 궁을 나갈 것이다."

그 시간이면 준정도 환도 행사가 막바지에 이를 것이었다.

"떠나기 전에 네게 할 말이 있구나. 검무 시범을 보인 후 궁을 나가 너의 사가로 가겠다. 환도 행사가 끝난 후 사가에서 보자."

"스승님."

생각보다 일찍 다가온 이별에 준정은 가슴이 뭉클했다.

"남모 공주도 함께 와, 내가 폐하께 못 다한 말씀을 전해주었으면 한다."

"예, 알겠습니다. 남모 원화와 함께 사가에서 뵙겠습니다."

두 원화가 앞장서서 낭도들을 이끌고 서라벌의 거리로 나섰다. 귀족 아가씨들은 하녀를 거느리고 길 양옆에 늘어섰다. 낭도들은 꽃을 한 송이씩 들고 지나다가 마음에 드는 처자에게 꽃을 바쳤다. 낭도들의 설렘과 은은한 꽃향기가 섞여 축제의 막바지가 무르익어 갔다.

초저녁이 되자 대부분의 낭도가 귀족의 집안에 초대되어 들어갔다. 아직 어린 동도나 사가가 멀리 있는 낭도들은 오랜만에 가족을 만나기도 했다. 왕궁에서 백성들에게 먹을 것을 나눠주었고 귀족 동네에서는 술과 음식이 넘쳐났다.

"남모 원화께서는 저의 사가에 함께 가지 않으시겠습니까?"

준정이 남모에게 권했다. 남모는 주위를 두리번거리며 무언가를 찾는 눈치였다.

"실은 요 스님께서 오늘로 월궁을 떠난다고 하셨습니다. 저와 남모 원화님께 마지막 인사를 하고자 하셨습니다."

그 말에 남모도 놀라며 요와의 이별을 서운해했다. 준정과 남모는 연화향도로 향했다. 낭두들에겐 가까운 곳에 있으라 하고, 유수만이 남모의 뒤를 따랐다.

어둑어둑해질 무렵 준정과 남모는 연화향도로 들어섰다.

"아가씨! 아니, 준정 원화님! 남모 원화님!"

잠개가 달려 나오더니 땅에 엎드려 절을 하였다. 달래와 유모가 쫓아와 준정의 손을 잡고 눈물을 글썽거렸다.

"유모, 몸이 아프다더니 이젠 괜찮나요?"

"예, 아프다고 약까지 지어 보내주시고. 원화님 덕분에 다 나았지요."

준정은 남모와 함께 집 안을 둘러보았다. 사랑에 가득히 꽂힌 불경 책을 보니 향도에 모이는 신자들이 제법 많은 모양이었다. 안채 마당 구석에 돌부처가 서 있고 깎다 만 돌들이 한곳에 모여 있었다.

"이 돌들은 무엇이냐?"

잠개가 머리를 긁적이며 말했다.

"제가 요즘 석공 일을 배우고 있습니다. 모든 게 원화님 덕분입죠. 저를 받아주시고 사람대접 해주셔서, 감히 제 손으로 부처님 새기는 일을 배우고 있습지요."

"그래, 할 만하느냐?"

"예, 돌에 부처님의 마음을 불어 넣는다고 생각하면, 마음이 그리 편안해질 수 없습니다."

사랑채로 들자 달래가 차를 내왔다.

"그런데 원화님을 아는 여스님께서 두어 번 들르셨어요."

요가 간혹 출타하며 연화향도에서 들린다고 말을 했었다.

"여기서 손님을 만나기로 하셨단 말을 들었다. 오늘 요 스님께서 이리 오실 것이다."

"다른 젊은 스님을 만나셨는데. 스님 복장은 하고 있었지만 머리를 깎지 않으셨던데, 그 여스님을 아주 깍듯하게 대하셨어요."

"머리를 깎지 않은 스님이라?"

"머리는 안 깎았는데 스님 복장을 하고 있는데다, 그 여스님께 얼마나 굽신거리는지, 유난히 기억에 남아서요."

준정이 고개를 갸웃했다. 달래는 뭐가 생각난 듯이 말을 하려다가 남모의 눈치를 살폈다. 남모가 슬쩍 웃어 보이자 달래가 말을 했다.

"일부러 들으려고 한 건 아닌데, 차를 놓고 가다가 들었어요. 그 젊은 스님을 천관, 이라고 부르셨어요."

준정과 남모는 동시에 찻잔을 내려놓았다. 천관이라니! 준정과 남모의 눈빛이 불안하게 부딪쳤다.

"정녕, 천관이라 하였어? 네가 잘못 들은 게 아니냐?"

준정의 반응에 달래가 당황했지만 분명 천관이라고 하였다.

천관은 이사부를 따라 동해로 간 얼마 뒤, 낭떠러지에서 떨어져 그 흔적을 찾을 수 없었다. 시신을 찾진 못했지만 지형이 험하고 파도가 거센 곳이라 죽었을 거라 결론지었다.

"천관일 리가 있습니까? 천관이 살아 있을 리도 없지만, 요 스님을 만나다니요?"

남모가 믿지 못하겠다는 듯이 고개를 갸웃거렸다. 그러나 준정은 달래가 잘못 들은 게 아닐 수도 있다는 생각이 들었다.

"그러고 보니 요 스님이 얼마 전 천관 이야기를 몇 번 하셨어요."

뭔가 불안하고 비밀스러운 일이 있는 것 같았다.

"뭔가, 이상합니다. 요 스님이 준정 원화께 다른 말씀은 없었나요? 천관을 만난 게 확실하다면, 만약 천관이 그때 옥을 탈출하고 동해에서 살아남은 것과 요 스님이 관련이 있다면!"

"요 스님은 오늘 월궁에서 할 일이 끝난다고 했습니다. 오늘이 지나면 월궁에 있을 수도 없다고 하셨어요."

"월궁에서는 지금…… 연회가 벌어지고 있을 겁니다."

"낭도들은 환도 행사로 흩어져 있고, 왕궁병사도 절반은 궁 밖으로 나왔습니다. 궁에는…… 요 스님과 무술 솜씨를 자랑하던 스님들!"

준정은 벌떡 일어났다.

"무슨 일이 벌어질지도 모르겠습니다. 속히 궁으로 가야 합니다."

셋은 달려 나와 말에 올랐다.

"지소 공주님과 이사부께선 궁에 계신가요?"

"이사부 어른은 사가에 초대되어 궁에서 나오신 것으로 압니다."

"병부의 수장까지 안 계시니 궁이 텅 비었습니다. 유수는 모든 낭두들을 모아 궁으로 오세요."

"궁에서는 지금쯤 귀족들의 연회가 무르익었을 것입니다. 연회에서 그들이 검술 시범과 검무를 선보인다 했습니다. 폐하께서도 연회에 참석하셨을 것이고요."

귀족가옥이 늘어선 길에서, 한때 이찬을 지낸 진골의 집 앞을 지날 때였다. 한 스님이 나타나 남모에게 합장을 했다. 남모가 다급히 말을 세웠다.

"남모 원화님을 뵙습니다."

남모는 앞서 달려가는 준정과 스님을 번갈아 보았다.

"나중에 들르겠습니다."

한 마디를 던지고 남모는 다시 말을 달렸다. 돌아다보니 스님은 그 자리에 그대로 서 있었다.

"설마, 무슨 일을 벌이려는 것은 아니겠지요?"

남모가 불안한 음성으로 말했다. 준정은 문득 요가 했던 말이 선명하게 떠올랐다.

신분이란 걸 누가 만들었느냐? 이 나라의 왕이 만들지 않았느냐?

달리는 말 위에서 남모와 준정의 눈빛이 불안하게 맞부딪혔다.

밤바람에 살기가 돌았다. 바람은 월궁 쪽에서 불어왔다. 가배의 마지막 밤이라 흥성거리는 서라벌, 저 멀리 보이는 월궁의 불빛은 오히려 얌전해 보였다.

그 시간, 선화당의 위화랑이 앉는 상석에 요가 앉았다.

"그동안 어려운 여건 속에서 자신과의 싸움을 이겨내고 오늘 이 자리에 모인 동지들! 이제 거사의 시간이 되었소. 우리는 수십 년 동안 차별이 없는 세상을 꿈꾸며 평등한 나라를 만들기 위해 노력해왔소. 우리 반파소국은 작은 나라지만 백제와 협력하고 왜와 교류하며 그 기반을 다져왔소. 허나 신라가 금관가야를 합병하면서, 주변의 소국들과 가야를 모두 삼킬 야심에 가득 차 있소."

요의 목소리는 은밀했지만 강한 신념이 실려 날카로웠다.

"이미 몇몇 동지를 잃었소. 지금 신라를 막지 않으면 우리의 기반인 가야국들은 모두 사라지게 되오. 우리의 첫 번째 목표는 신라의 왕이오. 두 번째, 낭도 조직을 와해시켜야 하오. 그러기 위해서는 구심점인 원화를 먼저 없애야 하오. 이번 거사를 통해 그 두 가지를 이루어야 앞으로 신라를 허물어뜨릴 수 있소."

좌우에는 머리를 짧게 자른 무사들이 검은 옷을 입고 서 있었다. 승복을 입고 무술 시범을 보였던 바로 그들이었다.

"침착하고 고요하게, 바람이 스며들듯 물이 흐르듯 움직여야 하오. 오늘 성공하든 실패하든, 그다음은 원화요."

연회는 한참 취흥이 달아올라 있었다. 이벌찬과 이찬을 비롯한 왕족과 귀족들이 모여 술자리를 즐기느라 호탕한 웃음소리가 들려왔다. 왕은 연회장에 있었다.

"자, 검술 시범과 검무를 보기로 하였지 않소? 한 번 멋지게 선을 보이라 하시오."

검은 옷을 입은 무사들이 연회장으로 들어섰다. 양쪽으로 나누어 앉은 귀족들이 무사들을 보고 박수를 쳤다. 왕은 상석에 앉아 있었다. 무사들은 절도 있는 무술 시범을 보였다. 귀족들은 감탄을 쏟아내며 연신 박수를 쳤다.

준정와 남모도 낭두들을 이끌고 남당 앞에 다다랐다. 미진부가 병부의 군사들을 이끌고 호위하고 있었다.

"연회장은 어떠합니까?"

"젊은 스님들이 무술 시범을 보이고 있습니다."

"병부의 장수들을 연회장 앞에 다 모아주세요. 만일의 사태에 대비해야 합니다."

준정은 연회장 문을 열고 조용히 들어섰다. 검은 옷을 입은 젊은 스님들이 검무를 추고 있었다. 요와 천관으로 보이는 사람은 없었다. 이벌찬이 남모와 준정을 보고 말했다.

"원화들께서 오시는구먼! 같이 앉아서 편히 즐기시지요."

낭도들이 한 줄로 연회장 안으로 들어와 귀족들 뒤편에 섰다. 요고 소리에 맞춰 검무의 동작이 빨라졌다. 스무 명 남짓한 그들은 절도 있게 검을 안으로 휘두르다 한 순간, 갑자기 등을 돌려 칼끝을 귀족들에게 향했다.

"무슨 짓인가!"

남모와 준정의 눈이 부딪혔다. 둘이 동시에 검을 뽑자 그것을 신호로 낭두들도 모두 검을 뽑아들었다. 귀족들은 혼비백산해서 구석으로 도망을 쳤다.

"저, 저들이 우리를 속였소!"

귀족들 중 누군가가 겁에 질린 소리로 말했다.

"웬 놈들이냐!"

호통을 치는 준정 앞으로 한 명이 달려들며 검을 휘둘렀다. 낭두들이 칼을 뽑아 그들과 맞섰다.

칼이 부딪히는 소리가 연회장을 차갑게 울렸다. 단련된 낭두들이지만 검은 옷을 입은 자들의 실력도 탁월했다. 미진부가 병부의 장수들을 이끌고 연회장으로 들어와 합세했다. 준정은 검을 휘두르다, 살기 띤 검들이 난무하는 연회장으로 뒤늦게 복면을 하고 달려 들어온 이들을 보았다. 검은 옷을 입을 그들은 구석에서 떨고 있는 귀족들에게 칼을 휘둘러 보이더니, 귀족들을 두고 상석을 향해 돌아섰다. 그리곤 거침없이 왕을 향해 달려갔다. 왕 앞에는 미진부와 장수들이 왕을 에워싼 채 공격을 막아내고 있었다.

"폐하를 보호하시오!"

준정이 소리쳤다. 복면한 자 하나가 날랜 몸으로 왕 앞에 다가서며 거침없이 장수들을 베었다. 병부의 장수 두 명이 피를 쏟으며 쓰러졌다. 작은 체구였지만 검을 휘두르는 힘은 감당하기 힘들 정도였다. 준정이 달려갔다. 미진부가 그의 칼을 막으려 했으나, 그의 칼이 먼저 왕의 목을 겨누었다. 그때까지 왕은 상좌에 앉아 고개를 숙인 채였다. 준정이 달려가 그에게 검을 겨누었지만 왕의 목숨이 위태로워 멈칫했다.

복면을 한 자가 검으로 왕의 고개를 받쳐 들었다. 새파랗게 질려 고개를 든 사람은 비대공이었다. 복면한 자가 놀라는 순간 미진부와 준정이 그를 공격했다. 그러나 그는 곧 미진부를 공격했고 준정은 비대공을 보호했다. 복면한 자가 고개를 돌리며 누군가를 찾는 것 같았다. 왕을 찾는 것이었다. 준정은 재빨리 연회장을 훑어보았다. 남모와 왕이 보이지 않았다. 복면을 한 자가 외쳤다.

"나가서 왕을 찾아라!"

요의 목소리와 닮았다. 머리털이 쭈뼛 섰다. 충격에 잠시 몸을 움직이지 못하는 사이, 그의 검이 준정의 목을 아슬아슬하게 스쳤다. 준정은 몸을 돌려 검을 휘둘렀다. 그는 곧 몸을 날려 연회장 밖으로 나갔다.

"저들을 쫓아라!"

준정이 황급히 소리쳤다. 뒤에서 미진부를 치려는 적을 찌른 후, 미진부에게 말했다.

"일부는 저들을 쫓게 하고 낭두들을 이끌고 남모 원화의 처소로 가세요!"

다행히 남모가 일찌감치 왕을 모시고 연회장을 빠져나간 것이었다. 비대공은 사색이 되어서도 차분하게 왕의 옷을 벗고 검을 들었다.

준정은 당황한 귀족들을 두고 연회장 밖으로 나왔다. 낭두들과 함께 남모의 처소를 향해 달렸다. 적의 칼끝이 자신의 목을 스치던 서늘한 느낌이 가시지 않았다.

남모의 처소 앞에서 남모와 유수가 복면을 한 이들과 맞붙어 있었다. 보초를 서던 왕궁 병사 몇 명이 칼에 맞아 쓰러져 있었다. 준정은 왕의 안전을 먼저 확인한 뒤, 검을 휘둘렀다. 복면을 한 자들은 검의 힘이 강하고 저돌적이었다. 저들 중 요가 있을지도 몰랐다.

복면한 자들이 몇 명 더 달려왔다. 저들의 수가 더 많았다. 남모와 준정은 등을 마주 대고 서서 적의 칼을 막았다. 남모의 칼에 적이 피를 뿌리며 쓰러졌다. 그 자리에 다른 복면을 한 자가 나는 듯이 달려들었다. 왜소한 체구의 그의 검을 준정은 알아보았다.

그가 남모를 밀어버린 후 왕을 향해 몸을 날렸다.

"폐하를 보전하시오!"

소리치며 준정은 복면한 자의 등을 그었다. 옷이 찢어졌다. 피를 흘리면서도 그는 오로지 왕만 공격했다. 유수가 왕의 앞을 막아섰지만 복면한 자의 칼이 먼저 왕의 목을 겨누었다. 동시에 준정의 검이 그의 가슴을 겨누었다. 다음 순간 남모도 그의 목을 겨누었다.

"칼을 버려라."

서늘한 그의 목소리. 준정은 잠시 손이 떨렸다. 그가 왕을 찌를 수는 있었으나 동시에 그도 죽은 목숨이었다.

"무엇 때문에 나를 노리는 것인가!"

목숨이 위태로운 속에서도 왕의 목소리는 준엄했다.

"위험합니다. 피하십시오."

뒤편에서 복면의 사내들이 다급하게 소리쳤다. 왕궁 군사들이 달려오는 소리가 들렸다. 왕의 목을 겨눈 그의 숨결이 거칠어지는 것을 느낀 순간, 준정이 왕을 뒤로 떠밀며 왕 위로 몸을 날렸다. 왕을 겨눈 칼날이 준정의 왼쪽 어깨를 스쳤다. 그가 다시 왕에게 칼을 겨누는 순간 남모의 검이 그의 팔을 스쳤다. 피가 흐르는 손을 뒤로 빼더니 그는 몸을 돌려 달아났다.

"준정 원화, 괜찮으세요?"

준정은 왼쪽 어깨에서 피를 흘렸지만 도망가는 이들을 뒤쫓았다.

"놓치지 마라."

그러나 복면한 자들은 왕궁 군사들과 검을 겨루다 몸을 날려 담을 뛰어 넘었다.

"준정 원화, 피가 많이 흐릅니다."

남모가 옷을 찢어 상처를 묶어주었다.

"깊이 베이진 않았습니다. 폐하는 괜찮으십니까?"

"준정, 그대가 내 목숨을 구했네."

왕이 다가와 준정의 상처를 걱정스럽게 바라보았다.

"제 할 도리입니다."

도망치는 그들을 뒤쫓았던 낭두들이 달려왔다.

"담을 뛰어 넘고는 사라졌습니다. 송구합니다."

"아니네. 수고했네. 다친 낭도들이 없는지 살펴보게."

그리고 준정은 낭두들을 이끌고 선화당과 자추사를 뒤졌다. 요의 법당에는 요가 입던 승복이 가지런히 개어져 있을 뿐이었다.

요는 환도 행사가 끝난 후, 남모와 함께 준정의 사가에서 만나자고 했다. 원화들을 연화향도에 묶어두려는 계산이었을까. 설마 원화에게도 해를 가할 심산은 아니었겠지? 준정은 몸을 떨었다.

"요 스님을 찾아보게."

낭두들이 나간 후, 준정의 온몸에 뼈를 찌르는 듯한 전율이 지나갔다. 준정은 무릎이 풀려 힘없이 주저앉고 말았다. 가혹한 아픔이 온몸을 관통하고 지나갔다. 준정은 고개를 숙이고 어깨를 들썩이며 눈물을 쏟았다. 터져 나오는 울분을 참으려고 손으로 입을 틀어막고 한참 동안 몸으로 흐느꼈다.

유수의 죽음

새벽이 다가오도록 별빛이 스러지지 않았다. 간밤의 잔혹한 비밀을 감추고 월궁에선 소리 없이 잎이 지고 있었다. 왕과 비대공은 미진부가 내궁에 안전히 모시고 낭두들은 보초를 서며 밤을 새웠다.

연회에 참석했던 귀족들은 왕이 무사함을 확인하고 월궁을 나섰다. 남모도 변복을 하고 궁을 나갔다. 월궁으로 말을 달려오다 이찬을 지낸 진골의 집 앞에서 본 스님, 그는 백아가 보낸 사람이 분명했다. 가베의 마지막 날 환도 행사가 끝난 후, 스님을 따라오라고 했었다.

진골의 집 앞에 스님이 말을 탄 채 서 있었다. 남모가 다가가자 스님이 합장을 하며 말했다.

"저를 따르시지요."

남모는 스님을 따라 말을 달렸다. 귀족들의 동네를 빠져나와 남천이 내려다보이는 정자에 올랐다. 백아가 사신으로 왔을 때 남모와 함께 왔던 정자였다.

"공주님!"

어둠 속에서 백아가 나타났다.

"백아공!"

원망이 서린 남모의 얼굴에 눈물이 고였다. 남모는 백아의 품에 안겨 흐느꼈다.

월궁에 무슨 일이 있었는지 아시나요? 폐하를 시해하려는 자들이 있었어요. 그 일을 겪고도 나는 지금 당신을 만나러 이렇게 나왔어요.

남모는 불안한 월궁을 두고 백아와의 약속을 지키기 위해 달려나온 자신이 참을 수가 없었다. 그녀는 울음을 삼키며 한참을 흐느꼈다. 백아는 그런 남모의 등을 토닥거렸다.

"알고 있소. 월궁에 일이 있었다는 것을. 고맙소."

"그들이 폐하를 노렸어요. 내 목에 칼을 들이댔어요. 난, 어찌해야 될지 모르겠어요."

"짐작이 가는 무리가 있소. 그들은 쉽게 포기하지 않소. 반드시 다시 노릴 것이오."

남모가 얼굴을 들어 백아를 보았다.

"누구의 짓인가요? 어떤 무리란 말인가요?"

"그 사람들을 알지는 못하나, 가야 소국의 재건을 꿈꾸는 자들일 것이오. 왜관에서 그들에 대한 이야기를 몇 번 들은 바가 있소."

"가야 소국들을 합병하는 신라에 반감을 품고 이런 짓을 벌인다는 건가요?"

"그럴 가능성이 크오."

백아가 남모의 얼굴을 감싸고 두 눈을 들여다보았다.

"남모, 당신이 신라의 공주로, 낭도들의 원화로 얼마나 자랑스러운지 아오. 나로 인해 얼마나 고뇌가 컸을지도 잘 아오. 허나, 남모. 당신은 지금 나를 만나러 달려오지 않았소? 당신도 나와 같은 마음인 것을!"

남모는 아무 말도 못하고 백아의 얼굴을 쳐다볼 뿐이었다.

"나는 당신과 함께라면 모든 것을 버릴 수 있소. 이미 당신을 만나기 위해 많은 것을 버렸소. 당신에게 나는 강요할 자격은 없소. 허나, 당신이 내 마음과 같다면, 나와 함께 왜로 가지 않겠소? 백제도 신라도 아닌 곳으로."

"신라를 떠나자고요?"

"오늘 월성을 공격한 저들은 포기하지 않을 거요. 반드시 또 당신을 노릴 거요. 차라리 나와 함께……."

순간, 그들을 가려주던 나뭇가지가 잘려나갔다. 서글픈 달빛 한 줄기가 그들을 향해 내리꽂혔다. 싸늘한 칼날이 달을 향해 꼿꼿하게 서 있었다. 유수였다.

유수가 남모를 뒤따라온 것이었다. 유수의 칼에 잘려나간 나뭇가지가 바람에 나뒹굴었다.

"백아공! 오랜만이군."

유수가 칼로 백아를 겨누었다. 유수의 눈은 남모를 응시하고 있었다.

"공주님! 저는 죽을 때까지 공주님을 지키는 것이 제 운명이라 여겼습니다. 공주님이 그 어떤 사내와 함께 있더라도 그 곁을 지키고자 했습니다. 그러나 오늘 백아공을 죽이지 않으면 공주님을 지킬 수 없습니다."

백아가 남모를 한쪽으로 밀어내고 칼을 빼들었다.

"유수 랑의 임무가 무엇인지 알지만, 남모 공주와 나를 조용히 보내주게."

그 말이 끝나기도 전에 유수가 칼을 휘둘렀다. 백아가 피하자 나뭇가지가 잘려나갔다. 백아와 유수의 칼이 거세게 부딪혔다.

"유수 랑, 그대를 죽이고 싶지 않네."

백아의 말에 유수는 힘껏 칼을 내리쳤다.

"너는 신라에 칼을 겨눈 놈이다. 금관군에서, 백아 널 죽였어야 했어. 그게 공주님을 위하는 것이었는데!"

칼날이 맞부딪혔다.

"유수 랑, 그만하세요."

남모가 두 팔을 벌리고 백아 앞을 가로막았다. 유수의 팔이 부르르 떨리는가 싶더니, 남모를 바라보는 그의 얼굴이 일그러졌다.

"공주님, 비키세요."

유수가 두 손으로 칼을 다잡았다.

"이건 내 일이에요. 내가 하겠어요."

유수의 검은 눈썹이 부르르 떨렸다.

"공주님을 보호하는 게 제가 할 일입니다."

유수의 칼이 깊이 들어갔다. 백아가 남모를 옆으로 밀치고 유수의 칼을 받았다. 유수의 칼은 과격했다. 온몸에 원한을 실어 단칼에 끝장내려는 듯이 공격했다. 칼이 칼을 자를 것처럼 무서운 소리를 내며 부딪쳤다.

"뭐라 해도 네놈은, 공주님을 이용해 신라를 함정에 빠뜨리려고 했다!"

유수가 백아를 향해 다시 칼을 휘둘렀다. 뒷걸음질 치며 방어만

하던 백아가 유수의 힘이 기우는 반대 방향을 찔렀다. 다급한 유수의 칼이 백아의 칼에 빗겨 맞아 칼을 놓칠 뻔했다. 휘청거리는 유수의 목에 백아의 칼이 닿았다. 그러자 남모가 칼을 뽑아 백아를 겨누었다.

"칼을 거두세요, 백아공. 유수 랑을 해할 수는 없어요."

남모의 목소리가 떨리고 있었다.

"유수 랑을 물러가라 명하십시오."

백아가 유수를 쏘아보며 말했다. 남모가 유수를 바라보고 애틋한 음성으로 말했다.

"유수 랑, 제발 칼을 거두고 물러가세요."

그러나 유수의 표정은 단호했다.

"그럴 순 없습니다."

그때였다. 유수의 눈에, 저자로 향하는 길목 쪽에서 검은 그림자가 일렁이는 것이 보였다. 바람을 차갑게 가르고 날아오는 재빠른 숨소리. 유수가 재빨리 남모의 앞으로 나섰다.

"공주님, 피하세요!"

"챙!"

남모를 향해 오던 화살이 유수의 칼에 부딪혀 날카롭게 울었다. 모두 놀라 고개를 돌렸다. 다음 순간, 다시 화살이 날아왔다. 유수가 두 팔을 벌리며 남모 앞을 막아섰다.

"피하시오!"

백아가 소리쳤지만 이미 화살은 유수의 가슴을 꿰뚫었다. 길가에 섰던 검은 그림자가 남천 쪽으로 뛰어내렸다. 백아가 칼을 들고 검은 그림자를 뒤쫓았다.

"유수 랑!"

남모가 외마디 비명을 질렀다. 유수가 가슴을 부여잡고 쓰러졌다.

"게 누구 없느냐? 아무도 없느냐!"

남모가 울부짖었다. 무릎을 꿇고 앉아 유수의 어깨를 받쳤다. 유수 랑의 등을 허벅지로 받치고 손으로 가슴에서 솟구치는 피를 막으려 애를 썼다.

"잠시만 참으시오! 조금만 견디시오! 누구 없느냐! 유수 랑이 쓰러졌다!"

남모가 다급하게 고함을 질렀다. 유수가 남모의 팔을 잡았다.

"공주님……."

남모가 떨리는 손으로 유수의 얼굴을 쓰다듬었다.

"내가 잘못했어요, 내가 잘못했어요. 괜찮아요, 살 수 있어요."

유수가 몸을 부르르 떨며 손을 들어 올렸다. 남모의 얼굴에 손이 닿는 순간 유수는 아무렇지도 않은 표정을 보이려고 애를 썼다.

"처음 뵈었을 때부터, 공주님이 절 보지 않으셔도 공주님만 사모할 수 있었어요."

남모는 자신의 얼굴에 닿은 유수의 손을 꼭 쥐었다.

"유수 랑 마음 알아요. 내 옆에 있어야 해요. 죽으면 안 돼!"

유수의 가슴에서 피가 넘쳤다.

"이렇게 되어서야 공주님 품에……."

"유수 랑, 조금만 참아요."

"공주님 곁에서 영원히 있고 싶었는데……."

"유수!"

"공주님을, 끝까지, 끝까지 지켜야 하는데……."

사람들이 달려오는 소리가 들렸다. 남모가 유수의 얼굴을 두 손으로 감쌌다. 유수가 남모의 마음을 다 안다는 듯 두 눈을 천천히 감았다가 떴다. 유수는 떨리는 손으로 품속에서 무언가를 꺼냈다. 남모의 금팔찌였다. 남모에게 그 팔찌를 꼭 쥐어주고 남모를 보며 웃음을 보이려고 애를 쓰는 순간, 유수의 눈에서 빛이 사라졌다.

"유수 랑!"

남모가 유수를 흔들었지만 남모를 바라보는 유수의 눈동자는 더 이상 움직이지 않았다.

군사들이 남천에서 칼에 맞고 죽은 사내 둘의 시신을 찾았다. 검은 옷에 복면을 쓴, 월궁을 침입한 그들이었다. 그들이 가진 화살이 유수를 맞힌 화살과 같았다. 자신을 노린 자들이 백아의 칼에 맞은 것이라 남모는 짐작했다.

왕이 바뀌다

요는 사라졌다.

준정은 자신의 목에 칼을 겨누었던 자가 요라고 말하지 않았다. 그러나 모두들 요가 월궁을 침범한 이들과 한통속이었을 거라고 추측했다.

"감히 폐하를 시해하려고 한 놈들에게 무술 시범을 보이게 하다니! 요가 그것을 몰랐을 리 없습니다. 오히려 요가 이것을 주도했을지도 모르오."

"준정 원화는 이것을 전혀 몰랐습니까?"

남당에서 지소가 준정을 몰아붙였다.

"어허! 준정과 남모가 나의 목숨을 지키고 이 월궁을 보전하게 하였다. 감히 그 책임을 물으려 하느냐?"

왕이 언성을 높였다. 위화랑이 고개를 끄덕였다.

"요가 그들과 얼마나 관련이 되었는지는 확실하지 않습니다. 설사 그들과 처음부터 결탁했다고 해도 원화가 전혀 눈치채지 못하게 했을 게 분명합니다."

"그렇다. 이번에 두 원화와 함께 월궁을 지키는 데 목숨을 건 낭두들에게 상을 내리고, 그 배후를 철저히 조사하라. 요를 먼저 잡아야 할 것이다. 또한 요가 그들과 한통속이라면, 그 잔당이 있을지 모르니 더욱 유념하도록 하라."

왕의 명에 모두 고개를 숙였다. 왕이 회의를 마치며 한마디 덧붙였다.

"다들 이번 일을 겪으면서 왕권의 안전이 얼마나 중요한지 알았을 것이오. 하여 태자 자리를 더 이상 비워 놓을 수 없어 이번 화백회의에서 태자를 정할 것이니 그리 아시오."

모두 예를 갖추고 물러났으나 지소는 자리에 앉아 있었다.

"아버님께서 정한 태자는 누구입니까?"

왕은 지소의 반응을 이미 짐작한 듯 작정하고 말했다.

"비대공이 어린 줄만 알았으나, 이번에 그 불측한 무리들 앞에서 나의 옷을 입고 맞섰다. 비대공이 태자가 될 것이다."

"아무도 비대공을 인정하지 않을 것입니다. 병부의 수장인 이사부가 삼맥종을 추천하고, 옥진의 아비인 위화랑도 삼맥종이 태자가 되어야 한다고 했습니다. 왕족도 귀족도 아닌 비대공을 누가 태자로 인정하겠습니까?"

"귀족들은 비대공의 온후한 성정을 잘 알고 있느니라."

"온후하나 힘이 없지요. 아버님께서 그토록 애를 쓰신 왕권을 유지할 힘이 없습니다. 다시 생각해주십시오."

"나는 마음을 굳혔다."

"그럼, 아버님."

지소는 왕을 똑바로 보았다.

"화백회의에서, 제가 태자가 되겠다고 나서면 어찌 되겠습니까?"

"뭣이?"

왕은 분노하여 책상을 쳤다. 자신을 태자로 삼아달라고 말한 후, 두 번 다시 그 말을 하지 않은 지소였다. 그러나 뜻을 꺾은 것은 아니었다.

"귀족들이, 여자를 왕으로 추대할 것 같으냐? 어찌 그리 내 말을 못 알아듣는 것이냐?"

"여인이 왕이 될 거라고 하면 반대하겠지요. 허나, 제가 나서는 이상, 함부로 비대공을 인정하지 못할 것입니다. 이사부가 병권을 쥐고 있고, 원화와 위화랑이 제 편입니다. 저는 결코 비대공을 태자로 인정할 수 없습니다. 이사부와 위화랑과 제가 끝까지 반대하면 비대공이 태자가 될 수 있겠습니까?"

"네가 감히, 왕명을 거역하려는 것이냐? 더 이상의 분란은 공주라도 용서하지 않겠다."

지소는 고개를 떨어뜨렸다. 그리고 이내 울먹이는 음성으로 이를 악물고 말했다.

"제가 전면에 나서면 비대공도 위험합니다. 제가 꿈을 접겠으니, 삼맥종을 태자로 삼아주십시오."

왕의 얼굴이 파르르 떨리는 것을 보고 지소는 남당을 나왔다. 지소의 마음속에서는 불이 붙고 있었다. 남자로 태어나지 못한 자신의 운명이 원망스러웠다. 귀족들이 여인을 태자로 인정하는 것은 왕의 허락을 받는 것보다 더 어려울 것이다.

어젯밤 이사부가 말했다.

"만약 그대가 태자가 되려고 했다가 실패하면, 모든 이들이 그대에게서 등을 돌리고 비대공 쪽에선 강력하게 삼맥종을 견제할 것이오. 그러면 삼맥종에겐 기회가 없소. 삼맥종을 왕위에 앉혀야 하지 않겠소?"

지소는 이사부의 말이 서운하였지만, 이사부만이 완벽한 자기 편이라는 걸 알았다.

"폐하께선 태자를 정한 뒤 곧 양위를 할 것이라 하셨소. 삼맥종은 아직 어리오. 삼맥종을 내세우고 그대가 왕이 되는 방법이 있소이다. 차선을 택하는 것이 현명한 판단이 될 때가 있소."

지소가 태자가 되는 것은 승산이 없으니, 삼맥종을 내세우는 것으로 왕을 설득해야 한다는 것이었다.

왕은 오랫동안 몸져누웠다. 이사부와 위화랑을 비롯한 귀족들이 왕의 병문안을 와 독대를 했다. 왕은 한 명 한 명의 의견을 묻고 있었다. 왕의 결정에 가장 큰 영향력을 미친 사람은 위화랑이었다. 위화랑은 옥진의 아비였다. 그래서 왕은 당연히 위화랑이 비대공을 밀어줄 줄 알았으나 위화랑은 삼맥종을 태자로 밀었다.

"삼맥종은 너무 어리지 않소? 나는 이미 늙어, 태자를 책봉한 후 곧 왕위도 내려놓을 작정이오."

"지소 공주가 있지 않습니까? 삼맥종이 왕위를 잇고 당분간은 지소가 태후로서 섭정을 할 수도 있습니다. 황송하오나 폐하께서 양위도 염두에 두고 계신다면, 그것이 가장 안전한 방법이 될 것입니다."

왕은 허망한 웃음을 지었다.

"지소가, 제가 왕이 될 수는 없으니 아들을 내세워 왕 노릇을 하기로 했단 말이군."

왕은 그 겨울 내내 몸이 완쾌되지 않았다. 지소는 노쇠한 아버지가 이제 모든 것을 내려놓을 것이라는 걸 알았다. 왕은 귀족회의에서 삼맥종을 태자로 책봉했다.

왕은 자주 흥륜사를 오가며 월궁을 나갈 준비를 했다. 용안의 수심이 걷히고 얼굴빛이 맑아졌다. 준정과 함께 흥륜사에 들러, 이차돈이 천경림의 나무를 베던 이야기도 나누었다. 그 천경림에 신라 최초의 절이 섰으니, 왕은 모든 것을 내려놓고 흥륜사로 오겠노라고 했다.

해가 바뀌었다. 얼었던 남천의 물이 시나브로 녹기 시작할 무렵, 왕은 삼맥종(훗날의 진흥왕)에게 왕위를 물려주었다. 그리고 법복을 입고 흥륜사로 들어갔다.

새 왕은 일곱 살이었다. 지소가 태후로서 섭정을 시작했다. 지소는 선왕이 그랬던 것처럼 변복을 하고 서라벌을 돌아보았다. 새 왕에 대한 백성들의 생각이 어떤지 확인하고 싶었다.

흥륜사에 들러 선왕을 뵙고 돌아오는 길이었다. 지소는 귀족부인으로 변복을 하고 호위무사들까지 변복을 시켜 앞뒤로 멀찍이서 따르게 한 뒤 저잣거리를 둘러보았다. 추운 길거리 한 구석에서 아이들이 모여 있었다. 꺼지지 않은 장작불에 몸을 쬐며 아이들은 노래를 불렀다.

하늘의 별 하나 서라벌에 내려와
동편의 꽃이 되고 서편의 꽃이 되었네
하나로 피었던 꽃이 두 송이 되더니
서로 시샘하여 다투네

시샘이 칼이 되어 서로를 겨누다
한 꽃은 죽어 하늘의 별이 되네.

가사를 들은 지소는 등골이 서늘하였다. 아이들은 장작 앞에 튼 손을 부비며 재잘거리며 노래를 불렀다.

"저 아이들을 불러오너라."

호위무사가 아이들을 데려왔다. 겁에 질린 아이들에게 지소는 절에 공양하고 남은 떡을 나누어주며 물었다.

"얘들아, 그 노래 어디서 배웠느냐? 누가 가르쳐주었느냐?"

"저쪽 다리 밑에서 어떤 할머니가 가르쳐줬어요."

"요샌 그 할머니 안 나와요."

지소가 다시 물었다.

"재미있는 노래구나. 그런데 그 노래가 무슨 뜻인지 아니?"

아이들은 모른다고 고개를 젓고는 도망을 가버렸다.

원래 하나이던 것이 둘이 되더니 동편이 꽃이 되고 서편의 꽃이 되었다. 그것은 원화를 가리키는 것이었다. 누군가 악의를 품고 일부러 아이들에게 노래를 가르친 것일까.

수련을 마친 준정이 지소에게 불려왔다. 뭔가 마음에 불편한 부분을 찾아낸 것처럼 준정을 보는 지소의 눈길은 날카로웠다.

"비대공을 낭두로 임명하셨더군요. 내가 미진부공에게 비대공을 실직군의 장군으로 임명해 달라고 했건만, 원화께서 반대하셨다지요?"

준정이 천천히 고개를 들더니 간곡한 음성으로 말했다.

"태후께서도 비대공의 성정을 잘 아시지 않습니까? 연륜에 비해 너무 빠른 듯하였습니다."

"빠르다니요!"

지소의 목소리가 높아졌다.

"비대공을 월성에서 내보내야 합니다. 왕위에 오르지 못한 왕자는 자신을 부추기는 유혹에 넘어가기 쉬워요. 귀족들이 비대공을 핑계로 세력을 키우고자 하면 자칫 역모에 휘말릴 수도 있단 말입니다!"

지소는 화근의 싹이 될지도 모르는 비대공을 멀리 쫓아버리려고 생각하고 있었다.

"그리고, 준정 원화에 대한 소문이 노랫가락처럼 떠다니는 걸 알고 있나요? 지난번에 요가, 원화의 사가에 드나들었다고 하더군요."

"저도 환도 행사 때 사가에 들러서야 그 일을 알게 되었습니다. 저의 죄를 묻고 싶으시면 달게 받겠습니다."

준정의 당당함이 지소는 불편했다. 모든 신하가 비대공을 떠나는데 준정만은 비대공에 대한 신의를 지키고자 했다.

"게다가 백성들 사이에서 흉흉한 노래가 유행하고 있어요. 원래 하나였던 별이 동편과 서편으로 나뉘어져 서로 시샘을 하고 결국 둘 중 하나를 죽인다는 내용이지요. 동편과 서편의 두 원화를 말하는 것이 아닙니까? 둘이 시샘하다 결국 죽게 된다니!"

준정의 뺨이 가늘게 떨리는 것을 보고 지소는 마음에 먹은 말을 다 내뱉었다.

"위화랑도 풍월주 자리를 미진부공에게 넘길 준비를 하고 있어요. 준정도 이제 남모 원화에게 원화 자리를 양보하는 것이 어떻습니까?"

준정이 긴 숨을 내쉬며 머리를 조아렸다.

"이미 오래전에 원화에서 내려와야 했는데, 기회를 찾고 있었습니다. 허나, 조금만 기다려주십시오. 요 스님이 반드시 다시 나타날 것입니다. 그 일을 처리하고 물러나겠습니다."

요……. 지소는 깊은 숨을 내쉬고 마음을 가다듬었다. 요의 월궁 습격 사건을 떠올리면 두려워졌다. 요는 분명히 준정 앞에 나타날 것이다. 그때를 기다려 요를 잡아야 했다.

"그 말, 믿어도 되겠소? 요의 무리를 섬멸하고 원화에서 물러나겠다?"

"제 죄는 그 후에 달게 받겠습니다."

지소는 고개를 끄덕였다. 준정이 원화에서 물러나면 비대공의 유일한 바람막이도 사라질 것이다.

금오산 봉우리에 맺혔던 눈이 녹고 푸른 기운이 짙어지고 있었다. 월궁에서는 매화가 소리 없이 지고 새잎이 피어났다. 새 왕의 등극을 맞아 부처님의 은덕을 기원하기 위해 이차돈의 묘가 있는 소금산에 절을 새로 지었다. 절이 완공된 날, 지소는 고승들을 모시고 법회를 열었다. 설법을 마친 고승들이 배웅한 후였다.

지소 앞에 스님 두 사람이 나타났다.

"태후 마마, 은밀히 아뢸 말씀이 있사옵니다."

체구가 우람한 스님의 음성은 조용했지만 은근한 무게가 있었다. 사모들을 멀리 물리고 호위무사들도 몇 걸음 뒤에 서 있게 했다.

연못가로 나오자 나무 뒤에서 삿갓을 쓴 다른 스님이 나타났다. 호위무사들이 다급히 다가오려 했으나 지소가 손을 들어 만류했다.

“태후 마마, 감축 드립니다.”

삿갓을 썼으나 지소는 그가 누군지 단박에 알았다. 숨을 멈추고 주먹을 꾹 쥐었다.

“기다리고 있었소.”

요가 다시 고개를 깊이 숙이며 말했다.

“그간의 정리에 보답하지 못한 점 죄송합니다. 긴 말씀 드리지 않겠습니다. 태후께 아뢰면 서로 피를 보지 않고 타협할 수 있으리라 생각하고 감히 뵙고자 했습니다.”

“흥! 역모를 일으킨 자의 입에서 정리 운운이라니. 과연 간특한 사람이군. 오늘 이 자리에서 살아 돌아갈 수 있을지 두고 봅시다. 그래, 나에게 간청하고자 하는 게 뭔지 말이나 해보오.”

경멸하며 코웃음 치는 지소의 말에도 요의 목소리는 차분했다.

“폐하의 재위 시절에 더 이상 가야국들을 치지 않겠다 약조해 주십시오. 우리는 가야 소국 중 한 나라에서 평화롭게 살고 있었습니다. 그런데 신라가 금관가야와 탁순국을 합병하여 우리의 미래가 불투명해졌습니다.”

“선왕이신 법흥왕은 전쟁을 싫어하셨소. 금관국 역시 스스로 신라에 의지해 온 것이지.”

요는 잠시 고개를 들어 지소를 보았다. 그리고는 흔들림 없는 목소리로 말을 이었다.

“낭도들을 교육하는 이유가 결국 주변의 작은 나라들을 합병하여 세력을 넓히고자 하는 것 아닙니까? 적어도 폐하의 재위시절에 가야국들을 합병하지 않으시면 가야 소국들은 신라에 대항하지 않고 조용히 살 것입니다."

지소는 고개 숙인 요를 노려보았다. 원하는 대답을 해주는 것은 어렵지 않았다. 역모를 일으킨 무리와 협상은 할 수 없었다.

"그리 하지. 가야국들을 상대로 전쟁을 일으키지 않겠소. 허나 그렇다고 해서 지난번의 사건을 용서한다는 뜻은 아니오."

용서할 수 없다는 지소의 말에 아랑곳하지 않고 요는 고개를 들고 말했다.

"그러하시다면, 준정을 제게 주십시오."

"뭣이?"

지소의 목소리가 높아졌다.

"준정의 어미는 반파소국 사람이었습니다. 제 동무이자 동지였는데, 뜻을 바꾸어 신라로 왔지요. 어차피 태후께도 준정이 더 이상 필요없지요. 오히려 눈엣가시 아닙니까? 준정을 제게 주십시오."

이 무슨 해괴한 소리인가. 지소는 주먹을 쥔 손을 떨었다. 애초에 준정을 데려가기 위해 수련을 시켰단 말인가?

"준정이, 이 모든 것을 알고 있소?"

"모릅니다. 허나 제 어미 이야기를 한다면, 어미의 고향으로 따라가지 않겠습니까?"

준정은 지소와 함께 신라의 낭도들을 키운 주역이다. 준정에게 원화 자리를 내놓으라 했지만, 그렇다고 준정을 저들에게 보낼 순 없다. 준정이 만약 요의 무리와 합세한다면 그야말로 큰 위협이 될 수 있다.

"그럴 순 없소. 요 당신은 오늘 서라벌에서 살아나갈 수 없을 테니까! 여봐라!"

지소가 호위무사들을 불렀다. 순간, 요가 한 손을 들어 올리자 지소의 발 앞에 화살이 날아와 박혔다.

"죄송합니다. 태후 마마. 호위무사의 칼보다 저희의 화살이 더 빠를 것이옵니다."

궁 안이 아니라 위험했다. 절에서 내려가는 길가까지 군사들이 늘어서 있지만, 산에 숨어 화살을 쏘면 당할 가능성이 있었다. 지소는 낯을 부들부들 떨었다.

"감히 태후인 나를 겁박한단 말이냐? 요망한 것!"

"어찌 감히 태후 마마를 겁박하겠습니까? 제가 여기서 살아나가기 위함일 뿐입니다. 약조를 지키신다 믿고 이만 물러가겠습니다."

요는 허리를 숙여 인사하고 돌아서 걸었다. 덩치가 큰 스님 두 명의 호위를 받으며 요는 유유히 걸어갔다. 호위무사들이 달려가 잡으려고 했지만 지소가 만류했다. 화살이 어디서 날아올지 몰랐다.

지소는 월궁으로 돌아와 생각에 잠겼다. 처소로 찾아온 어린 왕의 저녁 문안도 받지 않았다. 사모들이 밥상을 차려 왔으나 돌려보내고 늦은 시간까지 꼿꼿이 앉아 있었다.

월궁이 고요 속에 잠긴 시간, 잠자리에 들었던 남모가 지소의 부름을 받고 달려왔다. 지소는 옷도 갈아입지 않은 채 의자에 앉아 있었다. 남모를 불러 놓고도 지소는 한참 말이 없었다. 이윽고 고개를 들고 남모를 바라보았다. 지소의 얼굴은 서늘하게 굳어 있었다.

"남모야."

"예? 예."

"내, 너에게, 명할 일이 있다."

남모는 지소의 표정과 어투가 심상치 않음을 알아챘다.

"남모야. 너는 이 나라의 공주이자 원화이며, 나의 동생이다. 너만이 할 수 있는 일이다."

"예, 태후께서 하명만 하십시오."

"오늘 요를 만났다."

남모가 크게 놀라 지소를 똑바로 쳐다보았다.

"요가 준정을 저에게 달라는구나. 준정의 어미가 요의 친구였다면서 말이다. 준정은 아직 아무것도 모른다. 하지만 요가 준정을 설득하겠지. 요는 준정을 데리고 자기 나라로 조용히 돌아가겠다고 한다."

남모의 커다란 눈에 두려움이 엄습해왔다. 요의 무리는 자신을 죽이려 했고 유수가 대신 활을 맞아 죽었다. 그들은 아직도 위험한 공격을 해 올 수 있었다. 그런데 요가 준정을 회유하려고 든다면…….

"그렇다 하더라도, 준정이 요를 따를 리가 없습니다."

"그야 모를 일이다. 요는 간특한 인물이라 무슨 방법을 쓸지 모른다. 그래서 그들을 모두 처단할 수 있는 방법은……. 남모야, 너만이 할 수 있다."

지소는 잠시 숨을 내쉬고 단호하게 말했다.

"준정을 죽이거라."

남모는 숨도 못 쉬고 지소를 쳐다보았다.

"월궁 내에서는 안 된다. 밖에서 네가 직접 죽여, 믿을 수 있는 절을 찾아 화장까지 하도록 해라."

재회

초봄, 꽃샘추위가 맹렬했다. 하늘은 마지막 눈을 품고 있는 듯 회색빛으로 무겁게 부풀어 있었다.

남모는 백아의 서찰을 받았다. 왜관에도 요의 무리에 대한 소문이 돌고 있다는 것이었다. 그들이 왕과 원화를 노릴 수 있으니 조심하라고 했다. 그리고, 왜로 갈 배를 구했노라고 했다. 언제 어디서 기다리겠다는 내용이 적혀 있었다. 남모가 선택을 해야 할 순간이 눈앞에 다가왔다.

남모는 곱게 화장을 하고 화려한 금관에다 목걸이와 팔찌로 치장한 후, 보과 부인의 처소를 찾았다. 어머니가 좋아하는 백제의 찻잔에 차를 따르며 남모는 만감이 교차했다.

"이제 곧 미진부가 풍월주가 되다니. 미진부는 이미 병부*의 실권을 쥐었으니 풍월주가 되면 가히 신라 최고의 남자가 되는 것 아니냐?"

좋아하는 어머니를 보고 남모는 붉은 비단 주머니를 내밀었다.

* 신라 때 군사에 관한 일을 맡아보던 관아. 법흥왕 3년에 두었다.

"어머니, 백제의 것입니다. 제가 선물 받은 것인데 어머니께 드리겠어요."

"백제의 것이라고?"

보과 부인은 들뜬 미소를 지으며 남모가 내미는 비단 주머니를 풀었다. 하얀 은팔찌가 나왔다. 보과 부인은 용이 뒤트는 모습의 팔찌를 살펴보았다.

"저도 같은 팔찌가 하나 있답니다."

"백제의 물품이라면 아직도 가슴이 설레는 나를, 그 누가 알기라도 할까."

어쩌면 오늘이 어머니를 마지막으로 뵙는 날일지도 모릅니다……. 남모는 눈이 뜨거워져 고개를 돌렸다.

"오후에 금오산엘 나간다고?"

"중요한 대회니 사전에 원화들이 확인을 해두려는 것이에요."

"들리는 말이, 준정은 곧 원화에서 물러나고 네가 원화의 위상을 더 높이게 될 거라고 하더구나."

보과 부인은 남모를 보고 자랑스러운 웃음을 보였다. 창밖에는 새떼들이 무심히 날아올랐다.

오후에 원화들은 월궁을 나섰다. 남모는 이랑과 비대공과 함께 사가의 귀족 옷으로 변복을 하고 말에 올랐다.

금오산에서 내려오자 해 질 녘이 되었다. 남천 옆을 지나오는데 어린아이들이 노래를 부르고 있었다.

하늘의 별 하나 서라벌에 내려와
동편의 꽃이 되고 서편의 꽃이 되었네

하나로 피었던 꽃이 두 송이 되더니
서로 시샘하여 다투네
시샘이 칼이 되어 서로를 겨누다
한 꽃은 죽어 하늘의 별이 되네.

준정이 그 노래를 듣고 얼굴이 하얗게 되어 남모를 보았다. 노랫말에 원화가 들어가지는 않지만, 원화를 빗대어 하는 말임이 분명했다. 남모 역시, 마음속에 숨어 있던 운명의 한쪽 얼굴이 들킨 듯 불안했다.

남천의 하류에 위치한 넓은 정자에 다다랐다. 정자 아래 모닥불이 피워져 있고 정자에는 화로가 준비되어 있었다.

"지소 태후께서 수련대회 전에 원화들의 노고를 치하하신다며 음식과 술을 내리셨습니다. 가볍게 들고 가시지요."

남모의 말에 준정이 당황한 기색을 보였다.

"아직 준비할 일이 남았는데 술이라니요! 풍월주께서도 안 계신데 괜찮겠습니까?"

"오늘은 사적인 자리 아닙니까? 괜찮습니다."

미리 준비하고 있던 월궁의 사모들이 음식을 차리기 시작했다. 준정과 남모가 마주 앉아 상을 받고, 이랑은 비대공과 함께 따로 상을 차려 주었다.

"오늘은 마음을 놓고 원화와 한잔 하고 싶습니다. 선왕께서 양위를 하신 후 태후 마마의 열성에 부응하느라 우리도 한숨 돌릴 틈이 없지 않았습니까? 오늘은 다 풀어버리고 싶습니다."

헛헛하면서도 메마른 남모의 목소리에 준정은 고개를 끄덕였다. 남모는 하늘에 붉은 얼룩이 되어 번져오는 노을을 하염없이 바라보았다. 호위 랑 자격으로 같이 온 이랑과 비대공은 수련대회에 대한 이야기를 나누었다. 랑이 된 후 처음 참여하는 수련대회라 비대공은 기대에 찬 표정이었다. 둘은 술은 입에 대지 않았다. 오히려 남모가 술을 몇 잔 마시고 취하는 기미가 보였다.

정자에서 일어날 무렵 기어이 눈이 내리기 시작했다. 봄눈이었다. 어두워지는 하늘에서 뽀얀 눈송이가 툭툭 터지고 있었다. 기억이 떠오르듯 땅이 금세 하얗게 살아났다.

연화향도가 보이자 남모가 말했다.

"술을 마셨더니 좀 어지럽습니다. 연화향도에 들러 쉬었다 가면 어떻습니까?"

준정은 웃으며 말했다.

"눈도 오고 하니 몸을 녹이고 하룻밤 묵고 가셔도 좋습니다."

이랑의 사가가 가까워 비대공은 이랑을 따라갔다.

오랜만에 연화향도에 들르니 유모가 눈가를 적시며 반겨주었다. 잠개와 달래가 서둘러 안채에 남모의 자리를 봐주고 화로를 넣어 방을 덥혔다. 남모를 쉬게 하고 준정은 사랑채에서 식구들과 이야기를 나누었다. 잠개가 여러 석공들과 함께 석탑을 만드는 일을 하고 있다며 유모가 자랑하듯 말했다.

눈이 어둠을 덮고 눈길 위로 더 까만 어둠이 장막을 펼쳤다. 때 이른 접동새가 문득 구슬프게 울었다.

"탁!"

무언가 날아와 꽂히는 소리였다. 준정이 칼을 잡고 문을 열었다. 기둥에 화살이 날아와 있었다. 화살을 뽑아 살펴보니 신라의 낭도들이 쓰는 화살촉이 아니었다.

"남모 원화!"

공주가 위험할 수 있다는 생각에 준정은 안채로 달려 들어갔다. 문을 연 채 굳어버렸다.

요가 서 있었다.

"준정아. 오랜만이구나."

더 이상 스승님이라 부를 수 없는 요였다. 준정은 안으로 들어서며 조용히 방문을 닫았다.

"오늘 여기서 보니, 정녕 네 어미를 빼닮았구나."

어머니! 준정은 칼을 쥔 손에 힘이 빠졌다.

"이제야 네 어미 이야기를 하게 되었구나."

요는 무언가를 떠올리듯 천천히 눈을 감았다 떴다.

"네 어미는 반파소국 사람이었다. 나와 함께 이 모임을 이끌었던 사람이다. 신궁이었지. 우리는 노예들이 죄 없이 죽어가는 것을 보고 신분이 없는 세상을 만들기로 했다. 가야 소국에 자리를 잡고 평화롭게 살고자 했지. 그런데 우리에 동조하는 사람들이 점점 늘어날 무렵 네 어미의 마음이 변해버렸다."

신궁이었다던 어머니. 그분에 대한 짧은 몇 마디의 언급이 준정을 휘감았다. 아버지에게도 그 신분을 밝히지 않았다는 어머니였다.

"네 어미는 신라에 와서 삼산공을 만나 너를 낳았지. 내 동무의 마음을 가져간 남자가 어떤 사람일까 오랫동안 궁금했어. 삼산공이 돌아가셨을 때에야 이 집에 왔었지."

준정은 얼굴도 모르는 어머니의 인생이 느껴졌다. 그 운명이 측

은했다.

"월궁에 들어가 너를 만났을 때, 난 내 동무를 다시 만난 듯했다. 얼굴뿐이 아니라 꼿꼿한 성품도, 활솜씨까지도 영락없는 네 어미였어."

듣고 있던 준정이 떨리는 음성으로 겨우 물었다.

"제 어머니는, 아버지께서 어머니를 처음 만났을 때, 어머니는 활을 맞아 쓰러져 있었다고 하셨습니다."

옛 동무를 떠올리며 아련한 표정을 짓던 요의 눈동자가 흔들렸다.

그때 갑자기 문이 열리고, 사람보다 검이 먼저 들어왔다. 준정이 칼을 집었으나 검이 요의 목을 정확하게 겨누고 있었다. 남모였다.

칼끝이 요의 목에 닿았다. 남모는 곁눈질로 힐끗 준정을 보며 싸늘하게 말했다.

"원화께선 역적을 베지 않고 뭐하시오?"

그러자 요가 남모를 비웃었다.

"공주, 태후의 명을 받지 않았소? 태후가 준정을 죽이라고 하지 않던가?"

남모가 입술을 깨물었다. 요가 준정을 보며 말했다.

"내가 태후에게 그랬지. 준정을 나에게 달라고. 네가 나를 따라가기 전에 태후 입장에선 차라리 죽이라고 했겠지."

준정이 볼이 바르르 떨리며 요를 원망스럽게 쳐다보았다.

"저를 끝까지 능멸하려 하시는 겁니까."

"내가 너를 데려가겠다고 한 이상, 넌 신라에서 죽은 목숨이다.

나를 따라 가자, 준정아. 너에겐 네 어미의 피가 흐르고 있어. 넌 왕족을 위해 살 사람이 아니라 가난한 백성들을 위해 살아야 할 사람이야."

남모의 칼끝이 요의 목을 스치자 피가 흘렀다.

"준정 원화. 요와 같은 역적이 아니라면 요의 목을 베세요."

남모가 요를 노려본 채 말했다. 준정이 망설임 없이 검을 뽑아 요의 가슴을 겨누었다. 그러자 남모가 천천히 검을 거두었다.

"요를 베세요. 그리하면 준정 원화에 대한 의혹은 사라집니다. 지금 요를 베세요!"

남모의 목소리는 차가웠다. 준정이 울분을 삼키며 말했다.

"요 스님에게 캐물어야 할 내용이 많습니다. 결박하여 월궁으로 데려가지요. 목숨을 거두는 일은 그다음이라도 늦지 않습니다."

"요가 준정 원화를 설득했다는 말이 나오고 있어요. 원화까지 역모의 누명을 쓸 수 있으니, 요를 베세요! 태후의 명령입니다!"

준정이 검을 쥔 손에 힘을 주었으나 눈빛은 흔들리고 있었다.

"왕명을 거역하려는 겁니까? 요를 베시오!"

그 말이 떨어지기 전에 문을 뚫는 소리. 화살이 날아들었다. 화살이 남모의 어깨 위를 아슬아슬하게 스치고 지나갔다. 남모가 놀라서 움찔하는 사이 요가 남모의 칼을 빼앗았다. 요는 재빨리 남모의 목을 겨누었다.

"보아라, 준정아. 왕족들은 이토록 이기적이야. 쓸모가 없어지면 누구나 죽이는 것을 서슴지 않지."

준정이 낮게 부르짖었다.

"검을 내리세요. 제 검이 스승님을 찌르기 전에, 내리시지요."

요는 노려보는 남모의 눈길을 피하지 않고 비웃었다.

"난 준정처럼 마음이 약하지 않아. 나야말로 공주를 이 자리에서 바로 베어주지."

요가 검을 높이 들었다. 순간 준정의 칼이 요의 검을 막았다.

검이 부딪히는 소리가 날카롭게 울렸다. 남모를 노린 요의 검이 문살을 베었다. 남모는 방문을 넘어뜨리고 밖으로 나갔다. 마당에는 삿갓을 쓴 남자가 활을 들고 서 있었다. 그가 남모를 향해 활을 겨누었다.

"뭘 망설이느냐? 빨리 쏴라!"

요가 소리쳤다. 그때, 백마를 타고 마당으로 달려 들어오는 사람이 있었다. 그는 흰옷자락을 날리며 칼을 뽑았다.

"백아!"

남모가 부르짖었다. 삿갓을 쓴 남자가 활을 쏘려 했으나, 백마의 발길질에 그는 뒤로 넘어져버렸다.

"남모 공주! 괜찮으시오?"

요의 눈썹이 꿈틀거리며 분노를 드러냈다.

"네가 본분을 잊은 백제 왕자로군."

요가 준정에게서 몸을 돌려 남모를 향하는 순간, 준정이 칼등으로 요의 팔을 내리쳤다. 요가 남모의 칼을 떨어뜨렸다. 준정은 얼른 칼을 주워 말에 오르는 남모를 향해 던졌다. 칼을 받아 쥔 남모가 준정을 한 번 본 후, 백아와 함께 말을 달려 나갔다.

백아의 칼에 넘어졌던 남자가 일어나 말을 타고 그들을 뒤쫓았다. 따라 나서려는 요 앞을 준정이 가로막았다.

"남모를 잡아야 한다."

"저는 당신을 어머니로, 스승으로 섬겼습니다."

"너는 나를 베지 못해. 그걸 알기 때문에 지소가 남모에게 널 죽이라고 했겠지. 준정아, 이제 신라는 너를 버렸다. 나를 따라 가자!"

"배신은 스승님이 하셨지요."

요는 천천히 눈을 감았다가 떴다.

"검을 거두어라. 너와 나는 이제 같은 운명이다."

요에 대한 끓어오르는 분노로 준정의 칼끝이 떨리고 있었다. 스스로 원화 자리에서 물러나 부처님께 귀의하려 했지만, 모든 것이 처참하게 짓밟혀버렸다.

"부처님을 모시는 불자로서 어찌 이럴 수가 있습니까? 그동안 스님이 전했던 부처님의 말씀은 모두 거짓이었습니까?"

요의 눈가에 작은 떨림이 지나갔다.

"불도로는 이룰 수 없는 뜻도 있느니라."

"얼마나 고매한 뜻이기에 살생을 한단 말입니까? 스님은 감히 부처님을 이용하여 우리를 속이고 자신을 기만했습니다!"

다급한 말발굽 소리가 마당 안으로 달려들어 왔다. 삿갓을 쓰고 남모를 뒤쫓아 간 사내였다. 요가 그에게 다가가며 물었다.

"남모는 어디로 갔느냐?"

"황산강 쪽으로 갔습니다. 아마도 왜나 백제로 가는 배를 탈 듯합니다."

그제야 준정은 그를 알아보았다.

"너는, 천관이 아니냐!"

천관이 말에서 내려 준정에게 고개를 숙였다.

"원화님, 소신 천관이옵니다."

"네가 어찌 요 스님과 함께……."

요가 준정의 말을 가로막았다.

"일단 남모를 잡은 뒤 네 어미 이야길 마저 하자."

준정이 요의 팔을 붙들었다.

"남모 원화를 보내주세요. 모든 것을 버리고 백아공을 따라나선 것입니다. 보내주십시오."

태후의 명도 원화 자리도 버리려는 남모의 마음을 준정도 믿고 싶었다. 그러나 요는 준정에게 칼을 겨누었다.

"남모는 내가 처리할 것이다!"

요는 말에 올라 천관과 함께 달려 나갔다. 준정은 활을 챙겨 말에 오르며 당황한 잠개에게 일렀다.

"내일 아침까지 내가 돌아오지 않으면, 이랑의 사가로 가서 내가 황산강으로 갔다고 일러라!"

준정은 말을 달렸다. 귀족 마을을 벗어나자 앞서 달리는 천관과 요의 말이 보이기 시작했다. 눈은 차츰 그치고 있었다.

남모가 지다

남모는 백아와 말을 달렸다. 새벽별이 스러져갈 즈음 황산강에 다다랐다. 차가운 기운을 뚫고 흐르는 물의 소리가 푸르게 들려왔다.

"믿어주어서 고맙소."

백아가 말고삐를 쥔 남모의 손을 꼭 쥐었다.

남모는 지소의 명을 거역할 수도 지킬 수도 없었다. 준정의 일은 준정 스스로에게 맡겨두기로 했다. 그 어떤 가치로도 백아에 대한 자신의 마음을 막을 수 없었다. 이 길이 자신을 나락으로 빠뜨려도 돌이킬 수 없었다.

둘은 말에서 내렸다. 옅은 달빛에 강이 은은한 모습을 드러냈다. 눈이 내린 땅은 죽은 듯이 고요하고 물은 살아남은 자들의 숨소리가 되어 쉼 없이 흐르고 있었다. 백아가 남모의 어깨를 껴안았다.

"이제 거의 다 왔어요. 조금만 더 가면 됩니다."

순간, 바람을 가르고 달려드는 화살 소리. 남모의 말이 앞발을 쳐들고 울부짖다 쓰러졌다. 몰아치듯 달려오는 말발굽 소리가 들렸다.

요와 천관이었다.

"어리석구나. 남모 공주, 제 어미의 운명을 그대로 따르고자 하는가?"

요의 외침에 백아가 남모를 자신의 등 뒤로 숨기며 칼을 뽑았다.

"남모 공주는 그대들과 상관없으니 고이 보내주시오."

"백아! 자신의 본분을 잊고 적국의 공주에 빠져 이토록 무모한 짓을 하는가? 그대와 료헤이의 이야기는 왜관에 있는 이들에게서 진즉에 들었지. 가야 소국의 재건을 염원하는 우리와 뜻이 맞을 것으로 기대했건만!"

요가 말에서 내려 칼을 뽑았다.

"나는 그런 뜻에 동참할 수 없소. 목적을 위해 다른 사람을 해치는 것은 부질없는 살생일 뿐이오."

"그 옛날 내 친구도 그렇게 말하며 나를 떠났지."

요의 칼이 들어왔다. 백아와 요의 칼날이 미명의 어둠 속에서 서늘하게 부딪혔다. 남모는 천관에게 다가섰다. 천관은 두 손으로 검을 들고 서서 고통스러운 표정을 지었다. 남모와 천관의 검이 거세게 부딪혔다. 남모의 검은 틈을 주지 않고 천관을 밀어붙였다. 그러다 남모가 힘을 주는 반대편으로 천관이 급습했다. 남모가 천관의 검을 피하며 몸의 중심을 잃었다.

그때, 천관의 발 앞에 화살이 날아왔다. 준정이었다.

"요 스님!"

준정이 활을 겨눈 채 소리쳤다. 백아와 검으로 맞서고 있던 요가 움찔했다. 백아가 검으로 요를 밀어붙이고 남모의 앞을 막아섰다.

"남모 공주를 보내주십시오."

요가 자조하듯 웃었다.

"적을 어찌 그냥 보낸단 말이냐. 오래 함께했던 벗의 배신도 눈감아줄 수 없었다."

벗은 준정의 어머니를 말하는 듯했다. 어머니에게 활을 쏜 사람이 요였단 말인가. 설마 직접 활을 쏘았단 말인가? 그 옛날 어머니를 맞혔던 화살이 준정의 심장을 꿰뚫은 듯했다. 준정은 숨이 막히고 활을 든 손이 떨렸다.

요가 준정을 보는 사이 백아가 남모와 합세하여 천관에게 검을 휘둘렀다. 둘의 칼날이 차갑게 공기를 갈랐다. 천관이 옆구리를 맞고 칼을 떨어뜨렸다. 백아와 남모가 말에 올랐다. 요가 단검을 잡는 것을 보고 준정이 활을 쏘았다. 화살은 요의 손을 아슬아슬하게 스쳐 지나갔다. 백아와 남모가 탄 말은 하얀 눈보라를 일으키며 거칠게 달려갔다.

"천관아, 저들을 따라가라."

천관이 비틀거리며 말에 오르려 하자 준정이 말을 향해 활을 당겼다. 순간, 요가 단검을 날렸다. 준정의 어깨에 단검이 와 꽂혔다.

"윽!"

준정은 비틀거리며 활을 잡았으나 떨어뜨리고 말았다. 붉은 핏방울이 흰 눈에 번져갔다.

황산강의 끝자락, 눈이 군데군데 쌓인 절벽 밑으로 검푸른 바다가 일렁였다. 남모와 백아는 말에서 내려 절벽 아래를 보았다.

왜로 갈 배가 물결 따라 흔들리고 있었다.

백아와 남모가 언덕을 내려가려는데 천관과 요의 말이 달려왔다.

"남모! 너를 그냥 보낼 수 없다."

요가 검을 들고 그들 앞에 섰다. 백아가 남모 앞으로 나서 요와 마주 섰다.

"남모 공주는 아무 죄가 없소. 당신들의 이상이 높다고 들었소만, 그 이상을 위해 무고한 살생을 하려는 것이오?"

"대의를 위해 어쩔 수 없는 죽음이 따를 때도 있다."

요와 백아의 검이 부딪혔다. 바다로 내려가려던 남모가 검을 들고 백아 앞을 가로막았다.

"요 스님, 보내주십시오."

요는 쓴웃음을 지었다.

"너는 네 운명을 탓하여라. 낭도들을 앞세워 약한 나라를 공격하려는 신라가 너를 죽게 하는구나. 나는 신라를 막기 위해, 동지들을 위해, 원화를 죽일 수밖에 없다."

요가 검을 휘둘렀다. 남모의 어깨에 칼이 스쳤다. 백아가 요를 공격했다. 남모가 검을 고쳐 들자 천관이 막아섰다. 남모가 천관을 노려보았다. 이내 결심을 한듯 재빠르게 검을 휘둘렀다. 거세게 몰아붙이는 천관의 표정이 고뇌로 일그러져 있었다.

"천관, 너도 한때 신라의 낭도였거늘!"

"나도 자랑스러운 랑이 되고 싶었습니다! 그러나 나는 어디서나 천한 신분일 뿐이었소. 오직 스님만이 나를 구해주고 평등한 세상을 꿈꾸게 해주었소. 나는 그 세상을 지키기 위해 싸우는 것이오."

"무참한 살생으로 평등한 세상이 온다더냐? 왕족을 죽이면 평민들의 세상이 온다더냐?"

남모의 검이 차가운 바람을 일으켰다.

"대의를 이루기 위함이오! 평등한 세상을 위협하는 세력을 없애려는 것이오!"

천관의 검이 울부짖었다. 그의 검은 옷자락은 떨치지 못한 미련과 분노로 펄럭거렸다. 남모의 검이 흥분한 천관의 옆구리를 스쳤다. 몸의 중심을 잃고 비틀거리는 천관의 다리에 검이 스쳤다. 천관은 눈이 벌겋게 달아올랐다. 남모는 차가운 표정으로 한 치의 오차 없이 검을 휘둘렀다.

"이얏!"

천관의 검이 성급하게 남모에게 달려들었다. 남모는 몸을 돌리며 천관의 등을 길게 베었다. 천관은 칼을 떨어뜨리고 쓰러졌다. 그는 몸을 부르르 떨며 안타까운 눈길로 남모를 쳐다보았다. 무슨 말인가 하려고 했지만 천관은 곧 고개를 떨어뜨리고 말았다.

"백아! 백제의 왕자로 부끄럽지 않은가? 한낱 여자 때문에 백제를 버리는가?"

"백제를 위하는 사람은 나 아니라도 많을 것이다. 나는 백제를 온전히 내려놓고 한 여인을 위해 전부를 걸었다."

"어찌 큰 뜻을 버리고 일신의 안위만 생각하는가?"

"평생을 헤매 다니다가 이제야 내 사람을 만났거늘! 비키시오!"

백아의 하얀 옷자락이 바람을 일으켰다. 요의 재빠른 발놀림 끝에 눈이 물보라처럼 흩어졌다. 백아가 검으로 요를 밀어붙였지만 요의 몸은 미끄러지듯 움직이며 백아의 칼끝을 피했다.

남모가 외쳤다.

"요 스님! 나를 죽일 명분이 있다면 나와 겨루시오."

백아를 공격하던 요가 몸을 돌려 남모에게 칼을 들이댔다. 미처 칼을 들어 올릴 새도 없이 남모는 뒷걸음질 쳐 절벽 끝에 다다랐다. 요는 끝장을 보겠다는 듯이 검이 쳐들었다. 동시에 백아가 남모 앞을 막았다. 요의 검이 백아의 옆구리를 찔렀다.

"백아공!"

요가 칼을 빼냈다. 백아의 옆구리에서 피가 솟구쳤다. 몸에서 한꺼번에 모든 기운이 빠져나갔다. 온몸이 뜨거워지는 것을 느꼈다. 남모를 살려야 한다. 백아는 어지러웠던 머릿속이 오히려 환하게 정리되었다. 남모는 이미 그에게 모든 존재의 이유가 되었다. 목숨을 지켜야 한다.

요가 다시 검을 들자 남모가 백아 앞으로 나와 요의 검을 받았다. 남모의 표정이 서늘하게 바뀌었다.

요가 몸을 날려 남모의 가슴을 향해 검을 내리꽂았다. 남모는 몸을 돌려 검을 피하며 요의 다리를 노렸다. 종아리에 칼끝이 스쳤다. 붉은 피가 옷 위로 배어나왔다.

요의 칼이 빨라지며 남모를 밀어붙였다. 검이 부딪히는 소리가 요란한 후 요는 몸을 실어 달려들 듯 남모를 내리쳤다. 손목을 맞은 남모는 검을 떨어뜨렸다. 요가 마지막 한칼이라는 듯 검을 높이 쳐들었다.

"윽!"

남모를 베려던 요가 몸의 중심을 잃었다. 요의 다리에 화살이 꽂혔다. 칼을 땅에 꽂으며 뒤돌아보았다.

준정이 달려왔다. 그 사이에 남모는 떨어뜨린 검을 들었다. 쓰러졌던 백아가 비틀거리며 검을 짚고 일어섰다.

"공주, 먼저 몸을 피하세요."

다급하게 말했지만 남모는 고개를 저었다.

"내 손으로 요를!"

요가 절룩거리며 다가와 다시 남모를 공격했다. 준정이 활을 겨누었다.

"요 스님, 검을 내려놓으시오!"

그러나 요는 들은 척도 하지 않았다. 남모가 소리쳤다.

"활을 쏘시오!"

남모는 준정에게 애원과 명령을 동시에 날렸다. 그러나 남모의 푸른 옷과 요의 잿빛 승복은 격렬하게 뒤엉키었다 풀어지기를 반복했다. 두 사람은 절벽 끝에 서 있었다. 준정은 요의 허리를 겨냥했다. 남모가 요에게서 떨어져 몸을 돌리는 사이 화살을 날렸다. 화살은 요의 승복을 찢으며 아슬아슬하게 지나갔다. 화살 때문에 잠시 멈칫했던 남모와 요는 동시에 상대를 찔렀다. 요의 검이 남모의 배를 찌르고 남모의 검이 요의 옆구리에 박혔다.

"남모 공주!"

준정이 비명을 지르며 뛰어갔다. 백아가 쓰러지는 남모를 안았다.

"공주, 정신을 차리시오."

백아는 자신의 옷으로 남모의 상처를 눌렀다.

"당신의, 적 소리를 듣고 싶었는데……."

남모의 더운 피가 흥건하게 대지를 적셨다. 백아의 옆구리에서도 아직 피가 멎지 않았다. 백아가 고통스럽게 고개를 저었다.

"안 되오. 죽으면 안 돼! 당신을……."

"백아, 이제 당신만을 생각할 수 있게……."

백아가 눈물을 떨어뜨리며 남모를 부둥켜안았다.

"백아, 함께 가요."

남모는 왼팔로 백아의 목을 꼭 안았다. 그리고 마지막 남은 힘을 오른팔에 실어 검을 집었다. 백아의 숨결을 느끼며 검을 높이 쳐든 순간, 남모와 준정의 눈이 마주쳤다. 남모는 더 이상 미련이 없다는 듯 엷은 미소를 보였다. 준정은 남모가 무엇을 하려는지 알았다.

"안 돼!"

준정이 손을 내밀었지만, 남모는 검으로 끌어안은 백아의 허리를 깊숙이 찔렀다. 검은 백아를 관통하고 남모의 허리까지 박혔다. 남모와 백아는 서로의 눈을 마주 보았다. 백아가 떨리는 두 손으로 남모의 얼굴을 감싸 쥐었다. 백아의 입술이 남모의 뺨에 닿았다.

함께 가는 거예요. 백제도 신라도 없는 그곳으로.

남모의 팔이 힘없이 떨어질 때 두 사람의 몸은 절벽 아래로 떨어졌다. 준정이 달려가 절벽 아래를 내려다보았다. 검푸른 파도만 일렁일 뿐이었다.

인연과 업보

“준정아. 검을 들어라.”

요는 옆구리에 피를 흘리며 서 있었다. 요의 찢어진 옷이 바람에 날리며 피를 뿌렸다. 바람에 흩어질 육신이거늘, 무엇 때문에 서로를 죽이려 합니까? 남모의 마지막 모습이 준정의 눈앞에서 사라지지 않았다. 준정은 천천히 눈을 감았다가 떴다.

“내 어머니 이야기를 하며, 그렇게 저와 함께 지낼 수도 있었을 것입니다.”

준정에겐 스승이요 어머니 같은 요였다.

“이차돈을 따라 죽으려 할 때 왜 저를 살렸습니까? 왜 이런 업보를 짊어지게 하십니까?”

요와의 인연이 원망스러웠다.

대나무 숲에서 검을 휘두르고 있어야 했다. 바람과 바람 사이를 가르며 정확하게 베어라. 요는 그렇게 가르쳤다. 두 눈을 가리고 활을 쏘게 했다. 눈을 가려도 화살의 소리로 과녁을 볼 수 있어야 한다. 요는 그렇게 가르쳤다. 오랜 시간 요는 준정의 일부였다.

모든 집착과 물욕은 공으로 돌아가는 법이거늘, 무엇을 위해

서로 죽이려 한단 말입니까?

"검을 들어라."

준정은 손에 든 검을 눈 위에 내던졌다.

"가십시오."

준정이 돌아서서 한 걸음을 내딛었다. 준정의 발 앞에 단검이 와서 꽂혔다.

"나와 함께 가자."

솟아오르는 감정을 억누른 듯한 요의 목소리였다.

"함께 가자, 준정아."

너무 늦었습니다.

준정이 몇 걸음 더 나아갈 때였다. 눈보라를 일으키며 달려오는 이들이 있었다. 검은 옷을 입고 복면을 한 자들이 말을 타고 달려왔다.

"우리를 데리러 왔다. 나와 함께 간다고 하여라. 그래야 네가 살 수 있다."

요가 다급하게 말했다. 그들은 요의 무리였다. 그들은 말을 달리며 칼을 뽑아 들었다. 맨 앞에 달려오는 자가 준정을 겨냥하고 있었다. 살기가 묻어났다. 준정은 활을 들었다. 칼을 휘두르고 달려오는 자를 향해 활을 쏘았다. 요에게서 수련을 할 때처럼 한 순간의 여유도 주지 않고 과녁을 맞혔다. 과녁들은 모두 피를 흘리며 쓰러졌다. 쓰러졌던 한 명이 일어나 달려들었다. 준정이 몸을 돌려 활을 겨누었다. 이미 그가 눈앞에 칼을 들고 있었다.

"흑!"

칼을 든 사내가 두 눈을 부릅뜨고 준정의 눈앞에서 멈칫했다.

등에 단검이 꽂힌 채 푹 쓰려졌다. 요가 단검을 던진 것이었다. 준정이 요를 보았다. 요는 무표정하게 쓰러진 이를 바라보았다.

저로 하여금 또 무참한 살생을 하게 만드셨습니까?

준정은 목이 메어왔지만 돌아섰다. 등 뒤로 요가 달려오는 것이 느껴졌다. 준정은 몸을 돌려 요의 검을 피했다.

"나와 함께 가자."

"같이할 수 없습니다."

"나는 가야 한다. 내가 돌아가서 평등한 세상, 공정한 세상을 만들어야 한다."

"사람을 죽여서 만드는 세상이 도대체 무엇입니까?"

준정은 울음 섞인 목소리로 소리쳤다.

"그래, 죽였지. 나의 이상을 거부하는 자들은 모두 죽여야지."

"저를 죽이는 것도 스승님의 업보입니다."

준정이 다시 돌아서자 요는 준정의 검을 발 앞에 내던졌다.

"잠시 명분을 잊었구나. 나는 원화를 죽여야 하고, 너는 남모와 낭도들의 원한을 갚아야지."

요가 섬뜩하게 말했다.

"명분을 위해 살생을……. 차라리 저를 죽이세요."

준정의 말이 끝나기 전에 요의 칼끝이 준정의 옆구리를 스쳤다. 준정은 몸을 굴러 요를 피하며 자신도 모르게 눈 위에 떨어진 검을 들었다.

요의 눈빛이 선뜩해졌다. 준정을 향해 칼이 날아왔다. 요의 칼이 바람을 갈랐다. 준정은 몸을 날리며 바람을 피했다. 준정의 힘에 요가 뒤로 밀려 낭떠러지 앞에 섰다. 요의 검을 피하며 준정은 길게 검을 휘둘렀다.

"윽!"

요가 앞으로 꺼꾸러질 듯하다 검으로 땅을 짚었다. 피가 눈 위에 뿌려졌다.

요는 숨을 몰아쉬었다.

"준정아, 네 어미가 생각나는구나."

말을 하며 요는 주저앉고 말았다. 준정이 다가와 요를 내려다보았다. 검은 급소를 비켜 간 듯했다.

"저와의 업보가 끝나기를 바랍니다."

단검을 맞은 어깨에서 피가 멎지 않았다. 준정은 돌아서며 활을 집었다.

제발 여기서 끝내고 돌아가시오, 요 스님. 목숨은 살려두니 다시 검을 들지 마소서.

"주, 준정아."

요의 목소리에서 준정은 인연의 미련을 느꼈다. 준정은 활에 화살을 걸며 돌아보았다.

"나를, 죽이고 가거라."

요는 단검을 들고 있었다. 요가 단검을 날리려 팔을 드는 순간, 준정이 활을 쏘았다. 요는 단검을 자신의 심장에 꽂았다. 준정의 화살은 흰 눈 위에 꽂혔다.

요는 팔을 준정을 향해 뻗으며 무슨 말인가를 하려고 했다. 준정은 힘을 잃고 허리를 꺾은 채 쓰러지면서 요를 보았다.

죽으면 안 돼요! 부처님, 어찌하여 이런 고통을…….

"주, 준정아. 이제, 네 어미를 만나겠구나."

온 힘을 다해 마지막 말을 하며 요는 준정을 향해 손을 내뻗었다. 떨리는 손끝이 준정을 어루만지는 듯했다. 요는 눈밭에 엎어졌다.

"스승님!"

준정은 쓰러진 채 기어서 요에게 다가갔다. 무수한 계절이 피고 지는 동안 준정이 의지했던 요였다.

내 어머니에 대해 다정한 한 마디라도 들려주었더라면…….

단검에 박혔던 자리에서 피가 계속 흘렀다. 요는 준정을 향했던 손을 천천히 내렸다. 요의 눈길이 순해져 준정을 바라보았다.

준정, 너와 함께해서 좋았다.

요의 표정엔 아쉬움도 원망도 없었다. 준정이 다가가 그 손끝을 잡는 순간, 이제 되었다는 듯이 요의 눈이 스르륵 감기었다.

준정은 앞으로 쓰러졌다. 그녀의 눈앞이 희미해져왔다.

검푸르던 바다에 붉은빛이 일렁거렸다. 남모의 핏빛일까. 붉게 일렁이는 바다 너머로 해가 솟아오르려 했다. 숨이 찼다. 남모는 저 바다 속에서 해를 맞을까. 뜨거운 눈물이 흐르고 눈이 서서히 감겼다.

4 화랑

시샘은 칼이 되어

"그럴 리가 없습니다. 원화께서 돌아가시다니요!"

"준정 원화! 남모 원화! 두 분 다 돌아가셨단 말입니까?"

선화당에서 소식을 들은 랑들은 사색이 되었다. 몇몇은 넋이 나가 몸을 떨고 울었다. 침통한 얼굴로 이를 악물고 있던 위화랑이 물었다.

"시신은 어디 있습니까? 이랑과 비대공이 발견했다 들었습니다."

랑들의 울분 속에 말을 잇지 못하고 있던 지소가 대답했다.

"남모 원화의 시신은 군사들이 발견하여 병부로 옮겼소. 미진부가 시신을 확인하고 있습니다."

랑들은 고개를 떨어뜨리고 눈물을 흘렸다. 위화랑이 지소의 다음 말을 기다리다가 물었다.

"그럼, 준정 원화는?"

눈물을 떨어뜨리던 랑들이 일말의 기대를 품은 눈빛으로 지소를 간절하게 보았다.

"준정 원화는……. 시신은 발견하지 못했지만……."

"그럼, 살아 있을 수 있군요. 준정 원화는 살아 있을 겁니다!"

위화랑의 눈빛이 요동을 쳤다. 지소는 어렵게 입을 열었다.

"시신을 발견 못했으나 운명한 것으로 보이오. 준정의 칼이 절벽 위에 있었는데, 시신은 아마, 파도에 휩쓸리지 않았나 싶소. 남모의 시신도 바다에서 찾았소."

그러자 랑들이, 술렁거렸다. 준정이 살아 있을 거라는 기대만으로 랑들의 표정에 희망이 차올랐다.

"어허! 태후 앞에서 경거망동 마시게."

위화랑이 랑들을 제지하였으나 그의 얼굴도 희망으로 살아나고 있었다.

"태후 마마, 이랑과 비대공을 만나봐야겠습니다."

"지금 이사부와 미진부가 병부에서 조사를 하고 있소."

"낭도들의 일이니 제가 이랑과 비대공을 만나보겠습니다."

"안 되오!"

지소의 단호한 말에 위화랑의 눈썹이 꿈틀거렸다.

"요의 잔당이 있다면 아직도 낭도들을 노리고 있을지 몰라요. 이랑과 비대공을 보호하고 감시할 필요가 있소."

위화랑은 지소가 무언가 숨기고 있음을 느꼈다. 이랑과 비대공을 감시하다니, 그들은 죄인이 아니라 자랑스러운 낭도요, 원화사건의 목격자였다.

"바다를 뒤져 시신을 찾고 있으니 좀 기다려보세요."

"낭도들을 풀어 황산강 근처를 살펴보겠습니다."

위화랑의 말에 낭도들이 이구동성으로 외쳤다.

"저희가 준정 원화를 찾아보겠습니다."

지소가 손바닥으로 책상을 쳤다.

"풍월주! 며칠 후면 낭도수련대회 아니오? 준정 한 사람 때문에 수련을 팽개칠 작정이오?"

화를 내는 지소에게 위화랑이 냉정하게 말했다.

"원화가 살아 있을 수도 있고, 만약 운명했다면 나라에서 그 시신이라도 찾는 것이 도리입니다. 원화가 월궁을 구하고 목숨이 어찌되었는지 모르는 상태에서……."

"준정은 죽었어요. 이랑과 비대공이 준정이 죽었을 거라고 했어요!"

랑들은 일제히 태후 앞에 무릎을 꿇었다.

"태후 마마, 준정 원화를 찾도록 허락해주십시오."

지소는 그들을 가만히 바라보다가 단호하게 일어났다.

"낭도들에게는 원화들의 죽음을 알리지 말고 계획대로 수련대회를 하도록 하세요."

랑들이 서로 마주보며 불안한 눈빛을 주고받았다. 위화랑이 머리를 조아리며 말했다.

"태후 마마, 황송하오나 그것은 아니 될 말씀입니다. 준정 원화는 생사를 모른다 하나 남모 원화는 시신까지 찾았습니다. 어찌 낭도들이 신라를 위해 싸우다 전사한 원화에게 예를 갖추지 않는단 말입니까?"

지소는 꿇어앉은 랑들을 가만히 바라보더니 선화당을 나갔다.

원화가 없으면 무엇도 할 수 없다는 듯이 말하지 않는가. 준정이 왕이라도 된 듯하지 않는가? 어린 왕에 대한 충성이 저러해야 할 것을!

새 왕이 등극한 후 처음으로 여는 낭도수련대회였다. 행사를 웅장하게 치러 새 왕의 위엄을 보여주라고 했건만! 지소는 병부로 향했다. 겹겹이 둘러싸인 옥문을 지키는 사람은 지소의 호위무사였다.

"정신을 차렸는가?"

"아직 기척이 없습니다. 내의가 와서 진맥을 하고 약을 억지로 입에 넣었습니다."

"아무도 접근하지 못하게 하게."

지소는 신신당부하고 내궁으로 향했다. 왕자궁 앞에도 호위무사를 세워놓았다. 지소가 방에 들었다.

"편히 쉬었는가?"

이랑은 겁에 질려 있으면서도 억울한 표정이었다. 비대공은 무표정한 얼굴이었다.

"잘 생각해봤는가?"

"예, 태후 마마. 준정 원화의 사가에 들기 전에 남모 원화께선 술을 좀 드셨고……."

"준정이 남모에게 술을 먹였는가?"

지소의 말에 비대공이 눈을 내리깔며 대답했다.

"그건 아니옵니다. 준정 원화께선 그 자리도 마다하셨는데, 남모 원화께서 권하셨습니다."

지소가 비대공을 노려보았다.

"저희가 황산강으로 달려갔을 때는 이미 준정 원화가 쓰러져 의식이 없는 상태였습니다. 요 스님과 그 잔당으로 보이는 복면의 사내들은 죽어 있었고, 절벽 아래를 내려다보니 파도에 사람이 밀리고 있어…… 흐흑! 남모 원화셨습니다."

지소는 감정이 북받치듯 눈을 감고 고개를 끄덕였다.

"이랑은 듣게. 낭도들이 의기가 상할 수 있으니 이 일은 당분간 발설하지 말게. 이번에 자네 공이 크니 상을 내리겠네. 자네를 이사부가 있던 동해의 장군으로 보내고자 하는데 어떠한가?"

"예?"

이랑이 눈물을 닦고 지소를 보았다.

"자네 조부께서 대아찬을 지내셨지. 자네에게 그보다 높은 파진찬의 벼슬을 주겠네. 이십대에 파진찬이라면, 왕족이라도 쉽지 않은 진급이지. 몇 년 후 서라벌로 돌아와 낭도를 이끌고 싶다면 랑을 맡기겠네. 어떠한가?"

이랑은 눈을 끔뻑이다 머리를 조아렸다.

"태후 마마, 큰 은혜를 입습니다. 하오나, 준정 원화께서 어찌되셨는지 알지 못한 채……."

"자네가 여기 있으면 죽어가는 준정이 살아나는가?"

"어찌 그러하오리까. 하오나 준정 원화께선 사사로이는 저와 먼 친척으로……."

"알고 있네. 그러니 하는 말일세. 준정도 옆에 있으면 기뻐할 일이니, 그리 따르게."

지소는 호위무사를 불러 이랑을 이사부에게 데려가도록 했다. 그리고 꿈쩍 않는 비대공을 바라보았다.

"보시오. 비대공은 동해로 나가라는 나의 말을 오해했으나, 이랑은 고마워하지 않소? 비대공의 어머니인 옥진 궁주는 귀족으로 신분을 상승시켜주고 호위무사와 사모들을 붙여 그 위상을 높여주었소."

삼맥종이 태자가 된 후에 지소는 옥진의 지위를 높여주는 것으로 회유했다. 비대공의 바람막이인 준정이 없을 때 비대공도 처리해야 했다.

"비대공은 파진찬의 벼슬을 내려 실직으로 보낼 테니 그리하시오."

비대공이 꿇어앉아 엎드리며 머리를 방바닥에 대었다.

"태후 마마, 준정 원화께선 반드시 깨어날 것입니다."

"저잣거리에 준정이 남모를 죽였다는 소문이 돌고 있소."

비대공이 원망스러운 눈으로 지소를 보았다. 남모가 준정을 죽이길 바랐는데 남모가 죽었다. 사경을 헤매고 있는 준정이 이젠 아무 힘도 없으리라 여겼지만, 랑들은 준정을 찾고 있었다.

"랑들이 준정 원화를 뵙고 그 마지막이라도 함께하도록 은혜를 베풀어주시옵소서."

"큰일 날 소리! 준정이 남모를 죽였는지도 모르고, 요에 협력했는지도 모르오!"

"복면 사내들의 가슴에 꽂힌 화살이 모두 준정 원화의 화살이었습니다. 어찌 그런 말씀을 하십니까?"

"본 것을 절대 입에 담지 말라 일렀거늘. 또한, 당장 실직으로 가시오."

"준정 원화를 뵙게 해주십시오. 원화께선 분명 살아나실 것입니다."

"내 명을 거역하느냐?"

비대공이 지소를 안타깝게 바라보다 힘없이 눈길을 떨어뜨리며 말했다.

"태후 마마, 만에 하나라도 제가 마음에 걸리신다면, 궁에서 나가 중이 되겠습니다."

순간, 지소는 가슴이 뭉클해지며 코끝이 시려왔다.

이 어린아이를 상대로 내가 몹쓸 짓을 하는구나. 준정의 말대로 물 같은 심성의 아이거늘. 그토록 준정만 따르려 한단 말이냐.

비대공의 맑은 눈에 비친 자신의 모습이 비겁해 보여 지소는 눈을 질끈 감았다.

"소원이라면 그리 하시오. 단, 풍월주를 비롯한 그 누구도 만나지 말고 당장 궁을 나가야 하며, 준정에 대해서는 입 밖에 내지 마시오."

"예, 태후 마마. 하온데, 천관은 어찌되었습니까?"

"천관은, 죽었소."

지소는 문득 울컥하고 치밀어 오르는 감정을 억누르며 방을 나섰다.

지소는 월하정으로 걸음을 옮겼다. 얼마 전 월화정에서 남모를 보았을 때가 떠올랐다. 그리 얼굴이 말라가던 것이 백아 때문이었단 말인가? 그러나 귀족들에겐 백아의 존재를 비밀로 해야 했다. 남모는 오직 신라를 위해 싸우다 요를 처단하고 죽음을 맞이한 것이어야 했다. 그리고 준정은…….

"파진찬과 이찬이 뵙고자 합니다."

지소는 남당에 들기가 갑갑하여 월하정에 찻상을 준비하라 하고 사모들을 멀리 물리쳤다. 지소가 왕을 위한 측근으로 새로 뽑은 이찬과 파진찬이었다.

"저자에, 남모가 술에 취해 준정의 사가에 든 것을 보았다는 말들이 있습니다. 준정이 남모를 죽였다는 소문이 돌고 있어요."
"사실인지 알 수 없지요."
지소는 남모가 좋아하던 백제의 잔에 차를 마셨다.
"준정이 남모에게 술을 먹여 취하게 만든 후에, 죽여서 물에 빠뜨렸다는 말은 없던가요? 만약 준정이 요에 협력했다면, 그럴 수도 있지요."
파진찬과 이찬이 잠시 서로 얼굴을 마주 보았다.
"사람들은 그 말을 믿지 않으려 할 것입니다."
이찬의 말에 지소가 말했다.
"낭도들은 믿지 않겠지요. 허나 백성들은 무지하니 그 말을 믿을 수 있어요. 믿을 수 없는 말일수록 소문이 잘 되지요."
"그리 소문을 내면 원화와 낭도들의 위상이 문제가 되지 않겠습니까?"
파진찬이 씁쓸하게 말했다.
"이미 죽은 원화입니다. 위상이 떨어진 원화제도는 없애고, 새 왕이 강건한 제도를 새롭게 시작해야지요."
지소의 말에 이찬과 파진찬은 고개를 끄덕였다.
"소문을 이용한 후, 폐하의 은덕으로 그 소문을 잠재우면 됩니다."
비대공이 궁을 나갔다는 소식을 듣고 지소는 늦게야 잠자리에 들었다.
준정, 비대공을 끝까지 지키려 하더니, 비대공 역시 준정에 대한 신의를 지키는구나.
다음 날 아침이었다. 궁을 나갔던 비대공이 찾아와 지소를 뵙고자 했다. 지소를 보는 비대공의 눈에는 눈물이 어려 있었다.

"태후 마마, 준정 원화께서 깨어나셨습니다."

하늘의 별이 되는 꽃들

목탁소리가 스며들었다. 맑은 울림이 부드럽게 밀려오더니, 이내 푸른 물결이 되어 환하게 다가왔다.

"원화, 정신이 드시오?"

남모의 목소리인가. 준정은 천천히 눈을 떴다. 천상에서 온 듯한 여인이 자신을 내려다보고 있었다. 눈을 감았다가 다시 떴다. 자신을 내려다보는 여인은 벽에 그려진 약재보살이었다.

"정신이 드십니까?"

고개를 돌리자 지소가 보이고 뒤쪽으로 비대공의 모습이 보였다.

"남모 원화는……."

준정이 입을 열었다. 지소는 다가앉으며 준정의 얼굴을 들여다보았다. 준정은 몸을 일으키려고 했지만 어깨가 끊어질 듯이 아파왔다.

"누워 계세요. 심한 부상을 입었습니다."

"남모 원화는?"

지소가 한숨과 함께 내뱉었다.

"절벽 아래서 시신이 발견되었습니다……. 백아공과 함께요."

나무아미타불 관세음보살. 준정은 눈을 감았다.

"이랑과 비대공이 달려갔을 땐 이미 준정이 쓰러진 뒤라 들었어요."

그때서야 저만치 서 있던 비대공이 머리를 숙이며 떨리는 음성으로 한 마디 했다.

"원화께서 깨어나셔서 정말 다행입니다."

잠개에게 이야기를 들은 이랑과 비대공이 황산강으로 뒤쫓아 온 것이었다.

"깨어나셔서 다행입니다. 원화께서 요의 무리를 물리치고 월궁을 구하셨습니다."

남모가 죽었다. 그 마지막을 온전히 지키지도 못했다.

"제가, 제가, 남모 원화를 지키지 못했습니다, 흐흑!"

"운명입니다. 남모가 백아와 운명을 같이하여, 부처님의 품으로 갔습니다."

지소도 눈가에 고인 눈물을 찍어냈다. 그리고는 꺼내기 어려운 말인 듯 망설이다 입을 열었다.

"그런데, 백아를 관통하고 남모까지 찌른 검이……. 남모의 검이었습니다. 누가 두 사람을 찔렀습니까?"

남모의 마지막 장면이 떠올라 준정은 뱃속이 끊어지는 아픔을 느끼며 겨우 대답했다.

"남모 원화께선 요 스님의 칼에 부상을 입고……. 백아와 함께 자결을 하셨습니다. 제가 막지 못했습니다."

지소는 놀라서 잠시 말을 잇지 못했다.

"그랬군요. 결국 남모가 백아를 죽이고……. 그럴 수밖에 없었겠지요."

지소는 쓰라린 목소리로 말하며 긴 한숨을 내쉬었다.

준정은 문득 길가에서 아이들이 부르던 노래가 떠올랐다. 꽃들은 죽어 다시 하늘의 별이 된다고 했던가. 진정 두 원화의 운명을 알고 부른 노래인가.

준정은 힘없이 말했다.

"태후 마마, 저도 죽은 걸로 해주십시오. 제 임무를 다하지 못했습니다. 저를 원화에서 폐하여주십시오."

준정이 살고 남모가 죽은 것이 지소로서도 달갑지 않을 것이다. 그러나 지소는 준정의 말에 고개를 저었다.

"원화! 그것은 안 될 말씀입니다. 요가 준정 원화를 회유하려 들었겠지만, 원화가 받아들이지 않았겠지요."

비대공이 비통한 음성으로 나지막이 말했다.

"원화께선 우리 낭도들의 기둥입니다. 그런 말씀은 하지 마십시오."

"일단은 몸을 잘 추스르세요. 혹여 요의 잔당이 목숨을 노릴까 염려되어 원화를 여기 모신 것은 몇몇에게만 일러두었습니다."

지소는 일어나려다가 준정을 가만히 보며 회한에 젖은 목소리로 말했다.

"준정 원화와 남모, 나, 이렇게 세 사람이 랑이 되어 낭도들을 이끌던 시절이 문득 그립습니다. 신라의 여인으로 낭도들을 가르치는 우리 몫은 다했나 봅니다. 이제 가야국들을 통합하고 전쟁을 하는 일은 장수들에게 맡겨야 할 때입니다. 그 누가 남모와 준정 원화의 역할을 대신할 수 있겠습니까?"

"태후 마마."

"예."

준정은 지소에게 가슴에 품은 마지막 말을 하듯 간절히 말했다.

"또다시 천관과 같은 낭도가 나오지 않도록 평민 낭도들을 귀족 자제들과 공평하게 대해주십시오. 신분으로 인해 부당한 대우를 받는 백성이 없도록 보살펴주십시오. 그것이 부처님의 뜻이 아닐는지요?"

태후의 얼굴에 잠시 수심이 일렁거렸다.

"원화, 천관은…… 아니, 아니에요. 원화의 말씀 잊지 않겠습니다."

지소 태후가 나간 뒤에야 준정은 방 안이 낯설게 다가왔다. 가까이 오지도 못하고 문 앞에 서 있는 비대공에게 물었다.

"여기가 어딥니까?"

비대공이 다가와 앉아 대답했다.

"애공사입니다. 일전에 애공사 주지 스님께서 낭도들에게 설법을 하신 적이 있는데, 주지 스님께서 의술에도 능하셨습니다. 하여, 월궁까지 가기 전 다급하여 이리로 모셨습니다."

준정은 비대공을 올려다보고 손을 내밀었다. 비대공이 잠시 망설이다 준정의 손을 잡았다. 단단하고도 부드러운 손이 준정의 손을 잡고 천천히 힘을 주었다. 비로소 준정은 자신이 살아 있음을 느꼈다.

"고맙습니다, 왕자님."

"흑, 원화님! 흐흐흑! 목숨을 보전하셔서 고맙습니다. 원화께

제가 아무 힘이 되지 못해 죽고만 싶었습니다!"

비대공이 참았던 울음을 터뜨렸다. 그 울음에, 준정을 향한 서러움과 안타까움, 살아 있음에 감사한 마음이 다 들어 있었다.

"제가 여기 온 지 며칠이나 되었습니까?"

"닷새째입니다."

닷새…….

"남모 원화와 백아, 요 스님과 천관, 모두 죽고 나만 살아남았다니……."

"그런데 원화."

비대공이 눈물을 닦았다.

"천관은, 천관은 저와 이랑이 갔을 때 살아 있었습니다. 이후에, 낭도들이 바다에서 남모 원화의 시신을 건지고 나서 보니, 요와 천관을 이송한 후였습니다. 그런데 나중에 죽었다고 하였습니다."

"왕자님, 천관이 살아 있었다고요?"

"숨이 붙어 있었는데, 시신은 확인하지 못했습니다. 그리고, 저는 이제 왕자도 아닙니다."

왕자가 아니라니. 그 사이에 무슨 일이 있었단 말인가. 준정은 마음이 아려왔다. 비대공은 월궁 밖의 사가에서 생활한다고 했다. 결국 지소가 힘없는 비대공을 마지막까지 내몰았는가 싶었다. 준정의 마음을 읽은 듯 비대공이 웃어 보였다.

"준정 원화께서 저를 끝까지 보호해주신 것 압니다. 허나, 원화께서도 아시겠지만, 제겐 왕자의 자리가 늘 부담스러웠습니다. 하여 스스로 궁을 나왔습니다."

심성이 맑은 비대공이었다.

"원화께서 잘못되셨더라면, 그야말로 저도……."

"살아 있다는 게 고마운 일인지 모르겠습니다."

그 바닷가 절벽 위에 아무도 오지 않았다면 어찌 되었을까. 살아난 것이 기뻐할 일인가. 천관은 서라벌에 와서 죽었단 말인가. 준정은 눈물을 보이지 않으려고 고개를 돌려 눈을 감았다.

저녁 공양이 끝난 후였다. 법흥왕이 준정을 찾아왔다.

왕은 삼맥종에게 왕위를 넘겨준 후, 흥륜사에 들어가 승복을 입었다. 사람들은 선왕의 공적을 칭송하며 그에게 시호를 붙였다. 시호란 본래 왕이 타계한 후에 그 공덕을 찬양하여 붙이는 것이지만, 백성들은 그를 법흥왕이라고 불렀다. 신라의 기틀을 마련하고 율법을 제정하였다 하여 법흥이라고 했다. 불법을 흥하게 하였다고 법흥이라고도 하였다.

그는 머리를 깎지는 않았으나 승복을 입고 손에 염주를 들었다. 몸은 노쇠하였으나 얼굴이 맑아 부처님께 귀의한 사람의 비범함이 느껴졌다. 준정은 몸을 일으키려 했으나 어깨를 꼼짝할 수가 없었다.

"누워 있게."

법흥왕이 준정 옆에 앉았다. 준정은 그를 바로 쳐다보지 못했다. 남모가 죽었다. 딸을 잃은 그의 마음을 차마 헤아릴 수 없었다. 법흥왕이 준정의 손을 가만히 잡아주었다.

"큰일을 했네. 요는 자네의 스승이었지 않은가. 자네의 마음이 어떠했을지 짐작이 가네."

준정은 목이 메여왔다. 이런 인연이었다면 섬기지 않았을 것을,

인연의 끝을 어찌 알겠습니까?

"허나 요는 준정 자네가 아니면 끝낼 수 없는 인물이었지. 자네가 요를 막지 못했다면…… 생각도 할 수 없네."

요의 마지막 모습이 눈앞에 스쳐 지나갔다. 그리고 남모의 마지막 모습이 떠올랐다. 준정은 입술을 깨물었다. 남모 원화를 지키지 못한 죄를 물어주십시오.

"내가 자네에게 빚이 많네. 이차돈을 죽게 하고, 낭도들을 위해 그대를 원화로 세우고…… 이토록 험한 일을 겪게 했으니 말일세."

법흥왕은 준정의 손을 잡고 토닥거렸다.

"몸을 잘 회복하여 자랑스러운 원화로 낭도들 앞에 서주게."

준정이 법흥왕이 잡은 손에 힘을 주었다.

"폐하. 미천한 제가 이토록 자랑스러울 수 있게 해주셔서 감사합니다. 허나 저는 죽은 것으로 해주십시오. 저들은 신라의 힘이 될 낭도들을 와해시키기 위해 원화를 없애려 했습니다. 제가 죽은 것으로 하여 모든 화의 근원을 지우십시오."

그러자 법흥왕이 목소리를 높였다.

"그럴 수는 없네! 지소가 와서 그 같은 말을 하기에, 호통을 쳤네. 어찌 자네를 낭도들의 마음속에서 죽일 수 있단 말인가?"

빼내려는 그의 손을 준정이 힘 있게 잡았다. 준정은 입술을 달싹거리다가 겨우 말했다. 준정 앞에서 남모를 입에 올리지 않는 법흥왕의 마음을 준정은 헤아리고 있었다.

"남모 원화를 지키지 못하고 어찌 제 홀로 원화 자리에 설 수 있단 말입니까? 준정은 이미 죽었습니다. 폐하께서도 죽은 것으로 해주십시오."

"그만두게!"

법흥왕의 손이 떨리는 것을 준정은 느꼈다. 그의 눈에도 눈물이 고였다. 법흥왕은 손을 빼내고 일어났다.

"몸을 회복하시게."

돌아서는 법흥왕의 마음이 무너져내리는 것을 준정은 알았다.

며칠이 지나서 준정은 걸을 수 있게 되었다. 그제야 애공사에서 준정의 사가에 연락을 넣었다. 해 질 녘에 잠개가 찾아왔다.

"원화님! 저희는 원화님께서 잘못되신 줄만 알고, 흐흐흑! 부처님, 감사합니다, 나무아미타불 관세음보살."

잠개는 두 손을 모아 합장했다.

"그런데 원화님, 저잣거리에 괴이한 노래가 유행하고 있습니다. 두 원화에 대한 노래이온데, 그 노래를 듣고 얼마나 가슴이 내려앉았는지 모릅니다."

"시샘이 칼이 되어 서로를 겨누어, 하늘의 별이 된단 노래 말이냐?"

"알고 계셨습니까?"

"전에 들은 적이 있다."

그런데 잠개는 무슨 말을 차마 하지 못하는 듯 입술을 달싹거리며 준정의 눈치를 살폈다.

"하온데, 참으로 망측하게도, 이 말씀을 안 드릴 수가 없습니다요. 남모 원화께서 칼에 찔려 돌아가셨는데, 그것이, 망측하게도, 그 노랫말처럼, 준정 원화의 칼에……. 흑, 송구합니다요."

요의 단검에 찔린 어깨가 불에 댄 듯 아파왔다. 남모를 준정이 죽였다는 소문이 나고 있단 말이었다. 왜 그런 말이 났을까. 누가 악의적으로 퍼뜨린 말일까. 남모를 구하지 못한 자책감이 뱃속을 찔렀다.

"준정 원화가 남모 원화에 술을 먹여 죽이고, 물에 빠뜨린 후 어디론가 도망쳤다고……. 입에 담을 수 없는 말이지만 억울해서 말씀드립니다요!"

비대공이 며칠 동안 애공사에 드나들었지만 비대공은 그런 이야기를 전하지 않았다. 준정은 가만히 눈을 감고 나무아미타불을 외웠다.

어차피 자신은 죽은 것이다. 죽은 목숨이니 무엇이 억울할까. 관세음보살.

랑의 기원

"풍월주! 세간의 소문을 들으셨습니까? 준정 원화가 남모 원화를 죽였다는, 망측한 소문이 돕니다! 시신도 찾지 못한 준정 원화를 이렇게 욕보이다니요!"

"낭도들이 술렁이고 있습니다. 아무도 그 소문을 믿지 않습니다. 모두들 수련대회를 금오산에서 할 것이 아니라, 황산강으로 가 준정 원화의 시신이라도 찾고 영혼이라도 보살펴야 한다고 합니다."

선화당에서 랑들이 흥분하여 목소리를 높였다. 위화랑이 생각에 잠겨 있는데, 사모가 와서 태후의 명을 전하였다.

"풍월주와 랑들께선 급히 남당으로 들라 하십니다."

귀족들의 회의에 참석하라는 전갈이었다. 위화랑이 랑들과 함께 남당에 들었더니 예상한 대로 자주색 관복을 입은 귀족들이 앉아 있었다.

가운데 상석에 앉은 태후가 일렀다.

"죄인을 끌고 오라."

승복을 입은 한 남자가 다리를 절며 끌려 나왔다. 그는 몸의 한

쪽이 마비된 듯 왼쪽 팔과 왼쪽 다리를 쓰지 못하고 질질 끌려 나왔다. 이사부와 미진부는 이미 그를 알고 있는 듯 고개를 들지 않고 침통한 표정을 지었다. 귀족들은 그를 몰라보았으나 랑들은 그를 보고 깜짝 놀랐다.

"너는 천관이 아니냐!"

랑들은 숨을 죽이고 위화랑만이 낮게 부르짖었다. 천관은 체념한 듯 눈을 내리깔고만 있었다.

"이 자는 낭도에 있었으나, 난을 일으켜 낭도에서 쫓겨난 후 앙심을 품고 요의 무리와 반역에 가담한 자요. 남모 원화와 준정 원화의 최후를 보았을 게 분명하여, 최근 항간에 떠도는 소문의 진상을 밝히기 위해 내가 그대들 앞에 불렀소. 허나 이번 일을 계기로 두 원화의 얘기를 두 번 다시 입에 담는 자가 있으면 그 자의 목을 칠 것이오!"

지소가 천관을 보았다. 천관은 입술을 실룩거렸다.

"제가 섬기던 요 스님은, 남모 원화의 칼에 죽었습니다."

좌중에는 숨소리만 들릴 뿐이었다.

"준정 원화가, 준정 원화가, 남모 원화를 베었습니다. 그리고 준정 원화는 그 시신을 바다에 떨어뜨렸고, 제가, 제가, 준정 원화를, 죽였습니다."

저런! 분통을 터뜨리는 거친 숨소리가 터져 나왔다. 순간 위화랑이 벌떡 일어나 달려 나왔다.

"네 이놈, 천관! 누구의 사주를 받고 그런 헛소리를 지껄이는 것이냐!"

이사부가 위화랑을 저지했다.

"풍월주! 태후 마마 앞이오. 흥분을 거두시오."

위화랑은 미진부를 돌아보았다.

"미진부는 이 말을 믿는가?"

미진부는 고개를 들지 않았다. 위화랑은 태후 앞에 엎드렸다.

"태후 마마! 준정의 성정을 누구보다 잘 아실 것입니다. 이놈은 거짓말을 하고 있습니다."

지소는 두 주먹을 부르르 떨었다.

"내가 이 자를 증인으로 삼은 것은, 이제 일을 매듭지어야 할 때이기 때문이오!"

"하오나 태후 마마! 천관은 거짓말을 하고 있습니다!"

"이 자가 거짓말을 하는지 무엇으로 증명할 수 있소?"

태후를 올려다보는 위화랑의 두 눈이 붉어져 있었다. 태후가 귀족들을 보며 소리쳤다.

"하여 나는 원화제도를 폐지하려 하오. 이번 낭도수련대회를 마친 후 실력 있는 낭도들을 뽑아 새로운 제도를 만들었으면 하오."

귀족들은 서로 얼굴을 마주 보았다.

"더이상 사실인지 아닌지 따질 일이 아니오. 이미 항간의 소문으로 원화와 낭도의 위상은 추락하고 말았소. 원화를 폐지하고 새로운 제도를 만들어 왕을 중심으로 낭도들이 화합하여 강건한 신라를 건설해야 하오!"

위화랑은 고개를 떨어뜨리고 말했다.

"원화의 폐지에 찬성합니다. 이제 누가 있어 준정과 남모의 역할을 할 수 있겠습니까?"

천관의 말을 믿는 귀족도 있고 그렇지 않은 사람도 있었다. 원화 일은 함구하라 하니, 귀족들은 이틀 뒤로 다가온 낭도수련대회를 성대하게 치를 계획을 세웠다. 랑들은 묵묵히 듣고만 있었다.

그날 밤, 위화랑은 은밀히 미진부를 찾아갔다.

"천관에게 안내하게."

미진부는 망설였으나 풍월주의 말을 거역할 수 없었다. 위화랑은 옥에 갇힌 천관을 끌어냈다.

"태후가 묻는다면 내가 책임질 터이니 자네는 모른 체하게."

천관은 죽은 체하여 들것에 실려 월궁에서 나왔다. 위화랑은 곧장 흥륜사의 법흥왕을 찾아갔다. 잠자리에 들었던 법흥왕이 놀라 일어났다.

"선왕 폐하. 이놈을 아시겠습니까? 천관이옵니다."

천관은 몸을 제대로 가누지 못해 비스듬히 절을 올렸다. 위화랑은 지소가 천관을 앞세워 귀족들 앞에서 한 이야기를 전했다. 법흥왕이 천관을 바라보고 천천히 물었다.

"네가 진정 보았느냐?"

천관은 울음을 참으며 말했다.

"아니옵니다. 소인은 남모 원화님의 칼을 맞아 쓰러져 정신을 잃었습니다. 저는 아무 장면도 보지 못했습니다. 정신을 차렸을 때는 옥에 갇혀 있었습니다."

"왜 거짓말을 하였느냐? 지소가 시켰느냐?"

천관은 고개를 떨어뜨리고 말없이 눈물을 흘렸다.

"하오나 진정으로 그 말을 따른 것은 아닙니다. 반드시 살아나가 진실을 말해야 했기에, 목숨을 지키고자 거짓을 고했습니다.

준정 원화께선 반드시 살아계실 거라 믿었기에……."

법흥왕은 고개를 끄덕였다.

"너는 본시 재능이 뛰어나고 마음이 순박했다. 준정은 그런 너의 성정을 잘 알았을 것이야. 지소가 알면 위험하니, 너는 이 밤으로 서라벌을 떠나 다른 절에 가 있도록 해라. 내, 서찰을 적어 호위무사를 붙여주겠다."

천관을 보낸 뒤 법흥왕이 위화랑에게 말했다.

"낭도들이 걱정하는 바를 모르지는 않으나, 조심하느라 말하지 않았네. 준정이 살아 있네."

위화랑은 합장하며 부처님을 부르짖었다.

준정은 잠개에 의지하여 방문을 열고 나왔다. 어스름의 햇살 아래서도 연둣빛 향이 느껴졌다. 물결무늬의 노을이 금오산에서 애공사 쪽으로 밀려오고 있었다.

준정은 애공사를 천천히 둘러보았다. 애공사는 낮은 산에 병풍처럼 서 있는 석벽의 보호를 받고 있었다. 작은 절집 마당에는 삼층 석탑이 서 있었다. 절 뒤쪽은 산 중턱으로 막혀 있었는데, 석벽을 짚으며 천천히 걷던 준정은 모퉁이에서 동굴이 있는 것을 보았다. 커다란 바위와 나무로 가려져 있는데, 조심스럽게 내려가 보니 동굴이었다. 동굴 안쪽은 사람이 서서 걸어갈 수 있을 정도의 높이가 되었다.

"잠개야, 저 안에 들어가 보자."

만류하는 잠개를 데리고 준정은 어두운 동굴 속으로 걸어 들어갔다. 안으로 들어갈수록 점점 좁아지더니 맨 안쪽에는 위쪽에 작은 구멍이 나 있어 한 줄기 빛이 가느다랗게 들어왔다.

마음을 추스르기에 좋은 곳이구나.

동굴의 바위에서 풍기는 서늘함과 곱곱한 습기가 다정하게 느껴졌다.

"잠개야, 내가 애공사에 있다는 사실은 달래와 유모에게도 비밀이니라. 알겠지?"

잠개는 입술을 깨물고 고개를 끄덕였다.

동굴에서 나오자 주지 스님이 급히 다가와 일렀다.

"선왕폐하께서 오셨습니다."

준정이 합장을 하며 방에 들자 법흥왕과 위화랑이 함께 앉아 있었다. 위화랑은 준정을 보고 입술을 깨물며 감격스러워했다.

월궁 안의 이야기를 전해 들은 준정은 동요하지 않았다.

"저는 이미 죽은 목숨입니다. 제가 이제 무엇을 하겠습니까?"

위화랑이 바짝 다가앉았다.

"내일 낭도수련대회를 하오. 낭도들은 원화의 생사도 모르고, 세간의 해괴한 소문으로 준정 원화의 명예를 욕보인 채, 대회에 임할 수 없다고 하고 있소. 월궁 안에서의 행사야 태후와 귀족들 앞에서 형식적으로 행한다 하나, 금오산에 가지 않겠다고 하오. 모두 황산강으로 가 준정 원화의 시신이라도 찾아야 한다고 하고 있소."

준정은 낭도들을 생각하자 가슴이 미어져왔다. 이미 죽은 자신을 위해 낭도들이 흔들리는 것이 죄스러웠다.

"허나, 태후께선 깊은 뜻이 있으십니다. 강건한 왕권을 위해 원화를 폐하고자 하심이겠지요. 그 뜻을 따라야 합니다."

"그러기 위해선 원화가 그 끝을 명예롭게 맺어줘야 하오. 내일 금오산에서 한 번만 낭도들 앞에 서주시오. 원화는 태후보다 낭도를 위하는 마음이 앞서는 사람이오. 원화를 내세우고자 함이 아니라, 원화제도를 명예롭게 폐하기 위함이오."

위화랑은 준정에게 천관의 이야기는 하지 않았다.

다음 날 오후였다. 월궁을 나온 낭도들은 터벅터벅 걸어 금오산으로 향했다. 금오산 앞에서 한바탕 실랑이가 일었다. 랑들이 위화랑에게 항의하여 황산강으로 가야 한다며 일제히 금오산행을 거부하고 나섰다. 위화랑은 주변을 둘러보며 무언가를 찾았으나 낙담하고 말았다. 산을 오르는 길은 험하지 않았으나 낭도들은 힘들어 하고 길은 더디었다. 산중턱까지 가지 못하고 산 아래쪽 평원에 자리를 잡고 앉았다.

그때, 한 낭도가 소리쳤다.

"원화!"

낭도들이 일제히 소리 나는 곳을 보았다. 평평한 바위 위에 말을 탄 준정이 서 있었다. 낭도들은 함성을 질렀다.

"준정 원화! 준정 원화! 준정 원화!"

준정이 말을 탄 채 바위 위에서 낭도들을 향해 다가왔다. 원화 복장이 아닌 낭도 복장을 하고 있었다. 랑들이 일제히 달려와 그 앞에 무릎을 꿇으며 울음을 터뜨렸다. 살아계실 줄 알았습니다, 살아계셔서 감사합니다. 흐느끼는 랑들의 마음고생이 어떠했을지 준정은 짐작할 수 있었다. 준정은 목이 메어왔지만 낭도들 앞으로 나섰다.

"낭도들이여!"

감격의 환호성을 지르던 낭도들이 조용해졌다.

“낭도들이 있었기에 월궁을 위협하는 무리를 물리칠 수 있었습니다.”

그 말에 낭도들이 다시 함성을 질렀다.

“낭도들이 있었기에 남모 원화와 저는 부끄럽지 않은 원화가 될 수 있었습니다. 그러나 이제 원화는 그 역할이 끝났습니다. 여러분 속에는 이미 원화가 있습니다. 낭도들은 이전의 원화보다 나은 시대를 이끌어가야 합니다. 이것은 물이 흘러가는 이치와 같습니다.”

낭도들은 두 손을 꼭 잡고 눈물을 참으며 준정의 말을 경청했다. 그중 어린 낭도 한 명이 랑들 앞으로 달려 나와 부르짖었다.

“원화님! 가지 마세요. 원화님이 계셔야 해요!”

준정은 그 낭도를 알아보았다. 천관이 난을 일으켰을 때 그 앞을 가로막아 칼을 맞았던 가람 낭도였다. 준정은 가람 앞으로 다가가 그 눈을 들여다보며 말했다.

“가람 낭도. 낭도가 이미 원화입니다!”

그 말에 가람의 얼굴이 감격스럽게 빛났다. 준정은 다시 낭도들을 보고 힘있게 외쳤다.

“낭도 한 사람 한 사람이 모두 원화입니다. 낭도들이 모두 원화입니다!”

낭도들은 얼굴에서 눈물이 멈추고 자랑스럽게 서로의 얼굴을 마주 보았다.

“낭도들은 이미 원화를 넘어 새로운 랑으로 거듭나고 있습니다. 여러분이 그 새로운 랑의 자랑스러운 시작입니다. 낭도 한 사람 한 사람이 모두 랑의 기원입니다!”

와! 하는 함성이 금오산을 흔들었다. 랑들은 일어나서 환호하는 낭도들을 보았다. 위화랑도 미진부도 눈물을 글썽였다. 이사부가 멀리서 지켜보며 준정을 향해 허리를 숙였다.

화랑

금오산에서 자신을 붙드는 랑들을 뒤로 한 채 준정은 말없이 돌아섰다. 애공사에 내려온 후 준정은 다시 심하게 아팠다. 지소가 왔으나 만나지 못하고 돌아갔다.

이윽고 찾아온 법흥왕이 말했다.

"'화랑(花郎)'*이라고 하기로 했네."

"화랑, 이라고요?"

"그렇네. 화랑. 어떠한가? 원화의 낭도들이란 의미가 있고, 또 초대 풍월주인 위화랑의 이름이기도 하고. 해서 화랑이라 이름 지었네."

"화랑, 참으로 적절한 듯합니다."

"자네도 흡족해하니 다행이네. 곧 화백회의를 열어 화랑의 탄생을 공포하려 하네. 원화들이 없었다면 어찌 화랑이 있었겠나? 원화는 화랑을 탄생시키기 위해, 숭고한 꽃이 되어 자신을 희생해주

* 신라 시대의 청소년 수련 조직. 여성 우두머리가 낭도를 거느리는 원화제도로 시작한 후, 진흥왕 시기에 화랑을 창설하여 많은 인재를 배출하였다.

었어."

법흥왕은 화랑제도에 대해 찬찬히 설명했다.

"몸을 회복하여 자랑스러운 원화로서 화랑의 모습을 지켜봐주게."

"폐하, 이미 준정 원화는 이 세상에 없습니다."

고개를 숙이는 준정을 법흥왕은 안타깝게 바라보았다.

풍요로운 햇살이 잎들을 돋우어 온 천지가 푸르게 숨을 쉬었다. 몸을 회복한 준정이 주지 스님과 마주 앉았다.

"보살펴주신 은덕 잊지 않겠습니다."

주지 스님은 합장을 하며 웃었다.

"화랑의 임관식 때까지 원화를 낫게 하여야 한다고 선왕 폐하께서 간곡히 부탁하셨지요."

"그런데 스님, 절 뒤편 석벽 아래 동굴이 있던데요."

주지는 놀라는 표정을 지었다.

"거기를 가보셨습니까?"

준정은 망설이다 물었다.

"스님, 제가 그 동굴에서 마음을 추스르는 기도를 해도 되겠습니까?"

주지의 얼굴에서 웃음이 걷혔다.

"아직 몸이 온전하지 않은데…… 월궁에는 들어가지 않겠단 말씀입니까?"

준정은 주지 앞에 무릎을 꿇었다.

"스님, 저는 이제 이 세상 사람이 아닙니다. 저는 이차돈께서 순교하신 이후로 불교에 귀의하고자 했으나, 업보로 인해 여기까지 왔습니다. 이제 마음을 닦고 부처님께 귀의하고자 합니다. 뭇 사람들에겐 제가 애공사에서 사라졌다고 해주십시오."

주지는 고개를 저었다.

"사람은 누구나 자기 몫의 생을 사는 법입니다. 그것이 부처님의 뜻이지, 세상을 버리는 것만이 부처님께 다가가는 법은 아닙니다."

준정은 머리를 조아렸다.

"스님, 제가 할 일은 더 이상 없습니다. 부처님의 품으로 보내주십시오."

주지는 한참 동안 준정을 바라보았다. 말갛던 주지의 표정에 근심이 어렸다.

"선왕폐하께는 고해야 하지 않겠습니까?"

"아닙니다. 그냥 사라진 걸로 해주십시오."

주지는 열린 법당 문밖으로 눈을 돌렸다. 바람이 지나는지 여린 잎들이 몸을 뒤집었다.

그 뒤, 지소가 다시 애공사를 찾았으나, 준정은 흔적 없이 사라진 후였다.

월궁에서 화랑의 임관식이 거대하게 행해졌다. 지소 태후는 모든 귀족들 앞에서 화랑제도의 시작을 알렸다. 그리고 직접 남모원화에 대한 추모의 제를 올렸다.

"월궁을 침입한 불측한 무리를 물리치고 남모 원화는 산화했습니다. 그동안 낭도들을 이끌어온 원화의 넋이 극락세계에서 영면하기를 바랍니다."

그리고 준정을 말하며 지소는 잠시 눈을 감았다가 떴다.

"준정 원화는 신라를 위해, 우리 낭도들을 위해 끝까지 희생하였습니다. 지금 이 하늘 아래 있다면 서라벌 낭도들의 안녕을 부처님께 기원할 것입니다. 신라 화랑의 역사를 두 원화께서 발원하셨습니다. 우리는 두 원화를 잊지 않을 것입니다."

지소의 낭랑하고도 근엄한 목소리에 낭도들은 눈물을 훔쳤다. 엄숙하게 제를 올린 뒤, 위화랑을 초대 풍월주에 임명하고, 미진부를 차기 풍월주로 지명하였다. 그리고 우두머리 화랑들의 임관식까지 화려하게 행하였다. 법흥왕이 직접 풍월주를 임명할 예정이었으나 몸져눕는 바람에 참석하지 못했다.

남모의 제를 지낸 뒤 보과 부인은 남모가 주고 간 은팔찌를 안고 눈물을 쏟았다. 남모를 보듯 팔찌를 어루만지다가 문득, 용머리를 돌리자 팔찌가 둘로 갈라지고 작게 말아놓은 비단이 나왔다. 비단조각을 펼치자 남모의 글씨가 보였다.

어머니, 소녀는 먼 나라로 떠납니다. 어떤 소문이 돌더라도 믿지 마십시오. 남모는 영원히 어머니 곁에 있습니다.

그 즈음 애공사 석벽에는 잠개가 관세음보살 상을 새기고 있었다. 준정을 기리는 의미에서 관세음보살 상을 새기도록 주지 스님이 허락한 것이라 했다. 여름날이라 잠개는 밤에도 불을 피워 석벽을 쪼았다. 관세음보살의 부드러운 선이 흐릿하게나마 드러나고, 잠개는 그 얼굴을 새기는 데 심혈을 기울였다. 온화한 미소가 드러날수록 관세음보살의 얼굴이 준정을 닮았다고 했다.

어느 날, 정과 망치를 잠시 놓은 잠개가 조용히 주지를 찾아왔다. 잠개는 눈가가 벌겋게 충혈되고 목이 꽉 잠기어 있었다.

"스님, 그동안 눕지도 않고 앉아서 기도만 하셨는데……."

잠개는 코를 훌쩍거렸다.

"하루에 한 번, 생보리 가루와 솔잎 가루, 콩 열 알씩을 드셨는데……."

주지가 무언가를 결심하는 낯빛으로 관세음보살을 외웠다.

"그런데, 그마저 입에 대지 않으신 지 사흘째입니다. 흐흑!"

주지는 깊은 숨을 내쉬며 다시 관세음보살을 외웠다. 어둠이 내린 후, 주지는 흥륜사로 내려갔다.

법흥왕은 며칠 전부터 자리에 누웠다 일어나기를 반복하고 있었다. 주지를 맞이하는 그의 눈빛은 오히려 맑았다. 세상사를 내려놓으니 맑은 기운으로만 가득 찬 표정이었다.

"폐하, 준정 원화께서 장좌불와*에 들어간 지 두 달이 넘었습니다. 그런데 사흘 전부터 곡기를 끊으셨다 합니다."

깜짝 놀라며 주지를 바라보는 법흥왕의 눈에 물결이 출렁거렸다.

"알겠네."

다음 날 새벽, 법흥왕의 곁을 지키던 비대공이 애공사로 왔다. 비대공은 잠개가 관세음보살을 새기고 있는 석벽으로 향했다. 잠개는 정과 망치를 놓고, 떠오르는 해를 향해 기도를 하고 있었다. 관세음보살을 새기며 준정을 돌보고 있는 잠개는 스님이 다 되어 있었다. 비대공은 그런 잠개를 향해 합장했다. 잠개도 합장을 한 후 아무 말도 없이 석벽 아래의 동굴 쪽으로 향했다.

* 결코 눕지 아니하고 꼿꼿이 앉은 채로만 수행하는 방법

잠개는 입구를 지키고 비대공이 조심스럽게 동굴 안으로 들어갔다. 안쪽까지 걸어 들어갔을 때 상서로운 기운이 느껴졌다. 서늘하고 맑은 기운이 동굴 안을 가득 메우고 있었다. 벽을 향해 가부좌를 틀고 앉은 여인의 모습이 흐릿하게 보였다. 조금 더 다가가자 마침 떠오른 해가 머리 위에서 한 줄기 빛을 내려주었다. 여인의 얼굴 위로 오라가 가득 피어올랐다.

준정은 하얗게 마른 채 움직임이 없었다. 몸을 감싼 승복마저 손을 대면 바스락 소리를 내며 부서질 것 같았다. 천상에서 내려온 빛 한 줄기가 준정의 얼굴에 머물러 있었다. 비대공은 조금 더 다가가 조용히 엎드렸다. 절을 하고 조심스럽게 준정을 보았지만 준정은 움직이지 않았다. 기품 있는 콧대와 다문 입술의 선이 단아해 보였다. 감은 두 눈은 신성한 기운을 받아들이고 닫힌 듯 움직임이 없었다. 비대공은 조심스럽게 손가락을 코 밑에 대어보았다. 준정은 숨을 쉬지 않았다.

비대공은 물러나 엎드리며 흐느꼈다.

"준정 원화께서 입적하셨습니다."

동굴 앞을 지키고 있던 잠개도 무너져 내렸다. 잠개를 내려다보는 석벽의 관세음보살 얼굴에 햇살이 들기 시작했다.

법흥왕은 꿈을 꾸었다. 이차돈이 그의 오른쪽에 서 있었고 준정이 그의 왼편으로 다가와 합장을 하였다. 그것이 준정이 보내는 마지막 인사 같았다. 그들은 부처님의 미소를 띠고 발아래의 서라벌을 내려다보았다.

꿈에서 깨어나자, 비대공이 와서 준정이 입적했음을 알렸다.

"태후를 부르거라."

법흥왕의 눈앞에 준정이 어른거렸다. 젊은 시절, 이차돈의 집 앞에서 보았던 앳된 소녀의 모습이었다. 법흥왕은 미소를 지었다.

법흥왕이 위독하다는 소식을 들은 태후가 왕과 함께 달려왔다.

"내 무덤은 작게 하여 아무런 치장도 하지 말고, 애공사 북쪽에 묻어라."

법흥왕의 눈앞엔 준정이 관음보살의 미소를 보이고 서 있었다. 그 모습을 품으려는 듯 눈을 감으며 말했다.

"화랑으로 신라를 번성하게 하라."

법흥왕은 잠개가 석벽에 조각한 관세음보살상을 지키려는 듯 애공사 북쪽의 작은 무덤 안에 누웠다. 540년 7월이었다. 비대공은 머리를 깎고 애공사의 스님이 되었다.

지소 태후는 원화의 추모일과 법흥왕의 기일이 오면 화랑들과 함께 애공사에 들러 관세음보살상 앞에서 제를 올리며 예를 다했다.

떠오르는 해가 관세음보살을 비추면 그 얼굴이 뿜어내는 상서로운 기운이 서라벌 들판을 가득 메웠다. 관세음보살의 얼굴이 준정의 모습이었다. 준정은 그렇게 서라벌을 내려다보며 화랑들을 굽어살폈다.

* 기록에 의하면 지소 태후는 10년간 섭정하였으며, 그 후 진흥왕이 직접 정사를 돌보며 화랑을 통해 신라의 부흥을 이끌었다.
금관가야의 왕자였던 김무력은 후에 백제와의 전투에서 성왕을 죽이고, 그의 손자 김유신은 화랑들을 이끌어 삼국통일의 기반을 마련한다.
법흥왕의 묘는 현재, 웅장한 왕릉들이 즐비한 경주 시내에서 벗어나 효현동의 교외에 소박하게 마련되어 있다.

* 화랑의 근간이 된 두 원화에 대해 삼국사기와 삼국유사에서는 아래와 같이 짤막하게 전할 뿐이다.

> 아름다운 두 여자를 원화로 뽑아서 무리들을 맡게 하였다. 두 여인이 아름다움을 다투어 서로 질투했는데, 준정이 남모를 자기 집에 유인해 억지로 술을 권해 취하게 되자 끌고 가서 강물에 던져 죽였다. 준정이 사형에 처해지자 무리들은 화목을 잃고 흩어지고 말았다. -『삼국사기』

> 교정(준정)은 남모를 질투했다. (그래서) 술자리를 마련해 남모에게 (술을) 많이 마시게 하고, 취하게 되자 몰래 북천(北川)으로 메고 가서 돌로 묻어서 죽였다. (그러나) 그 음모를 아는 사람이 있어서 노래를 지어 동네 아이들을 꾀어 거리에서 부르게 했다. 남모의 무리들이 노래를 듣고, 그 시체를 북천에서 찾아내고 곧 교정 랑을 죽였다. 이에 대왕은 영을 내려서 원화를 폐지시켰다. -『삼국유사』

랑

초판 1쇄 발행 2019년 1월 31일
개정판 1쇄 발행 2024년 4월 29일

지은이 김문주
펴낸이 강수걸
편집 이선화 강나래 오해은 이소영 이혜정 김성진 송연진
디자인 권문경 조은비
펴낸곳 산지니
등록 2005년 2월 7일 제333-3370000251002005000001호
주소 부산시 해운대구 수영강변대로 140 BCC 626호
전화 051-504-7070 | 팩스 051-507-7543
홈페이지 www.sanzinibook.com
전자우편 sanzini@sanzinibook.com
블로그 http://sanzinibook.tistory.com

ISBN 979-11-6861-299-0 03810

* 책값은 뒤표지에 있습니다.
* 잘못 만들어진 책은 구입처에서 교환해드립니다.